ZAPPEDUSCHDER

Jacqueline Lochmüller, 1965 in Bayreuth geboren, ist von Beruf Bürokauffrau. Seit 2008 arbeitet sie als Autorin. Sie schreibt Krimis, Thriller, erotische Bücher, Kurzgeschichten und Heftromane, teilweise unter Pseudonym. Jacqueline Lochmüller hat zwei erwachsene Töchter.

Dieses Buch ist ein Roman. Handlungen und Personen sind frei erfunden. Ähnlichkeiten mit lebenden oder toten Personen sind nicht gewollt und rein zufällig.

JACQUELINE LOCHMÜLLER

ZAPPEDUSCHDER

Saarland Krimi

emons:

Lust auf mehr? Laden Sie sich die »LChoice«-App runter, scannen Sie den QR-Code und bestellen Sie weitere Bücher direkt in Ihrer Buchhandlung.

Bibliografische Information der Deutschen Nationalbibliothek
Die Deutsche Nationalbibliothek verzeichnet diese Publikation in der Deutschen Nationalbibliografie; detaillierte bibliografische Daten sind im Internet über http://dnb.d-nb.de abrufbar.

Umschlagmotiv: istockphoto.com/rpeters86
Umschlaggestaltung: Nina Schäfer, nach einem Konzept von Leonardo Magrelli und Nina Schäfer
Umsetzung: Tobias Doetsch
Gestaltung Innenteil: César Satz & Grafik GmbH, Köln
Lektorat: Dr. Marion Heister
Druck und Bindung: CPI – Clausen & Bosse, Leck
Printed in Germany 2020
ISBN 978-3-7408-0965-2
Saarland Krimi
Originalausgabe

1

Homburg, Saarland

Den Tag über war es sehr heiß gewesen, mit Temperaturen um die dreißig Grad. Nun, am frühen Nachmittag, ballten sich bedrohlich graue Wolken am Himmel, in der Ferne zuckte ab und an ein gelber Blitz durch die finstere Masse, dem das Grollen des Donners folgte. Eine Windböe fuhr übers Land. Jeden Moment würde das Unwetter losgehen.

Sara Schäffter stand an der Autobahnzufahrt zur A 6 bei Homburg und hielt den rechten Daumen ausgestreckt.

Zu ihren Füßen, die nackt in abgetragenen Sandalen steckten, stand ihr khakifarbener Rucksack, prall bepackt. Obwohl sie vermeintlich nur das Nötigste mitgenommen hatte, wurde ihr das Gepäck auf Dauer zu schwer.

Die Riemen des Rucksackes hatten ihr auf dem Weg hierher, den sie teils mit dem Bus, teils zu Fuß zurückgelegt hatte, immer nachdrücklicher in die Schultern geschnitten. Was auch daran liegen mochte, dass sie ob der Temperaturen nur ein leichtes rotes Top angezogen hatte und die harten Träger auf ihrer blanken Haut gescheuert hatten.

Sie war wütend, weil die Autos, die auf die Autobahn auffuhren, samt und sonders an ihr vorbeizogen. Wenn sich niemand erbarmte, würde sie innerhalb kürzester Zeit nass bis auf die Haut sein, sobald das Gewitter losging.

Als sie beinahe fluchtartig die Wohnung verlassen hatte, die sie sich seit ein paar Monaten mit einem Freund teilte, hatte sie an manches gedacht, aber nicht an einen Wetterumschwung. Die Hotpants waren vielleicht auch nicht die beste Wahl gewesen für ihr Vorhaben, per Anhalter zu reisen.

Für diese Überlegungen war es jetzt zu spät. Es waren ja nicht alle Menschen schlecht, und bis zu ihrer Mutter, die in Saarbrücken wohnte, dauerte es ohne Stau nur knapp eine Stunde. Warum sollte ausgerechnet sie an jemanden geraten, der ihr Böses wollte?

Die ersten Regentropfen platschten herab, groß und dick, zersprangen überall, wo sie auftrafen, und verspritzten das Wasser sternförmig in alle Richtungen. In Sekundenschnelle wurde der Regen heftiger. Als ein dunkler Wagen sich der Auffahrt näherte, den Blinker setzte und rechts der Fahrbahn anhielt, bezweifelte sie im ersten Augenblick, dass er das ihretwegen tat. Der Fahrer winkte ihr zu. Sara schnappte ihren Rucksack und eilte zu ihm. Er hatte das Seitenfenster heruntergelassen.

»Hallo«, stieß sie atemlos hervor. Der Regen prasselte jetzt vom Himmel, durchnässte ihren Rücken, lief in ihren Nacken, sickerte in den Bund ihrer Hotpants und rann ihre Beine hinunter. »Ich muss nach Saarbrücken.«

»Dann steig ein.« Er hatte dunkle Haare und eine angenehme Stimme.

»Danke.« Sie glitt auf den Beifahrersitz.

Der Wagen schien neu zu sein. Sitze und Innenverkleidung dufteten nach Leder, als käme das Auto frisch aus der Fabrik, die mahagonifarbenen Armaturen glänzten. Der Mann sah in Rück- und Außenspiegel, und das Fahrzeug glitt geschmeidig und scheinbar geräuschlos zurück auf die Straße. Die Scheibenwischer fegten in raschem Tempo über das Vorderfenster und kamen doch kaum gegen den sintflutartigen Regen an.

»Ich bin Horst, und du?«, fragte der Mann, nachdem er auf die Autobahn aufgefahren war.

»Sara.« Dass er gleich so persönlich wurde, störte sie. Er war bestimmt schon fünfzig oder älter. Sie schielte zu ihm rüber. Na ja, vielleicht auch erst vierzig.

»Wo genau möchtest du hin?«, erkundigte er sich.

Ihre Füße waren nass und kalt, und winzige Schmutzpartikelchen klebten auf der nackten Haut.

»Zu meiner Mutter nach Saarbrücken. Sie wartet auf mich«, ergänzte sie und fand den Hinweis dumm von sich. Falls er Böses vorhatte, würde er sich davon nicht abhalten lassen.

Sie bekam ein flaues Gefühl im Bauch. Sie hatte keine Ahnung, wo ihre Mutter sich derzeit aufhielt, und einen Wohnungsschlüssel hatte sie nicht. Sie hätte sie anrufen oder ihr eine Nachricht schreiben sollen. Schlimmstenfalls stand sie vor verschlossener Tür. Aber seit dem Streit mit Moritz gestern Abend wollte sie nur noch weg, und zwar möglichst schnell und möglichst weit, und außer ihrer Mutter wusste sie niemanden, an den sie sich hätte wenden können.

Horst sah zu ihr rüber. »Du bist patschnass geworden«, sagte er.

»Ja, tut mir leid, wenn ich Ihnen jetzt den Sitz versaue. Ich hoffe, das trocknet weg.«

»Bestimmt. Ich kann mir nur nicht vorstellen, dass du dich in den nassen Sachen wohlfühlst«, fuhr er fort.

»Es ist nicht schlimm«, antwortete sie.

»Wie du meinst. Ich könnte auch an der nächsten Tankstelle anhalten, dann kannst du dich umziehen. Du hast doch bestimmt noch was dabei«, meinte er und zeigte auf ihren Rucksack, den sie in den Fußraum gestellt hatte und der gewaltig den Platz für ihre Beine einschränkte.

»Sicher. Ja, wenn Sie so nett wären.« Hoffentlich ließ er sie nicht an der Tankstelle stehen.

»Kein Problem.«

Er sah jetzt wieder auf die Straße. Der Regen wurde schwächer. Sara entspannte sich etwas. Sie waren seit fünf Minuten unterwegs. Das erste Autobahnschild hatte schon auf Saarbrücken hingewiesen.

»Wenn du was essen oder trinken möchtest, im Handschuhfach liegen ein paar Kleinigkeiten, und hier«, er zeigte auf die Mittelkonsole, in der eine noch volle Flasche Wasser stand, »die kannst du auch gerne haben. Ich habe noch mehr im Kofferraum.«

»Danke«, erwiderte sie und wurde verlegen. Hunger hatte sie tatsächlich. Sie versuchte, das Handschuhfach zu öffnen, doch die Klappe gab nicht nach.

»Ah«, machte Horst und lachte. »Die ist zu stramm eingestellt. Das muss ich noch reklamieren, der Wagen ist ganz neu.« Er beugte sich seitlich und öffnete das Fach. Ihr fiel auf, dass er schöne, gepflegte Hände hatte, fast so, als ginge er zur Maniküre.

»Bedien dich«, forderte er sie noch einmal auf.

Sara kramte in den Süßigkeiten. Kekse, steinharte Gummibärchen, Waffelröllchen und Mini-Salami, einzeln in Folie verpackt. Sie nahm sich eine Salami, sah verstohlen auf das unleserliche Haltbarkeitsdatum und dachte, dass es nicht gut war, eine Wurst zu essen, die bei der Hitze, die zurzeit in Rheinland-Pfalz herrschte, möglicherweise tagelang im Auto gelegen hatte. Sie zögerte, doch ihr lief das Wasser im Mund zusammen. Eine gut geräucherte Salami war lange haltbar und hielt viel aus. Sie riss die Verpackung auf und schob sich das Würstchen in den Mund. Köstlich.

Horst grinste. »Gut, was?«

»Hmm«, machte sie.

Zu fett und zu salzig, dachte sie, je länger sie kaute. Die tranigen Rückstände der Wurst hafteten an ihrer Zunge und ihrem Gaumen.

Horst setzte den Blinker und zog auf die Mittelspur, um eine Reihe von Lkws zu überholen. Zwischen zwei Fahrzeugen sah sie eine Tankstelle. Horst zog in rasantem Tempo vorbei.

»Ah«, machte er wieder. »Mist, ich habe nicht aufgepasst. Da wäre die Tankstelle gewesen, an der ich halten wollte. Das ist die letzte auf unserer Strecke. Du wirst dich wohl im Wagen umziehen müssen.«

Sara würgte ihr Würstchen hinunter. Niemals. Die Hitze stieg ihr ins Gesicht.

»Es geht schon«, protestierte sie.

»Auf keinen Fall. Du wirst krank. Ich habe auch eine Tochter, der man sagen muss, was gut für sie ist. Wie alt bist du? Neunzehn Jahre? Jetzt zieh schon das Ding aus. Ich guck auf die Straße, ich schau dir nix weg.«

»Nein, alles gut.«

Horst verlangsamte das Tempo.

»Was soll das? Ist das der Dank, dass ich dich mitgenommen habe? Du misstraust mir. Das habe ich nicht verdient.«

Er starrte auf die Straße, seine Hände umklammerten das Lenkrad, sodass die Fingerknöchel weiß hervortraten. Saras Puls beschleunigte sich.

»Natürlich nicht, ich misstraue dir nicht.« Sie erschrak. Sie hatte ihn nicht duzen wollen.

»Du lügst«, beharrte er, und seine Stimme klang jetzt schrill.

Sara durchlief ein Zittern, das sie nur mühsam verbergen konnte. Er musste anhalten. Sie musste hier raus. Der Typ war nicht in Ordnung. Sie näherten sich dem nächsten Schild. Noch zehn Kilometer bis Saarbrücken.

»Zieh das verdammte nasse Zeug aus!«, brüllte er unvermittelt.

Ihr Herz pochte bis in die Ohren, und in ihrem Kopf rauschte das Blut. Es war ein Alptraum. Wahrscheinlich stand sie noch immer am Straßenrand und wartete darauf, dass sie jemand mitnahm. Und wahrscheinlich ging beim Warten die Phantasie mit ihr durch. Schließlich hatte ihre Mutter sie oft genug vorm Trampen gewarnt, und trotzdem tat sie es immer wieder. Sie hörte den Mann am Steuer schnaufen. Es war kein Alptraum, höchstens ein Realität gewordener.

Sie zwang sich, zu ihm rüberzusehen. Sein Gesicht war rot angelaufen, und auf seiner rechten Schläfe sammelten sich Schweißperlen.

»Wir sind gleich da«, sagte sie, so entschieden sie konnte. »Und meine Sachen sind schon fast trocken. Du musst dir keine Sorgen machen.«

»Aha. Gut, wie du meinst«, antwortete Horst keuchend.

Minutenlang schwieg er, sah verbissen auf die Straße und fuhr mit hundertfünfzig Stundenkilometern wesentlich schneller als die bei Nässe erlaubten einhundert Stundenkilometer. Sara wagte nichts zu sagen. Sie kamen der Autobahnabfahrt näher. Horst steigerte das Tempo.

»Wir müssen da …«, stieß sie hervor und krallte die Finger um die Ränder des Sitzes.

Horst jagte mit hundertachtzig Stundenkilometern an der Abfahrt Saarbrücken vorbei. Sara brach der Schweiß aus allen

Poren. Sie wollte etwas sagen und bekam nur ein Krächzen heraus.

»Halt die Klappe«, fuhr er sie an. »Du bist selber schuld.«

2

Bayreuth

Die zierliche Dunkelhaarige gefiel ihm. Irgendwie kam sie ihm bekannt vor, aber vielleicht irrte er sich. Das Licht im zweiten Raum der Tanzbar Harmonie war sehr gedämpft, und es gelang ihm nicht, ihr richtig ins Gesicht zu sehen. Sie saß allein an einem der Hochtische auf einem Barhocker und spielte mit ihrem Handy. Sie schien keine Begleitung zu haben, und ein Getränk hatte sie auch noch keines vor sich stehen. Möglicherweise war sie noch nicht lange hier. Er war ja selbst erst vor einigen Minuten gekommen.

Auf den wenigen Tischen in der hinteren Bar, der sogenannten zweiten Area des Lokals, brannten Kerzen, die Tanzfläche war der dunkelste Bereich des Raumes, eingefasst von hölzernen Balustraden.

Hier bewegten sich etliche Paare, bedächtig und dicht aneinandergeschmiegt, zu seinem neuen Lieblingstanz, dem Kizomba.

Ein sehr erotischer Tanz, wie er fand, der von Körperkontakt und fließenden Bewegungen lebte. In ein paar Workshops hatte er, der eigentlich ein überzeugter Discofox-Tänzer war, den Grundschritt des Kizombas und zwei einfache Figuren gelernt, den Stern und die Raute.

Er beobachtete die Paare auf der Fläche. Zwei Frauen hatten ihren Kopf in die Halsbeuge ihrer Partner gelegt, diese wiederum umfassten die Taillen der Damen mit dem ganzen Arm in vertrauter Geste. Die meisten Paare bewegten sich im harmonischen Einklang, nur ein Pärchen in der Ecke links hatte wohl noch nicht viel Übung und wirkte ein wenig ungelenk.

Die Tänzer, die bereits mehr Erfahrung zu haben schienen, faszinierten ihn. Einige hielten den rechten Oberschenkel zwischen den Beinen des Tanzpartners, die Oberkörper berührten einander so dicht, dass die Paare zu einer Einheit zu verschmelzen schienen.

Im letzten Workshop hatte Kamitzki gelernt, dass man den Tanz hauptsächlich mit dem Oberkörper führte und theoretisch, hätte es nicht seltsam ausgesehen, sogar die Arme dabei hängen lassen konnte. Doch das war nicht das, was er wollte. Er suchte sich seine Tänzerinnen sehr bewusst aus und genoss dann auch die Nähe zu ihnen. Uschi war selbst schuld, wenn sie ihn nicht zum Tanzen begleiten wollte.

Aus den Augenwinkeln nahm er wahr, wie der Discjockey, der seine Anlage etwa zwei Meter von ihm entfernt außerhalb der Tanzfläche stehen hatte, an seinem Mischpult hantierte.

»Me leva contigo«, stöhnte der Musiker Rui Orlando durch die Lautsprecher.

Zu dem Lied wollte Kamitzki unbedingt tanzen.

Er blickte sich um und sah wieder zu der Dunkelhaarigen. Sie steckte eben ihr Handy in ihre Handtasche. Es war eine schmale, längliche Tasche, deren dünnen Riemen sie zwischen Halsbeuge und Schulter trug. Er beschloss, sein Glück zu versuchen, und ging mit seinem Bierglas in der Hand zu ihr.

»Hey«, sagte er freundlich.

Sie sah ihn an und verzog den Mund zu einem winzigen Lächeln. »Hey«, erwiderte sie.

Nun, wo er bis auf eine Armlänge vor ihr stand, war er sicher, dass er sie schon einmal gesehen hatte. Ihm wollte nur nicht einfallen, wo. Im Harmonie jedenfalls nicht. Er war fast jedes Wochenende hier, ihr Gesicht hätte er sich gemerkt. Sie war eindeutig älter, als er gedacht hatte. Um den Mund, der mit rotem Lippenstift geschminkt war, versammelten sich unzählige winzige Fältchen. Ihre Figur dagegen war umwerfend. Gertenschlank und sehr zierlich, dabei wohlgerundete Brüste und, soweit er das im Sitzen beurteilen konnte, gut geschwungene Hüften. Ein Traum. Augenblicklich stellte er sie sich nackt vor. Er rief sich zur Ordnung. Ein Schritt nach dem anderen, im wahrsten Sinn des Wortes.

»Tanzt du mit mir?«, fragte er.

»Sicher.« Sie nickte und glitt von dem Barhocker. Kamitzki stellte sein Bier auf ihren Tisch.

»Willst du die Tasche nicht ablegen?«, erkundigte er sich. Sie hing auf Höhe ihrer Hüfte und würde bei jeder Drehung hin und her rutschen und im Weg sein.

»Nein«, erwiderte sie, legte stattdessen den Riemen quer über Hals und Oberkörper und ging vor ihm zur Tanzfläche.

Für einen Moment flackerte Unwillen in ihm auf. Er mochte es überhaupt nicht, wenn Frauen sich beim Tanzen an ihre Habseligkeiten klammerten. Natürlich gab es immer ein Restrisiko, dass etwas geklaut wurde. Doch er ging seit Jahren in diesem Lokal ein und aus, und ihm war noch nie etwas von einem Diebstahl zu Ohren gekommen. Er folgte der Frau dennoch auf die kleine Tanzfläche, auf der mittlerweile nicht mehr viel Platz war.

Sie gingen in Tanzhaltung. Er ergriff ihre rechte Hand und schlang den linken Arm komplett um ihre Taille, wobei er sie dicht an sich zog. Ein wenig rechnete er damit, dass sie versuchte, ihn auf Abstand zu halten, doch er hatte sich geirrt. Sie legte ihm ihren freien Arm um den Nacken, ihre Oberschenkel berührten sich. Behutsam tanzte er die ersten Schritte.

Seine Partnerin bewegte sich geschmeidig, dennoch hatte er den Eindruck, sie war nicht recht in Übung, noch viel weniger als er. Immer wieder kam es vor, dass sie einen Schritt falsch setzte. Er ignorierte es.

Sie gefiel ihm, sie duftete dezent nach einem Parfüm, das er mochte, und ihr Körper schmiegte sich warm an seinen. Er spürte ihre weichen, vollen Brüste und ließ ihre rechte Hand los, um seine stattdessen sacht auf ihren Oberarm zu legen. Er spürte den Riemen ihrer Tasche, der sich quer über ihre Brust zog, und ab und an die Tasche selbst, doch das war nicht so lästig, wie er befürchtet hatte. Was ihn mehr störte, waren ihre Haare.

Sie kitzelten ihn im Gesicht und am Ohr, und sie fühlten sich nicht weich und seidig an, sondern eher kratzig. Vermutlich gefärbt, das machte Uschi auch manchmal. Behutsam strich er ihr eine Haarsträhne zurück und schmiegte seine Wange an ihre, immer in der Erwartung, dass ihr die Nähe, die er suchte, zu viel wurde und er eine Abfuhr kassierte. Doch nichts dergleichen geschah. Vielleicht war sie auf ein Abenteuer aus. Die Vorstellung gefiel ihm. Er zog sie noch ein wenig dichter an sich. Noch einmal dachte er an Uschi, doch rasch verblasste ihr Bild. Der Atem seiner Tanzpartnerin kitzelte sein Ohr, und ein wohliges Kribbeln durchlief ihn. Die Wärme ihres Körpers drang durch den leichten Stoff seines Hemdes, ihre Tasche verrutschte und stieß gegen seine Hüfte. Sie schob sie zurück. »Me Leva Contigo« war zu Ende, nun spielte der Discjockey »Lento« von Daniel Santacruz.

Kamitzki glaubte, die Musik vom Kopf bis zu den Zehen zu spüren, die gleichmäßigen rhythmischen Bewegungen versetzten ihn in eine Art Trance. Inzwischen hatte sich seine Tänzerin ihm angepasst und hatte schon eine Weile keine verkehrten Schritte mehr gesetzt. Er schloss die Augen und überließ sich ganz dem wunderbaren Moment. Die Musik, die harmonischen Bewegungen, das Wissen, eine attraktive Frau im Arm zu haben, die Möglichkeiten, die der Abend vielleicht noch bot. Unterschwellig nahm er wahr, wie ihre rechte Hand wieder nach ihrer Tasche tastete. Er führte seine Partnerin in eine sanfte Drehung, ihre Hand war noch immer mit der Tasche beschäftigt. Es konnte sein, dass sie sie festhielt, damit sie nicht herumschwang. Er setzte zur nächsten Drehung an und merkte, dass die Frau ein Stück nach hinten wich, sodass sich ihre Oberkörper plötzlich nicht mehr berührten. Verwundert und aus dem Genuss des stimmungsvollen Tanzens gerissen, öffnete er die Augen.

Ihre Hand schob sich zwischen ihre Körper, und er spürte einen unglaublich heftigen Schmerz, der in seinen Bauchraum eindrang. Er sog scharf die Luft ein. Was war das? Es tat verdammt weh. Bekam er einen Herzinfarkt? Aber der Schmerz saß zu tief, eher auf Höhe des Nabels. Hatte sie ihn mit etwas gestochen? Aber warum hätte sie das tun sollen? Seine Beine fingen an zu zittern. Er klammerte sich an seine Tanzpartnerin.

Außer dem gewaltigen Schmerz hatte er den Eindruck, irgendwas füllte seinen Bauchraum. Seine Beine! Was war mit seinen Beinen? Er hatte sie nicht mehr unter Kontrolle. Sie wackelten, seine Knie zuckten willkürlich. Er stieß gegen fremde Schultern und Arme, die dicht gedrängte Menge der anderen Tänzer hielt ihn in aufrechter Position.

Die Musik und die Lichter im Raum wurden lauter, greller, intensiver.

Übergroß stand ihm das Gesicht seiner Tanzpartnerin vor Augen. Deutlich spürte er den Stoff ihrer Bluse unter seinen Fingern, das feine Gewebe, jede winzige Unebenheit im Material. Er merkte, dass sie versuchte, Abstand zwischen ihn und sich zu bringen. Ein neuer Schmerz kam dazu. Die Muskeln seiner Arme und Beine schienen sich zu verkrampfen. Kamitzki wollte schreien, doch es ging nicht. Wie in Zeitlupe bemerkte er, dass er nun doch Richtung Boden sackte und zwischen den Beinen der anderen Tänzer zum Liegen kam, die sich um ihn herumbewegten. Gleich würde er getreten werden. Es machte ihm Angst, und gleichzeitig benebelte irgendetwas seine Sinne. Die dunkelhaarige Frau entzog sich seinem Griff, noch während er fiel, und verschwand aus seinem Blickfeld. Kamitzki hörte Schreie, spürte schlimmste krampfartige Schmerzen in Armen, Beinen und Rumpf und konnte nicht mehr atmen. Vor seinen Augen wurde es dunkel, sein Kopf schlug hin und her, er meinte zu platzen ob des Drucks in seinem Bauch und weil er keine Luft mehr bekam. Die Musik spielte noch immer. Kizomba. »Me Emborracharé«. Das war kein Kizomba mehr. Das war Bachata. Er liebte Bachata.

Das Letzte, was er spürte, waren fremde Hände, das Letzte, was er vernahm, waren Worte, die die Musik durchdrangen. Worte, die er nicht begriff.

»Er stirbt! Ihm steckt was im Bauch!«

3

Kriminalhauptkommissarin Kristina Herbich stellte ihren Peugeot auf dem großen Parkplatz vor der Tanzbar Harmonie ab, am Ende einer Reihe parkender Fahrzeuge. Während sie den Motor ausschaltete, nahm sie aus den Augenwinkeln den schwarzen Wagen ihres Mitarbeiters Konrad Breuer wahr, der schwungvoll neben ihrem hielt. Nahezu gleichzeitig stiegen sie aus.

»Guten Abend, Herr Breuer«, grüßte sie ihn, noch ehe Breuer selbst etwas sagen konnte. Er zog die Mundwinkel zu einem Lächeln auseinander.

»Guten Abend, Frau Herbich«, erwiderte er. »Reichlich Betrieb hier«, bemerkte er, während sie Seite an Seite auf den Eingang des Lokals zugingen. »Bei den Temperaturen hätte ich erwartet, dass die Leute in den Biergärten sitzen und nicht in ein Tanzlokal gehen.«

»Hm«, brummte Kristina, die noch nie begriffen hatte, wie man dieser Freizeitbeschäftigung nachgehen konnte, die manch einer sogar als sportliche Betätigung ansah. Sie selbst fühlte sich jedenfalls plump und ungeschickt auf der Tanzfläche, wie sie während ihrer ihr durch den Gruppenzwang ihrer Klassenkameraden am Gymnasium aufgenötigten Tanzstundenzeit als Teenager festgestellt hatte. Keine sehr rühmliche Erinnerung.

»Eine herrliche Nacht«, fuhr ihr Mitarbeiter fort und legte den Kopf in den Nacken. Kristina folgte seinem Blick und sah ebenfalls kurz zum Himmel.

Breuer hatte recht. Über ihnen glitzerten unzählige Sterne, zudem war die Sommernacht mild und duftete nach irgendwelchen Blüten.

Sie allerdings mied nicht nur Tanzlokale, sondern ging auch nicht in Biergärten. Sie verbrachte die meisten ihrer Abende vor dem Fernseher, ganz allein, doch das musste Breuer nicht wissen. Was sie im Moment mehr beschäftigte als die Sommernacht und der neue Fall, war die Frage, ob Willbrandt, ihr Vorgesetzter, ihr unter den aktuellen Umständen ihren dreiwöchigen Urlaub streichen würde, der in wenigen Tagen begann. Möglich war es. Sie konnte nicht einmal eine Reisebuchung vorweisen, mit der sie ihn, im Fall des Falles, überzeugen konnte. Das Einzige, was sie vorgehabt hatte, war, ihre Küche neu zu streichen – die hatte es bitter nötig – und Zeit mit ihrem Onkel Johan Kunze und dessen Dackel Arno zu verbringen. Damit brauchte sie Willbrandt nicht kommen, wenn ein Mordfall zu klären war.

»Was wissen wir denn schon?«, unterbrach Breuer ihre Gedanken.

Kristina beschloss zu hoffen, dass der Fall schnell gelöst war. Tatsächlich daran glauben konnte sie nicht. »Nicht viel«, erwiderte sie. »Eine männliche Person ist auf der Tanzfläche zusammengebrochen. Der Mann ist tot, und ihm steckt ein Gegenstand im Bauch, vermutlich ein Messer. Wenn wir davon ausgehen, dass er sich das nicht selbst angetan hat, war es Mord.«

»Ach du Schande«, erwiderte Breuer.

»Ja«, bestätigte Kristina. »Es gingen mehrere Anrufe im Präsidium ein. Zwei Gäste haben den Notruf gewählt, und auch der Pächter des Lokals hat sich gemeldet, aber erst Minuten nach den ersten beiden Anrufen. Er hat von dem Toten wohl nicht sofort erfahren, was ich mir jetzt überhaupt nicht erklären kann. Das merkt man doch, wenn da einer auf der Tanzfläche umfällt.«

»Kommt darauf an, wo er gerade war. Das Harmonie hat einen großen Haupt- und einen kleineren Nebenraum. Zwei sogenannte Areas«, antwortete Breuer. Zielstrebig eilte er auf den bogenförmig überdachten Eingang zu, unter dem mehrere steinerne Stufen zur Eingangstür des Lokals führten.

Kristina hatte Mühe, mit ihm Schritt zu halten. Was musste der Mann auch so lange Beine haben.

Sie betraten einen Vorraum, in dem einige Leute beisammenstanden, die sich unterhielten und verstummten, als Kristina und Breuer eintraten. Von Entsetzen erfüllte, aber auch neugierige Blicke wandten sich ihnen zu.

In der Mitte des Eingangsbereiches stand ein oranges Sofa, hinten links gab es eine Garderobe, an der nur eine einzelne Jacke hing, gegenüber dem Einlass sah Kristina einen Empfangstresen aus honigfarbenem Holz, der sie an eine Art Kanzel erinnerte. Zur rechten Seite führte eine Tür in einen großen Tanzraum. Bunte Scheinwerfer tauchten den Raum in schummriges Licht.

Auch hier waren reichlich Gäste versammelt, die Musik war verstummt, statt ihrer hörte man gedämpfte Stimmen, aufgeregt, erschüttert, unruhig.

Stickige Luft, eine Mischung aus der Schwüle des Sommerabends und den Ausdünstungen schwitzender Menschen, wurde stellenweise vom kalten Gebläse großer Ventilatoren an der Decke des Raumes durchschnitten.

Auch hier richtete sich die Aufmerksamkeit rasch auf sie. Breuer bahnte ihnen einen Weg durch die Menge.

»Herr Breuer, nun warten Sie doch! Wir wissen doch gar nicht, wo wir hinmüssen«, versuchte Kristina ihren Mitarbeiter zu bremsen.

»Jonas, grüß dich«, sagte Breuer, der so plötzlich stehen blieb, dass sie beinahe gegen seinen Rücken gelaufen wäre. Er drückte einem schlanken Mann mit blonden Haaren die Hand.

»Konrad?« Fragend sah der Mann Breuer an. »Du warst lange nicht mehr hier. Gerade ist kein guter Moment. Ich –«

»Ja, ich weiß. Ich bin bei der Kripo. Wir kommen wegen dem Toten. Das ist meine Vorgesetzte, Kriminalhauptkommissarin Kristina Herbich.«

Kristina kämpfte mit aufsteigender Empörung. Was fiel Breuer ein, die Gesprächsführung an sich zu reißen? Sie schob ihn beiseite, zog ihren Ausweis und hielt ihn dem Mann hin.

»Herbich, wie Sie ja schon gehört haben. Guten Abend. Wer sind Sie?«

»Jonas Baldof, der Pächter.« Baldof zerrte am Kragen seines weißen T-Shirts. »Es ist grauenhaft. Der Mann ist regelrecht abgestochen worden.«

Kristina sah das Entsetzen in dem Gesicht des Lokalbetreibers.

»Wo liegt der Mann?«, erkundigte sie sich.

»Hinten.« Baldof zeigte quer durch das Lokal. »Im anderen Raum. Ich geh voraus, ja?«

»Sicher«, antwortete Kristina und überlegte, ob sie Breuer nachher unter vier Augen zurechtweisen sollte.

Sie ignorierte die Blicke der Gäste und folgte dem Pächter an der Tanzfläche vorbei, die mit einer hölzernen Balustrade von einem Bereich mit Hochtischen und der Musikanlage des Discjockeys abgetrennt war. Beinahe hätte sie die beiden Stufen übersehen, die zu einem weiteren, höher liegenden Barbereich führten.

Baldof öffnete eine Tür zur Linken. Sie betraten einen kleinen Raum, auch dieser nur schwach beleuchtet. Im schummrigen Licht drängten sich Besucher des Lokals, auf einer kleinen Tanzfläche lag ein Mann auf dem Rücken, die Arme und Beine grotesk verdreht, als hätten sich seine Muskeln verkrampft. Seine Augen waren halb geöffnet, aus seinem Bauch ragte ein schlanker, etwa zehn Zentimeter langer Griff eines Stichwerkzeugs, der auf den ersten Blick aussah, als wäre er aus Stein.

Nicht zwingend ein Messer, dachte Kristina. Allerdings wollte ihr auch keine Idee kommen, um was es sich sonst handeln könnte.

Irritierenderweise sah sie kein Blut. Vermutlich hatte die Klinge des Tötungsinstrumentes die Wunde so weit verschlossen, dass kaum etwas ausgetreten war. Doch das musste Keller von der Rechtsmedizin klären. Zudem trug der Tote ein schwarzes Hemd. Falls es doch Blutspuren gab, und seien sie gering, wären diese nicht sofort zu erkennen.

»Keller ist schon unterwegs«, ließ Breuer sie wissen, der neben ihr stand. »Soll ich die Spurensicherung verständigen?«

Kristina nickte. »Sicher. Auch wenn ich nicht glaube, dass uns das weiterbringt. Bei den vielen Leuten hier. Da ist längst alles zertrampelt und überdeckt.«

»Ich könnte schauen, ob er Papiere bei sich hat«, schlug Breuer vor.

»Erst wenn Keller da war. Sonst regt der sich wieder auf, weil wir den Toten angefasst haben. Wir brauchen die Personalien der Gäste.«

»Das sind viele«, gab ihr Mitarbeiter zu bedenken. »Und bestimmt sind inzwischen auch welche verschwunden.«

»Der Täter wahrscheinlich«, stimmte Kristina zu. »Es sei denn, er findet sich superschlau und ist extra hiergeblieben. Alle anderen halten mit Sicherheit Neugier und Sensationslust hier, nach dem ersten Schock.«

»Alleine sind wir morgen früh noch mit der Aufnahme der Personalien beschäftigt. Ich könnte noch zwei oder drei Beamte anfordern«, schlug Breuer vor.

»Machen Sie das.« Kristina wandte sich an den Pächter, der in sicherem Abstand bei der Tür stehen geblieben war. »Herr Baldof, bitte sehen Sie sich den Toten an. Kennen Sie ihn? Ist er öfters im Lokal?«

Der Pächter näherte sich mit zähen Schritten, als trüge er Schuhe aus Blei.

»Verdammt, was hat der da im Bauch?«, fragte er und blieb auf Armeslänge Abstand stehen.

»Für mich sieht es nach einem Brieföffner aus«, meldete sich Breuer zu Wort.

»Wie furchtbar.« Baldof fuhr sich mit dem Handrücken über die Stirn.

Ein Brieföffner. Gut möglich. Kristina beschloss, sich Breuer gegenüber nicht anmerken zu lassen, dass sie keine Ahnung gehabt hatte, was im Körper des Opfers steckte.

»Kennen Sie den Mann?«, wiederholte sie.

»Ich weiß nicht, wie er heißt. Aber ja, er ist öfter hier«, sagte er schließlich, als er neben Kristina stand. »Eigentlich sogar regelmäßig.«

»Wie regelmäßig?«

»Jedes Wochenende, würde ich sagen«, antwortete Baldof, der sich allmählich zu fassen schien.

»Kommt er üblicherweise alleine?«, fragte sie weiter.

»Ich denke schon.«

»Was heißt das genau?«, schaltete sich Breuer ein.

»Das heißt, dass ich die meisten meiner Stammgäste kenne und Ihnen bei manchen auch sagen kann, in wessen Gesellschaft sie kommen oder gehen. Einige kommen immer alleine, treffen hier aber Bekannte. Ich weiß nicht, wer mit wem verabredet ist.

Und in Stein gemeißelt ist eh nix. Soweit ich das überblicke, kam der hier«, er zeigte auf den Toten, »immer alleine. Außerdem trinkt er immer zwei Bier und zahlt jedes sofort. Er tanzt gern und viel und gut. Am meisten Discofox. Ich wundere mich eigentlich, dass er heute hier hinten war.«

»Hier wird andere Musik gespielt?«, erkundigte sich Kristina.

»Ja. Salsa, Bachata und so weiter. Der neue Trend halt«, gab Baldof Auskunft.

»Als das Chaos ausgebrochen ist, hatte ich gerade ein paar Lieder Kizomba aufgelegt. Als Nächstes war Bachata dran«, vernahm Kristina eine Stimme hinter sich. Sie drehte sich um. Ein kräftiger Mann mit Glatze und nur etwa einen Meter sechzig groß stand schräg hinter ihr.

»Heiner Paulsen. Ich bin der Discjockey«, stellte er sich vor. Sein kariertes Hemd spannte über dem Bauch.

»Kizomba?«, wiederholte sie.

»Ja. Kommt gut. Ideal zum Anbaggern. Entschuldigung.« Betroffen sah er sie an. »Ich wollte keine Witze machen. Es ist schließlich etwas Grauenhaftes passiert.«

»Schon gut. Erklären Sie mir lieber, weshalb dieser Tanz ideal zum ›Anbaggern‹ ist«, unterbrach sie ihn.

»Weil er extrem eng getanzt wird, mit viel Körperkontakt und ganz langsam. Die Musik spielt bei abgedunkeltem Licht, manche sagen auch, man tanzt in einem Darkroom«, erklärte Paulsen.

»Wie genau sieht das aus?«, fragte sie. Sie konnte sich nicht wirklich vorstellen, wovon der Discjockey sprach.

»Wenn Sie möchten, zeige ich es Ihnen«, antwortete Paulsen und wies auf eine Leinwand, die schräg über seinem Mischpult direkt unter der Decke des Raumes hing.

»Bitte«, erwiderte sie und nickte dazu.

Paulsen eilte zu seiner Anlage, betätigte ein paar Knöpfe, und auf der Leinwand erschienen, gleich einem Stummfilm, tanzende Paare, so eng zusammen, als wären sie miteinander verschmolzen. Männer wie Frauen hatten das Gesicht zur Halsbeuge des Partners geneigt, und ihre rechten Knie befanden sich auf Tuchfühlung zwischen den Beinen des Partners. Die Frauen hatten den linken Arm um den Nacken des Mannes geschlungen, die Männer wiederum hielten die Taille der Frau mit dem ganzen Arm umfasst.

Der reinste Paarungstanz, ging es Kristina durch den Kopf.

»Können Sie kurz die Musik dazuschalten?«, bat Breuer.

»Natürlich.« Eifrig machte sich Paulsen am Mischpult zu schaffen. Sanfte Klänge erfüllten den Raum, die Kristina nicht zuordnen konnte. Lateinamerikanisch? Afrikanisch? Jedenfalls romantisch. Tatsächlich wie geschaffen dafür, sich näherzukommen.

Hinter ihnen lag ein Toter.

»Das genügt«, fuhr sie Paulsen an, der erschrocken zusammenzuckte. Umgehend stoppte er die Musik.

»Danke, Herr Paulsen«, zwang sie sich zu sagen. »Ist Ihnen aufgefallen, mit wem der Tote als Letztes getanzt oder geredet hat?«, fuhr sie fort.

Paulsen schüttelte den Kopf. »Sorry, aber ich bin mit meiner Musik beschäftigt gewesen«, sagte er.

»Okay.« Kristina wandte sich an Breuer. »Sichern Sie bitte den Haupteingang. Jeder, der gehen möchte, muss zuvor seine Personalien angeben. Sobald die Kollegen hier sind, können Sie an einen von ihnen übergeben.«

Breuer nickte nur und verließ den Raum.

Kristina hatte plötzlich das Gefühl, sie würde beobachtet.

Ich bin schon paranoid, dachte sie. Natürlich beobachteten sie die Leute. Glücklicherweise passierte ein Mord nicht alle Tage, und wer jetzt hier anwesend war, würde das Geschehen genau verfolgen. Dennoch sah sie sich um. Drei Türen gingen vom Raum ab. Über einer befand sich ein Hinweis, dass es zu den Toiletten ging. Zudem registrierte sie, dass es einen weiteren Eingang zum Raum gab, gegenüber der Tanzfläche. Die Tür stand offen, was vermutlich vorhin, als sie gekommen waren, nicht der Fall gewesen war. Sie konnte von ihrem Platz aus ins Foyer des Lokals sehen, wo Breuer an der zweiflügeligen Eingangstür gewissenhaft der ihm aufgetragenen Aufgabe nachging.

An der Balustrade, die den Tanzbereich vom Sitz- und Aufenthaltsbereich abtrennte, lehnte ein schlanker Mann mittleren Alters, der sie sehr genau musterte, wobei er keine Miene verzog. Sie trat zu ihm.

»Kannten Sie den Toten?«, fragte sie, ohne sich vorzustellen oder ihn zu begrüßen.

»Nein«, erwiderte er nur, stieß sich mit einer sachten Bewegung von dem Geländer ab und hängte die Daumen in die Gürtelschlaufen seiner dunklen Jeans.

»Waren Sie im Raum, als der Mann zusammengebrochen ist?«, fuhr sie fort.

»Ja. Mitbekommen habe ich trotzdem nicht wirklich etwas. Ich bin hier rein, hab mich umgesehen und überlegt, ob ich eine Dame zum Tanzen auffordern kann. Es wurde eine Musik gespielt, von der ich nicht recht wusste, was man darauf tanzt, aber ich habe die Gäste beobachtet und dachte, so schwer kann das nicht sein. Dann ist schon Unruhe entstanden, und plötzlich lag der Mann da.«

Kristina nickte.

»Dank Ihrer Ermittlungen weiß ich jetzt, dass der Tanz Kizomba heißt«, fuhr er fort. »Gefällt mir. Möchte ich auch lernen.«

Sie ging nicht darauf ein. »Sind Sie öfters hier?«, fragte sie stattdessen.

»In den letzten vier Wochen ein paarmal. Ich bin nicht aus der Gegend. Wenn es möglich ist, würde ich auch gerne gehen. Ich muss um vierundzwanzig Uhr zurück sein, sonst komme ich nicht mehr ins Haus.«

»Wie bitte?« Irritiert sah sie ihn an.

Er erwiderte ihren Blick, und ein feines Lächeln zog die Mundwinkel des Mannes auseinander. Er hatte schöne Zähne, seine Augen waren vermutlich dunkel, das konnte sie im gedämpften Licht nicht sehen. Wobei ihr schlagartig durch den Kopf ging, dass sie den Lokalbesitzer hätte fragen müssen, ob es eine bessere Beleuchtung gab.

»Schade, dass wir uns unter so ungünstigen Umständen

kennenlernen«, sagte ihr Gegenüber. Für Sekunden vergaß sie, warum sie hier war. Vergeblich suchte sie eine Antwort. Er versuchte ihr in die Augen zu sehen, und ihr wurde unangenehm warm. Gut, dass das Licht doch noch gedämpft war.

»Ich bin zur Kur in der Klinik in Bad Steben. Am Wochenende müssen die Patienten um vierundzwanzig Uhr wieder dort sein. Ich habe fast eine Stunde Fahrt. Vermutlich komme ich ohnehin nicht mehr pünktlich«, fuhr der Mann unvermittelt fort.

»Ach so.« Ihr Mund war trocken und ihre Konzentration weg.

»Unter anderen Umständen hätte ich Sie gefragt, ob Sie mit mir tanzen würden«, ergänzte er und lächelte wieder.

Sie bekam ein Vakuum im Kopf. Er flirtete mit ihr. Darin hatte sie absolut keine Übung. Ihr fiel keine Antwort ein.

»Also, kann ich gehen? Ehe ich ein Problem bekomme? Wenn ich zu spät bin, muss ich im Auto schlafen, die lassen mich nicht mehr rein. Ihre Verantwortung.« Ein Schmunzeln glitt über sein Gesicht.

Himmel! Was fiel ihm ein. Wenige Meter von ihnen entfernt lag ein Toter. Brutal ermordet. Vermutlich war es noch keine Stunde her, dass der Mann hier getanzt und vielleicht den Abend genossen hatte. Und dieser Gast schäkerte mit ihr, und sie ließ sich ablenken und verwirren.

»Natürlich können Sie gehen«, antwortete sie und sprach schärfer als beabsichtigt. »Ich kann ja nicht auf gut Glück jeden im Lokal verhaften lassen. Geben Sie meinem Kollegen einfach Ihre Personalien, damit wir Sie erreichen können.« Sie wies zu Breuer.

»Von Ihnen würde ich mich jederzeit verhaften lassen.« Wieder zog ein Lächeln seine Mundwinkel auseinander. Er hielt ihr die Hand hin. »Philipp Reuter«, stellte er sich vor.

In ihrem Kopf schwirrten seine Worte, auf die sie keine Erwiderung wusste, und sie ignorierte die angebotene Hand.

»Sind Sie böse auf mich?«, erkundigte er sich.

»Unsinn!«, fuhr sie ihn an. »Ich habe zu arbeiten. Hier ist ein Mord geschehen, falls Sie das noch nicht realisiert haben.«

»Sie haben recht. Entschuldigen Sie.« Er wandte sich ab und verließ den Raum. Kristina kämpfte mit Empörung und Verwirrung.

4

Auf Breuers Schreibtisch stand ein Teller mit zwei Scheiben Vollkornbrot, bestrichen mit etwas, wovon Kristina argwöhnte, es könnte sich um Frischkäse handeln, darüber verteilten sich dünne Scheiben einer Salatgurke. Neben dem Teller lag ein Besteck auf einer dunkelroten Papierserviette bereit.

Es war zehn Uhr am Samstagvormittag. Wie immer, wenn es einen Mordfall aufzuklären gab, fiel für das Kommissariat das Wochenende aus.

Breuer versenkte eben einen Teebeutel in eine große Tasse mit dampfendem Wasser. Sie schnupperte eine Kräutermischung. Schrecklich, wie gesund und vernünftig der Kollege sich ernährte. Sie hatte zum Frühstück zwei Scheiben Toast gegessen, dick bestrichen mit jener Sorte Schokoladenaufstrich, die an Nutella erinnerte, jedoch mit weißer Schokolade durchzogen war. Das süße Zeug bestand hauptsächlich aus Fett und Zucker und enthielt somit ein x-Faches der Kalorien, die ihr schlanker, beinahe athletisch gebauter Kollege vor sich stehen hatte. Dazu hatte Kristina sich einen großen Topf Kaffee aufgebrüht, mit Milch und Süßstoff. Konrad Breuer nahm keinen Zusatz in seinen Tee, das wusste sie inzwischen.

»Was gucken Sie so, Frau Herbich?«, fragte er.

»Nichts«, schwindelte sie. »Ich habe nur über unseren Fall nachgedacht. Fassen wir zusammen, was wir schon wissen.«

Breuer drückte mit einem Löffel den Teebeutel tiefer ins Wasser. »Machen Sie sich Sorgen, dass Willbrandt Ihnen den Urlaub streicht?«, erkundigte er sich, ohne auf ihre Aufforderung zu reagieren.

»Bis dahin sind es noch ein paar Tage«, wich Kristina aus. »Also, an die Arbeit.«

»Ich arbeite schon seit acht Uhr«, gab Breuer zurück, ohne eine Miene zu verziehen.

»Sehr schön«, antwortete Kristina und beschloss, nicht darauf einzugehen, dass sie selbst erst seit einer Viertelstunde im Präsidium war. Sie hatte nach dem Klingeln des Weckers um sieben Uhr beschlossen, noch einen kurzen Moment liegen zu bleiben. Als sie das nächste Mal auf die Uhr gesehen hatte, war es nach neun gewesen.

Sie blickte auf die Notizen, die sie vor sich liegen hatte. »Der Tote heißt laut seinem Ausweis, den er bei sich hatte, Rainer Kamitzki, ist vierzig Jahre alt und wohnt im Stadtteil Meyernberg«, informierte sie Breuer.

»Zwei Gäste, mit denen ich gestern noch sprechen konnte, haben ausgesagt, er hätte eine Frau zum Tanzen aufgefordert, die schlank und zierlich war und lange dunkle Haare hatte. Sie soll allein an einem der Hochtische gesessen haben. Ob sie schon öfters im Lokal war, wussten die beiden nicht«, warf Breuer ein.

Die große Unbekannte also, dachte Kristina.

»Mir ist keine Frau aufgefallen, auf die diese etwas oberflächliche Beschreibung passt«, ergänzte er.

»Mir auch nicht. Ich habe aber natürlich auch nicht explizit darauf geachtet«, erwiderte sie.

»Wir müssen wissen, was er von Beruf gemacht hat, ob er verheiratet ist oder eine Freundin hat und natürlich wer einen Grund hatte, ihn zu töten«, fuhr sie fort. Ihr wurde unangenehm warm, während sie sprach. Sie plapperte vor sich hin, als hätte Breuer seinen ersten Tag im Präsidium. Es waren die üblichen Fragen, die sie bei einem Mordfall zu klären hatten. Es galt immer, das Umfeld des Toten zu durchleuchten.

Breuer tat, als würde ihm nichts auffallen. »Ich habe schon angefangen«, sagte er. »Kamitzki ist geschieden und hat eine sechs Jahre alte Tochter. Seine Ex-Frau ist mit dem Kind verreist. Ich konnte sie aber telefonisch erreichen. Sie ist bereits auf dem Rückweg und kommt heute Nachmittag ins Präsidium. Ob er eine

Freundin hat, ist noch unklar.« Breuer griff nach seinem Besteck und säbelte vorsichtig ein Stück von seinem Vollkornbrot ab.

»Was macht er beruflich?«, fragte Kristina.

»So weit bin ich noch nicht. Ich hoffe, seine Ex-Frau kann uns da weiterhelfen«, antwortete er und schob einen Bissen in den Mund. Ein wenig vom Frischkäse blieb in seinem Mundwinkel kleben.

»Die Spurensicherung scheint mir überfordert«, fuhr Breuer fort, während er kaute. Kristinas Blick hing an dem winzigen Klecks Frischkäse in Breuers Gesicht.

»Forsch sagt, so viele Spuren hatte er nicht mehr an einem Tatort, seit vor zwanzig Jahren auf dem Bayreuther Volksfest eine Frau in der Geisterbahn erwürgt wurde und man sie erst nach zwei Tagen gefunden hat. Herauszufinden, was für die Ermittlungen relevant ist, ist nahezu unmöglich.«

»Was sagt die Rechtsmedizin?«, fragte Kristina und fixierte noch immer den Mund des Kollegen. Breuer begegnete ihrem Blick. Als könnte er in ihrer Miene lesen, weshalb sie ihn so genau ansah, nahm er seine Serviette und wischte sich damit über den Mund. Der Frischkäse zierte nun als heller Streifen das weiche Papier.

»Das ist in der Tat interessant«, sagte Breuer. Er legte sein Besteck weg und tippte auf der Tastatur seines Computers. »Hier ist die Mail von Keller. Die haben Sie auch bekommen, er hat mich ins CC gesetzt. Also: Kamitzki wurde tatsächlich mit einem Brieföffner erstochen, mit einem einzigen Stich in den linken Unterbauch mit Stichrichtung schräg nach oben. Dabei wurde die Darmwand durchstochen, und die Spitze des Brieföffners ist in die sogenannte Arteria iliaca eingedrungen, zu Deutsch Beckenarterie. Die Beckenarterie entspringt auf Höhe des Bauchnabels in zwei Abzweigungen der Aorta, also der Hauptschlagader des Bauches.«

»Sind diese medizinischen Details irgendwie wichtig?«, unterbrach Kristina Breuers Informationen.

Breuer sah sie über den Rand seines Bildschirms vorwurfsvoll an. »Ich sage Ihnen nur, was Keller in die Mail geschrieben hat. Außerdem sind das keine medizinischen Details, sondern anatomische. Das Wichtigste kommt aber jetzt erst.«

Abwartend sah er sie an. Für einen Moment ging Kristina wieder einmal durch den Kopf, dass es doch sehr schade war, dass Konrad Breuer einen Lebensgefährten und am weiblichen Geschlecht kein Interesse hatte. Mit seinen dunklen, glänzenden Haaren, der leichten Bräune, die seine Haut zu jeder Jahreszeit hatte, dem durchtrainierten und doch geschmeidig erscheinenden Körper wirkte er sicher auf viele Frauen sehr anziehend. Dazu kam seine beinahe aristokratische Ausstrahlung, die sie anfangs irrtümlicherweise für Arroganz gehalten hatte. Dabei fiel ihr wieder ihr Kennenlernen ein, das nicht im Präsidium, sondern in einer Bar stattgefunden hatte.

Breuer hatte seinerzeit auf ihre Flirtversuche zwar freundlich reagiert, war jedoch nicht darauf eingegangen. Gerade als Kristina dennoch überlegt hatte, ihm mit ein paar vertraulichen Berührungen näherzukommen, war Breuers Lebensgefährte aufgetaucht. Noch heute schämte sie sich für ihre Reaktion. Schließlich hatte sie den Mann, als er ihrer Ansicht nach außer Hörweite war, ob ihrer enttäuschten Hoffnungen empört als Schwuchtel bezeichnet und zu spät bemerkt, dass er plötzlich wieder hinter ihr stand. Umso unerträglicher, als Willbrandt ihn ihr am nächsten Tag als neuen Kollegen vorgestellt hatte. Unglaublich, dass Breuer ihr diese Aussage offenbar nicht nachtrug.

»Woran denken Sie, Frau Herbich? Es kommt mir so vor, als wären Sie mit den Gedanken ganz weit weg, aber nicht bei unserem Fall«, holte Breuer sie aus ihren Erinnerungen.

Kristina konnte eben noch verhindern, dass sie zusammenzuckte. »Entschuldigung. Sie haben recht. Also, was hat Keller noch für uns?« Sie musste sich konzentrieren.

»Es wollte jemand auf Nummer sicher gehen. Die Klinge des Brieföffners war mit Gift präpariert. Mit Strychnin.«

»Was?« Verblüfft sah Kristina ihn an.

»Ja. Keller hatte gleich den Verdacht, weil, wie er schreibt, beim Toten bläuliche Verfärbungen an den Fingerspitzen, der

Nase und der Mundschleimhaut vorlagen. Dabei handelt es sich um eine sogenannte Zyanose. Das wiederum heißt, durch das Gift gelangt zu wenig Sauerstoff ins Blut.«

»Davon habe ich noch nie was gehört«, gab Kristina zu.

»Ziemlich gefährlich für unseren Täter«, fuhr Breuer fort. »Schließlich hätte er sich selbst an der präparierten Klinge verletzen können.«

»Für die Täterin«, verbesserte sie.

»Warum schließen Sie einen Mann aus?«, fragte Breuer und lehnte sich im Stuhl zurück.

»Weil der Mord allem Anschein nach beim Tanzen passiert ist, und ich vermute, Kamitzki hat mit einer Frau getanzt. Ansonsten wären sicher ein paar Gäste auf die Situation aufmerksam geworden«, erklärte sie. »Es gibt aber nur eine sehr dürftige Beschreibung, mit wem der Mann seinen letzten Tanz getanzt hat.«

»Da gebe ich Ihnen grundsätzlich recht. Andererseits könnte ein Täter sich auch als Frau verkleidet haben«, wandte Breuer ein.

»Das glaube ich nicht«, widersprach Kristina. »Dieser Kizomba wird sehr eng getanzt. Unser Opfer hätte sicher gemerkt, dass er mit einem Mann tanzt.«

»Durchaus. Aber vielleicht ist auch alles ganz schnell gegangen, und er konnte keine Konsequenzen mehr ziehen«, hielt Breuer dagegen.

»Hm«, machte Kristina, der diese Variante nicht gefiel, ohne dass sie es begründen konnte.

»Ich habe auch noch etwas.« Erwartungsvoll sah Breuer sie an.

»Okay, Herr Breuer. Falls Sie gelobt werden möchten, ja, Sie waren sehr fleißig, während ich verschlafen habe«, sagte Kristina, straffte die Schultern und verschränkte die Arme vor der Brust.

Breuer schmunzelte. »Sehr nett, dass Sie das sagen. Dass Sie verschlafen haben, hatte ich vermutet, und das Lob gebührt Keller. Ich lese Ihnen nur vor, was er geschrieben hat.«

»Wahrscheinlich hat er die Nacht durchgearbeitet.«

»Wahrscheinlich ja«, stimmte Breuer ihr zu. »Also: Keller erläutert, wie das Gift beim Eindringen in die Blutbahn wirkt. Möchten Sie, dass ich es Ihnen vorlese, oder wollen Sie Ihren Computer selbst anwerfen?« Noch immer schmunzelte er.

Kristina musste grinsen. »Sie meinen, ich bin noch nicht wach genug, um aktiv zu werden? Da könnten Sie recht haben. Lesen Sie schon vor.«

Das Schmunzeln im Gesicht des Kollegen hielt sich. »Strychnin ist ein weißes Pulver, das aus Kristallen besteht und beispielsweise aus dem Samen der Brechnuss gewonnen wird. Es schmeckt extrem bitter. Es wirkt im zentralen Nervensystem, löst unter anderem schwere Muskelkrämpfe aus, Nierenversagen und Atemlähmung. Wenn es in die Blutbahn eindringt, genügen schon minimalste Spuren für eine tödliche Vergiftung. Minimal heißt in dem Fall, es reichen weniger als fünfzehn Milligramm aus, um jemanden zu töten. Der Täter oder die Täterin hat die Klinge des Brieföffners mit handelsüblichem Klebstoff bestrichen, und daran haftete das Gift. Am Griff der Mordwaffe gibt es keine Fingerabdrücke, aber ebenfalls minimale Klebstoffspuren.«

»Einigen wir uns jetzt auf eine Täterin«, sagte Kristina. »Dann bedeutet das, sie hat Handschuhe getragen. Das ist zu auffällig. Irgendwas stimmt hier nicht.«

Breuer schüttelte den Kopf. »Während meiner Ausbildung gab es einen Fall, da hat ein Täter seine Fingerspitzen mit Klebstoff bestrichen und damit keine Fingerabdrücke hinterlassen.«

»Super«, brummte Kristina. Sie nahm einen der Zettel, die vor ihr lagen. »Gestern Abend waren zum Zeitpunkt unserer Erfassung noch hundertdreiundzwanzig Gäste im Harmonie. Wir müssen davon ausgehen, dass einige, die zur Tatzeit anwesend waren, gegangen sind, bevor wir vor Ort waren. Ehe wir die verbleibenden Leute einzeln durchgehen und befragen, würde ich vorschlagen, wir konzentrieren uns zunächst auf das berufliche und private Leben unseres Toten. Wann kommt seine Frau?«

»Sie meinte, sie könnte es bis vierzehn Uhr schaffen«, antwortete Breuer.

»Gut. Dann geh ich jetzt zu Forsch in die Spurensicherung. Mal sehen, ob sich nicht doch was finden lässt, was uns weiterhilft.«

»Und was mache ich?«, erkundigte sich Breuer.

Kristina lächelte. »Sie trinken Ihren grässlichen gesunden Kräutertee und stärken sich mit dem faden Zeug da.« Sie deutete auf sein Frühstück. »Parallel dazu können Sie herausfinden, wo es das Modell unserer Mordwaffe zu kaufen gibt. Der Griff zumindest sah außergewöhnlich aus.«

»Gibt's im Internet. Ich habe nämlich auch so einen«, antwortete ihr Mitarbeiter.

»Ach was. Na gut. Bis später.«

Breuer grinste und nickte.

5

Gonnesweiler, Saarland

Anneliese Grumbich saß am Fenster ihres Zimmers im vierten Stock des Seniorenstifts Gonnesweiler, mit Blick auf den Bostalsee. Der Himmel war klarblau, und die Wasseroberfläche glitzerte in der Sonne.

Sie hob ihren Feldstecher vor die Augen und zoomte die Landschaft heran.

Auf einer sanften sattgrünen Anhöhe erkannte sie die Vielzahl der kleinen weißen und gelben Flachdachhäuser der Ferienanlage des Center Parcs Park Bostalsee. Zwischen den Gebäuden verteilten sich reichlich sehr gerade gewachsene Bäume, dicht belaubt mit kräftig grünen Blättern.

Anneliese ließ das Fernglas weiterwandern bis zum Strand des Bostalsees. Hier tummelten sich Badegäste, Kinder spielten im Sand, und ein Hund tobte am Wasser entlang. Missbilligend verfolgte sie mit den Augen das Tier. Am See herrschte Leinenpflicht. Aber heutzutage machte ja jeder, was er wollte.

Ein kurzes Klopfen an der Tür ließ sie zusammenzucken, und sie stieß sich mit dem Fernglas an die Nase. Ungehalten rieb sie die schmerzende Stelle.

Ohne Aufforderung trat Schwester Sabine ein. »So, Frau Grumbich. Zeit für Ihren Tee. Ich habe Ihnen auch ein Stück vom Zitronenkuchen mitgebracht.«

»Hätten Sie mir lieber Besuch mitgebracht.« Anneliese Grumbich wandte sich nicht um, legte aber ihr Fernglas zurück auf die Fensterbank.

Schwester Sabine schob ein kleines Tablett auf den runden Tisch, der neben dem Stuhl der Seniorin stand. »Wann war denn Ihr Enkel das letzte Mal hier?«, erkundigte sich die Schwester.

Anneliese löste ihren Blick vom Fenster und sah die rundliche Pflegekraft mit dem blonden Pferdeschwanz böse an.

»Was fragen Sie mich das. Letztes Jahr? Vor zwei Jahren? War der überhaupt schon mal hier?«

»Das weiß ich nicht, Frau Grumbich. Ich habe doch erst vor zwei Monaten im Seniorenstift angefangen.« Schwester Sabine setzte sich auf den rot lackierten Besucherstuhl. Ihr weißer Kittel saß stramm um die volle Brust.

»Vertrödeln Sie nicht Ihre Zeit, Kind.« Anneliese Grumbich griff nach ihrem Gehstock, der am Fenstersims lehnte. »Die anderen warten auch auf ihren Tee.«

»Die anderen sitzen alle unten im Garten. Es ist herrlich draußen. Wenn Sie möchten, helfe ich Ihnen, und wir gehen gemeinsam runter«, ermunterte Schwester Sabine sie.

»Unfug! Was will ich mit den greisen Alten? Die erzählen von ihren Krankheiten und wer wann gestorben ist.«

»Wir singen nach dem Tee gemeinsam, und danach spielen wir Bingo«, fuhr Schwester Sabine unbeeindruckt fort.

»Ich will nicht singen«, unterbrach Anneliese sie. Das fehlte noch, dass sie mit den anderen »Hoch auf dem gelben Wagen« schmetterte oder das Lied mit der Linde und dem Vaterhaus, bei dem sie sich den Text nicht merken konnte. Und beim Bingo hatte sie schon früher immer verloren, aber das ging Schwester Sabine nichts an. »Ich will junge Leute um mich haben. Aber Undank ist der Welt Lohn. Was habe ich alles für den Jungen getan, und dann setzt er mich hier ab und lässt sich nicht mehr blicken.«

»Er kommt bestimmt bald. Sie sagten doch, er arbeitet viel. Wollen wir ihn einmal anrufen?«

»*Wir* wollen gar nichts«, wies Anneliese Grumbich Schwester Sabine in rüdem Ton zurecht. »Und ich werde den Teufel tun, dem Jungen hinterherzulaufen. Jetzt gehen Sie schon. Ich will meine Ruhe haben.«

Wortlos stand Schwester Sabine auf und verließ den Raum.

Die alte Frau wandte sich wieder dem Fenster zu und griff nach ihrem Fernglas. Dort hinten, zwischen den Bäumen, dort stand ihr Haus.

Obwohl ihre Augen trotz ihrer inzwischen fünfundneunzig Jahre noch gut und scharf waren, konnte sie es nicht sehen. Die Bäume waren mittlerweile zu hoch und längst über das Dach gewachsen.

Anneliese ließ das Fernglas sinken. Zu gern hätte sie einen Spaziergang dorthin gemacht. Es gab einen schönen Fußweg von Gonnesweiler zum See. Aber seitdem sie sich vor vier Jahren den Knöchel gebrochen hatte, weil sie an einem Wintertag auf der eisglatten Stufe vor dem Haus ausgerutscht war, konnte sie keine Spaziergänge mehr machen. Höchstens noch ein paar Schritte am Stock und in Begleitung.

Seither saß sie hier, im Seniorenstift. Dabei hätte sie in ihrem Haus bleiben können, wenn der Junge ein bisschen guten Willen gezeigt hätte.

Er kam eben ganz nach seinem Vater. Empathie war ihm ein Fremdwort.

Sie durfte nicht länger darüber nachdenken. Das trieb ihr nur wieder den Blutdruck in die Höhe, und ihre Laune wurde zusehends schlechter.

Anneliese Grumbich nestelte ihre Lesebrille aus dem Etui, das ebenso auf der Fensterbank lag wie der Feldstecher, und schlug die Tageszeitung auf, die zusammengefaltet neben dem Tablett mit dem Tee lag. Das dünne Papier senkte sich auf den Kuchen und auf die Teetasse. Es war ihr egal. Was sie interessierte, waren die Polizeiberichte und die Nachrichten aus der Region.

6

Homburg, Saarland

Als Moritz Amman an diesem trüben Vormittag die Tür zu seiner Wohnung aufschloss, hatte er ein seltsames Gefühl im Bauch, noch während er den Schlüssel im Schloss drehte.

Er war einfach zu wütend gewesen die letzten Tage, vielleicht auch zu unerbittlich. Schließlich war klar, dass Sara sich nicht an den Kosten für die Wohnung und den Lebensunterhalt beteiligen konnte. Seit sie gleichzeitig ihr Biologiestudium und ihren Minijob in einem Café hingeschmissen hatte, hatte sie kein Einkommen mehr. Dass sie aber seit Wochen auf seine Kosten lebte, konnte er auch nicht mehr länger hinnehmen.

Sie schuldete ihm mittlerweile zwei Monatsmieten für das WG-Zimmer, von den Lebenshaltungskosten ganz zu schweigen. Trotzdem schaffte er es nicht, sie vor die Tür zu setzen und sich um einen neuen Mitbewohner zu kümmern. Er hatte sie einfach zu gern.

Seit Monaten hoffte er vergeblich, aus ihnen würde ein Paar werden. Stattdessen war sie in letzter Zeit des Öfteren mit einem Paul ausgegangen. Als sie vergangenen Freitag auch noch eine ganze Nacht weggeblieben war, war ihm der Kragen geplatzt, und er hatte hinsichtlich der Finanzen Tacheles geredet.

Natürlich hätte er kein Wort gesagt, hätte ihn nicht die Eifersucht beinahe zerfressen. Unter den gegebenen Umständen aber wollte er die rückständige Miete haben, und sie sollte sich finanziell auch wieder selbst versorgen.

Hoffentlich war nicht das passiert, was er am meisten fürchtete. Hoffentlich war sie nicht zu dem Typen gezogen. Ihm war ganz schlecht vor Angst.

Im Flur war es dunkel, nur die Tür zum Wohnzimmer stand einen Spalt auf.

»Sara?«, rief er betont locker. Keine Antwort. Die Stille in der Wohnung lähmte ihn. »Sara?«, fragte er noch einmal, ging Richtung Wohnzimmer, wollte die Zimmertür aufdrücken und fuhr erschrocken zusammen.

Im Flur, rechts zu seinen Füßen, lag zusammengerollt in einer Ecke eine große, dicke Schlange.

»Lucie«, sagte er bestürzt. »Wie bist du denn rausgekommen? Was ist passiert?«

Er ahnte es bereits. Das Reptil bewegte sich nicht.

Moritz ging ins Bad, wusch sich gründlich die Hände, kehrte mit geräuschvollen Schritten zurück zu seinem Haustier, damit die Schlange wusste, dass er sich ihr näherte. Lucie drehte ihm den Kopf zu und züngelte.

Er beugte sich hinunter zu dem orange-braun gemaserten Tier und streichelte behutsam über dessen Körper, ehe er mit einer Hand das obere Drittel des Körpers umfasste und mit der anderen Hand das untere Viertel.

Vorsichtig hob er das Tier hoch. Lucie ließ es sich gefallen. Er trug sie ins Wohnzimmer und sah, dass der Deckel des Terrariums nicht richtig geschlossen war.

Einen schmalen Spalt nur stand die Abdeckung offen, genug jedoch, dass die kletterfreudige und wohl auch neugierige Schlange den Moment genutzt hatte. Und noch etwas sah er, was er im ersten Augenblick nicht wahrhaben wollte.

Unter dem Sand lugte die Ecke einer kleinen braunen Lederhülle hervor. Ihm fuhr das Entsetzen gleich einem Messerstich in die Eingeweide.

7

Bayreuth

Manuela Kamitzki mochte um die dreißig Jahre sein, hatte lange schwarze Haare, mandelförmige dunkle Augen und war eindeutig asiatischer Herkunft. Ihre Augen schwammen in Tränen. Sie saß auf dem Besucherstuhl im Büro von Kristina und Breuer, seitlich der beiden Schreibtische.

»Das kann doch nicht wahr sein«, stieß sie hervor, rang um Fassung und fing an zu schluchzen.

Kristina ließ ihr einen Moment Zeit.

»Es tut uns sehr leid, Frau Kamitzki«, sagte Breuer sanft und reichte ihr ein Papiertuch. Sie nahm es und knüllte es zusammen, ohne es zu benutzen. Mit dem Handrücken trocknete sie sich das Gesicht.

»Wie kann ich Ihnen helfen?«, fragte sie. Ihre Schultern zitterten.

Kristina hatte spontan den Wunsch, die zierliche Frau in den Arm zu nehmen. Kamitzkis Ex-Frau war sichtlich erschüttert. »Seit wann sind Sie und Ihr Mann geschieden?«, fragte sie stattdessen.

»Seit drei Jahren. Wir hatten aber weiterhin guten Kontakt, schon wegen der Kleinen«, antwortete Manuela Kamitzki. Sie kämpfte noch immer mit den Tränen.

»Wo ist Ihre Tochter jetzt?«, erkundigte sich Kristina.

»Bei einer Freundin. Ich dachte, das sei besser, als sie mit hierherzunehmen.«

»Da haben Sie recht«, stimmte Kristina zu. »Bitte erzählen Sie uns etwas über Ihren Mann. Seinen Beruf, seine Freunde, Ihre Ehe. Warum haben Sie sich scheiden lassen?«

Manuela Kamitzki nickte und sah auf ihre Hände. »Rainer wollte die Scheidung. Er hatte eine andere Frau kennengelernt. Noch während das Verfahren lief, war seine Affäre wieder beendet. Mein Mann wollte zurück zu Leonie und mir. Aber so leid es mir für unsere Kleine getan hat, ich konnte das nicht mehr. Verstehen Sie mich bitte nicht falsch. Ich hatte meinen Mann immer noch von Herzen gerne, aber mein Vertrauen war dahin. Wer sagt mir denn, dass er mich nicht noch einmal betrogen hätte? Ich wollte klare Verhältnisse.«

»Es gab ein Besuchsrecht für Leonie?«, fragte Breuer.

»Ja.« Manuela Kamitzki nickte. »Aber das war nicht nötig. Wir haben uns alle drei oft gesehen. Leonie war immer wieder über ein Wochenende bei ihrem Vater. Wir hatten nie Streit. Es lief alles sehr ruhig und freundschaftlich ab. Rainer hat mir manches Mal versichert, dass er seinen Fehltritt und die Scheidung bereut. Das hat mir gutgetan. Es war irgendwie tröstlich, falls Sie verstehen, was ich meine. Zurück wollte ich nicht mehr.«

»Hatte Ihr Ex-Mann wieder eine Beziehung?«, fuhr Breuer fort.

»Zumindest keine, von der ich weiß. Affären hatte er bestimmt. Er konnte sehr gut mit Frauen.«

Kristina meinte, einen Unterton der Verbitterung aus der Stimme der attraktiven Asiatin herauszuhören. »Was hat er beruflich gemacht?«, fragte sie.

»Er war Immobilienmakler bei ›Haus, Wohnung & Co. KG‹. Er hat hervorragende Abschlüsse gemacht.« Sie betrachtete ihre Fingernägel.

»Kennen Sie Freunde von ihm, oder wissen Sie, wer einen Grund gehabt haben könnte, Ihren Mann zu töten?«, fuhr Kristina fort.

Manuela Kamitzki schüttelte den Kopf und sah sie an. »Nein. Beim besten Willen nicht. Richtige Freunde hatte Rainer eigentlich gar keine, nur Bekannte. Mit unserem Nachbarn Rolf hat er sich ganz gut verstanden, vielleicht kann der Ihnen weiterhelfen. Ich weiß auch ganz sicher niemand, der ihm etwas hätte antun wollen. Er war ein friedfertiger, freundlicher Mensch. Manche nannten ihn sogar einen ›Gutmenschen‹.« Unvermittelt verzog sie das Gesicht zu einer freudlosen Grimasse.

»Was meinen Sie damit?«, erkundigte sich Breuer.

»Er stand immer auf der Seite der Schwachen, Hilflosen und

Bedürftigen. Auch wenn diejenigen ihr Schicksal selbst verschuldet hatten. Das war schon fast zwanghaft bei Rainer.«

»Wovon genau sprechen Sie?«, hakte Kristina nach.

Sanfte Röte stieg in die Wangen der Frau. Sie steckte das zerknüllte, aber unbenutzte Papiertuch in ihre schmale schwarze Handtasche, die an einer feinen goldenen Gliederkette über ihrer Schulter hing.

»Rainer hat – hatte – bei ›HW & K‹ einige Kollegen.«

»›HW & K?‹«, unterbrach Kristina sie.

»›Haus, Wohnung & Co. KG‹. Eine Abkürzung«, erläuterte Manuela Kamitzki. »Zwei seiner Kollegen bekommen nichts auf die Reihe. Er hat beide quasi unter seine Fittiche genommen. Dem einen schustert er ständig Kunden und Abschlüsse zu, damit er seinen Arbeitsplatz nicht verliert. Für den anderen hat er sich eingesetzt, als der ein großes Projekt in den Sand gesetzt hat, weil irgendeine Frist nicht eingehalten wurde. Fragen Sie mich keine Details bitte. Aber Rainer hatte von seinem Vorgesetzten, Ludwig Schneider, bereits eine Abmahnung bekommen, weil er … nun, so handelte.«

»Weil er wie handelte?«, forschte Kristina.

»Ganz einfach. Er hat eine Villa am Roten Hügel verkauft, mit Besichtigungsterminen, Vorverträgen und dergleichen mehr und hat, nachdem alles unter Dach und Fach war, die Verträge neu ausgestellt und seinen unfähigen Kollegen Paul Horsten als zuständigen Berater eingetragen und unterschreiben lassen. Damit bekam Horsten die Provision. Horsten stand kurz vor der Kündigung, weil er kaum Erfolge vorweisen kann. Den Kunden, die auch noch mal unterschreiben mussten, hat Rainer erzählt, ihm sei ein Missgeschick passiert. Er hätte Unterlagen verwechselt und in den Schredder gegeben. Sein Chef ist ihm aber hinter die Nummer gekommen, weil er mit der Tochter der Käufer bekannt ist, was Rainer wiederum nicht wusste. Danach hat er die Abmahnung bekommen.«

»Und was ist aus Horsten geworden?«, fragte Breuer.

Manuela Kamitzki zuckte mit den Schultern. »Nichts. Soweit ich weiß, arbeitet er nach wie vor in der Firma. Es ist nicht einfach, den Mann zu entlassen, weil er krank ist. Außerdem hat er Familie. Schneider war zwar stinkwütend auf Rainer wegen der Sache, aber letzten Endes kam Horsten ungeschoren davon.«

»Was hat Horsten für eine Krankheit?«, erkundigte sich Kristina.

»Er hatte einen Schlaganfall. Seither zieht er ein Bein nach und hat Konzentrationsprobleme.«

Manuela Kamitzki warf einen Blick auf ihre Armbanduhr, die mit einem schmalen roten Lederriemen um ihr Handgelenk lag. »Haben Sie noch Fragen? Ich habe meiner Freundin versprochen, Leonie beizeiten wieder abzuholen«, sagte sie.

»Im Augenblick nicht. Vielen Dank, dass Sie gekommen sind. Wo können wir Sie erreichen?«, fragte Kristina.

Manuela Kamitzki öffnete ihre Handtasche und zog eine elfenbeinfarbene Visitenkarte hervor. In geschwungener goldfarbener Schrift standen ihr Name, eine Adresse in Bayreuth und ihr Beruf darauf. »Physiotherapie M. Kamitzki – Termine nach Vereinbarung – auch Hausbesuche«.

Kristina legte die Karte auf ihre Schreibunterlage und erhob sich. »Auf Wiedersehen, Frau Kamitzki«, sagte sie und reichte ihr die Hand.

Breuer tat es ihr gleich. Manuela Kamitzki verließ in gerader Haltung das Büro und schloss leise die Tür hinter sich. Der Hauch eines nach Blüten duftenden Parfüms hing im Raum.

Kristina setzte sich wieder.

»Was halten Sie von ihr?«, fragte sie Breuer, der ebenfalls Platz genommen hatte.

»Spontan fällt mir auf, dass die Beschreibung von Kamitzkis letzter Tanzpartnerin auf seine Ex-Frau passt«, erwiderte er. »Lange dunkle Haare, schlank, nicht allzu groß. Von einer Asiatin hat allerdings im Harmonie niemand gesprochen.«

»Kann sein, dass das im schummrigen Licht nicht aufgefallen ist. Vielleicht war sie ja nur kurz da«, entgegnete Kristina. »Wenn sie wusste, wo sie ihren Mann finden kann, kann es schnell gegangen sein.«

Sie sah auf die Visitenkarte. »Als Physiotherapeutin hat sie zudem medizinische, äh … anatomische Grundkenntnisse«, ergänzte sie. »Wir hätten sie nach ihrem Alibi fragen sollen.«

»Beides«, erwiderte Breuer.

»Wie bitte?«

»Medizinische und anatomische Grundkenntnisse. Das mit dem Alibi lässt sich nachholen«, antwortete Breuer.

Kristina nickte. »Ich würde vorschlagen, wir befragen diesen Nachbarn, Kamitzkis Chef und seine Kollegen. Würden Sie die Adressen von den Leuten ermitteln, mit denen der Mann beruflich zu tun hatte? Ich fahre in der Zwischenzeit zu diesem Rolf. Die Adresse von Kamitzki haben wir, auf dem Weg finde ich auch den Nachbarn.« Sie hoffte es. Weder sie noch Breuer hatten nach dem Nachnamen des Mannes gefragt.

»In Ordnung«, stimmte ihr Mitarbeiter zu.

»Wenn Sie fündig geworden sind, können Sie anfangen, mit den Leuten zu reden. Ich würde sagen, spätestens um achtzehn Uhr machen wir dann auch für heute Schluss.«

»Okay«, stimmte Breuer erneut zu.

Kristina stand von ihrem Platz auf und nahm ihre Handtasche von der Stuhllehne. »Da fällt mir noch was ein«, sagte sie. »Sie haben den Pächter vom Harmonie gestern recht persönlich begrüßt. Sind Sie öfter in dem Lokal?«

»Ich korrigiere: Er hat mich recht persönlich begrüßt.« Breuer lächelte. »Ich tanze gern, und ich war jahrelang Stammgast im Harmonie. Daher kenne ich Baldof. Seit ich allerdings mit Dennis zusammen bin, gehe ich nur noch selten. Er ist kein Tänzer, und er ist eifersüchtig.«

»Eifersüchtig?«, wiederholte Kristina überrascht. Eben hatte ihr ihr Kollege zum ersten Mal etwas von seiner Beziehung erzählt. Bisher hatte sie nicht einmal den Namen seines Lebensgefährten gekannt.

»Ja.« Breuer lächelte noch immer.

»Aber Sie tanzen doch vermutlich mit Frauen. Wie kann er da …?« Verlegen brach sie ab. Sie hatte das Gefühl, sich zu weit vorzuwagen.

»Klar. Aber es sind ja auch Männer im Lokal«, erinnerte sie ihr Mitarbeiter.

»Ah ja. Stimmt. Also dann, bis spätestens morgen. Ich würde sagen, wenn wir uns um zehn Uhr im Büro treffen, dann reicht das für Sonntag, was meinen Sie?«

»Sicher«, antwortete Breuer.

Bei der Uhrzeit war sie guter Hoffnung, nicht wieder zu verschlafen. »Wenn Sie was Wichtiges ermitteln, rufen Sie mich gleich an, ja?«, fügte sie hinzu.

»Natürlich.«

Zügig verließ sie das Büro. Sie hatte das Gefühl, sich wieder einmal vor Breuer blamiert zu haben.

8

Gonnesweiler, Saarland

Anneliese Grumbich schlug die Saarbrücker Zeitung zu. Heute stand wirklich nichts drin, was es lohnte zu lesen. Offenbar wussten die Zeitungsleute nicht, was sie schreiben sollten.

In Sankt Wendel hatte die siebenjährige Tina S. den Vorlesewettbewerb der zweiten Klasse gewonnen. In Bosen stand die Neuwahl des Vorstands vom Kirchenchor an, und in Selbach plante der Obst- und Gartenbauverein seine Jahreshauptversammlung. Wen interessierte denn das?

Außerdem feierte irgendeine Luise Ismann im Kreise ihrer Lieben ihren neunundneunzigsten Geburtstag, und in Dudweiler war eine alte Frau auf einen Enkeltrick hereingefallen und hatte irgendeinem Betrüger ihre Ersparnisse ausgehändigt. Die Leute waren gutgläubig und selbst schuld. Ihr wäre das niemals passiert.

Sie legte ihre Lesebrille auf das Fenstersims.

Auch heute schien die Sonne, und am See war viel Betrieb.

Was der Junge wohl machte? Wenn er sich schon nicht persönlich blicken ließ, hätte er wenigstens …

Es klopfte kurz und energisch, und sie zuckte zusammen. Sie konnte sich einfach nicht daran gewöhnen, dass hier das Personal kam und ging.

Schwester Rita betrat das Zimmer. Sie war klein und zierlich, trug einen dunklen Kurzhaarschnitt und war sehr resolut.

»Ja, Frau Grumbich! Sie haben ja kaum etwas gegessen. Wenn das so weitergeht, muss ich mit dem Doktor sprechen.« Vorwurfsvoll sah die Schwester auf das Frühstückstablett auf dem kleinen runden Tisch.

»Ich mag keinen Haferbrei«, hielt Anneliese Grumbich dagegen. »Und den Schonkaffee auch nicht. Hat jemand für mich angerufen?«

»Angerufen? Nein. Warten Sie wieder auf Ihren Enkel?« Schwester Rita nahm das Tablett hoch.

Anneliese Grumbich winkte ungehalten ab. »Der kommt sowieso nicht. Else Winkler wollte mir Bescheid sagen, wegen der Fußpflege. Stellen Sie gleich durch, wenn sie sich meldet«, verlangte Anneliese und zeigte zu dem schmalen Telefonapparat, der auf dem Nachtkasten neben ihrem Bett stand.

»Sicher, Frau Grumbich. Um elf Uhr spielen wir im Garten Sitzfußball. Wollen Sie mitmachen? Ich könnte Sie eine Viertelstunde vorher abholen.«

»Mit dem Rollstuhl, was? Als ob ich die paar Schritte bis zum Aufzug nicht alleine schaffe. Nein, ich bleibe hier. Vielleicht ruft Else in der Zwischenzeit an, oder der Junge denkt doch einmal an seine alte Großmutter und meldet sich.«

»Wie Sie wollen.« Schwester Rita öffnete die Zimmertür mit dem Ellbogen und schwenkte mit dem Tablett in den Händen aus dem Raum.

Anneliese wandte sich wieder dem Fenster zu. Dort draußen gab es wenigstens ein bisschen was zu sehen. Die Tage standen auch die Vorbereitungen für das Fest am Bostalsee an. Buden würden aufgestellt werden, an denen man Leckereien kaufen konnte, Bierzeltgarnituren zum gemütlichen Verweilen und

Sonnenschirme. Eine Hüpfburg für die Kleinen und vielleicht sogar ein Tanzboden. Tanzen, ach ja. Das war so schön gewesen. Früher, als sie noch jung gewesen war. Aber nachdem sie sich um den Jungen hatte kümmern müssen, war das ja kaum mehr gegangen.

Anneliese presste die dünnen Lippen zu einem schmalen Strich. Auf was hatte sie nicht alles verzichtet, um ihrer Erziehungs- und Sorgfaltspflicht nachzukommen. Sie durfte gar nicht darüber nachdenken.

9

Homburg, Saarland

Moritz Amman tigerte in seinem Wohnzimmer auf und ab. Lucie lag wieder in ihrem Terrarium und schien zu schlafen.

Sara hatte ihn ernsthaft bestohlen. Auf irgendeine verdammte Weise war sie dahintergekommen, dass er eine größere Summe Bargeld in einer kleinen Geldtasche im Sand von Lucies Behausung versteckt hatte. Dort war es ihm immer sicher erschienen.

Die wenigsten Menschen trauten sich, in ein Terrarium zu fassen, hatten doch die meisten Angst und Ekel vor Schlangen oder was sonst noch in solchen Glasbehältern lebte. Gerade von Sara, die stets einen großen Bogen um Lucie und ihr Plätzchen gemacht hatte, hätte er das nie gedacht.

Sie hatte nicht alles genommen, aber immerhin ein Drittel, und das waren tausend Euro. Für ihn sehr viel Geld. Geerbt von seiner Großmutter vor zwei Jahren. In bar hatte sie ihm die Summe in die Hand gedrückt, die sie zu Hause in einem Sofakissen versteckt hatte. Den Banken konnte man ja nicht trauen, so ihre Ansicht.

»Leg das Sümmchen auf die Seite und überlege gut, was du

damit machst«, hatte sie ihm auch gleich noch einen Rat gegeben. Kurz danach war die alte Dame verstorben, und er hatte es nicht übers Herz gebracht, die Scheine auf sein Sparbuch einzuzahlen. Er wollte sie behalten, die Originalscheine, die sie ihm überlassen hatte, bis er sie für einen wirklich guten und wichtigen Zweck brauchte. Seine Hochzeitsreise zum Beispiel, falls er jemals in den Genuss kam. Bestimmt begleitete ihn der Segen der guten alten Frau, wenn er den Urlaub mit ihrem Geschenk bezahlte.

Moritz presste die Handflächen an die Schläfen, schalt sich einen Narren und blieb vor dem Terrarium stehen.

»Du hättest ruhig besser aufpassen können«, hielt er seiner Schlange vor. Lucie zeigte keine Reaktion. Er war furchtbar wütend.

Sara hatte mit ihrem Diebstahl das Erbe seiner Großmutter quasi entweiht. Ganz nebenher hatte er schon eine Weile überlegt, sich von dem Geld eine gute Musikanlage zu gönnen. Bei Media Markt gab es eine im Angebot, und es war einfach zu ungewiss, ob er jemals heiraten würde. Oma hatte Musik immer gemocht, es wäre ihr sicher recht gewesen. Aber jetzt fehlten tausend Euro, und Sara verprasste wahrscheinlich in ebendiesen Minuten sein Geld, im schlimmsten Fall mit einem anderen Mann.

Stöhnend ließ er sich in seinen Sessel fallen. Eigentlich konnte sie nur zu Paul gezogen sein, von dem er weder den vollständigen Namen kannte noch seine Adresse. Aber er konnte versuchen, Sara auf dem Handy zu erreichen.

Nach drei Anrufen gab er es auf. Entweder sie hatte das Mobiltelefon ausgeschaltet, oder sie war auch hier mit den Gebühren im Rückstand, und ihre Nummer war stillgelegt worden. Er würde in ihrem Freundeskreis an der Uni nachfragen, wo er Paul beziehungsweise Sara finden konnte.

10

Bayreuth

Kristina Herbich stand vor dem flachen Bungalow am Roten Hügel in Bayreuth, unweit des Klinikums. Es war jetzt kurz nach achtzehn Uhr. Der Abend war mild, der Himmel jedoch wolkenverhangen. Daher hatte man den Eindruck, die Dämmerung sei schon eingebrochen.

Feiner Sprühregen saugte sich in ihre Kleidung und legte sich glänzend auf die dicken grünen Blätter eines üppigen Kirschlorbeerstrauches, der im Vorgarten des Anwesens von Rainer Kamitzki stand. Gehweg, Straße und Hausdächer schimmerten dunkel und feucht.

An der Gartentür des Nachbarhauses zur rechten Seite stand der Name »Gudrun Schleberger«. Am Nachbarhaus zur linken Seite stand der Name »Pöhlmann«, ohne Vornamen. Kristina beschloss, ihr Glück zuerst hier zu versuchen.

Die Haustür hatte zwei schmale Glaseinsätze.

Auf ihr Klingeln flammte Licht dahinter auf, so rasch, als hätte jemand bereits auf Besuch gewartet. Gleich darauf wurde geöffnet. Kristina sah einen älteren Mann vor sich, der im Rollstuhl saß.

»Ja?«, sagte er und musterte sie fragend.

Sie hatte den Eindruck, er war enttäuscht. Möglicherweise wartete er tatsächlich auf jemanden. »Herr Pöhlmann?«, erkundigte sie sich.

Der Mann nickte.

»Darf ich fragen, wie Sie mit Vornamen heißen?«, fuhr sie fort.

»Darf ich fragen, warum?«, hielt er dagegen. Seine rechte Hand lag auf der Türklinke, als wollte er die Tür jeden Moment wieder zuschlagen.

Kristina zog ihren Ausweis aus der Brusttasche ihrer Jeansjacke. »Kriminalpolizei, Kristina Herbich. Es geht um Ihren Nachbarn, Rainer Kamitzki.«

»Um Kamitzki? Warum?«

»Wie heißen Sie denn nun mit Vornamen?« Sie wurde ungeduldig. Dass die Leute so stur sein konnten.

»Rolf«, erwiderte er kurz angebunden. »Also, was ist mit Rainer?«

»Kann ich reinkommen?« Inzwischen kroch ihr die Feuchtigkeit bis auf die Haut. Sie würde sich einen Schnupfen holen.

»Wenn es sein muss.« Ungnädig rangierte er seinen Rollstuhl zur Seite, schloss die Tür hinter ihr und zeigte geradeaus durch den Flur. »Dort ist das Wohnzimmer. Gehen Sie vor und setzen Sie sich«, forderte er sie auf.

Die Luft im Haus war geschwängert von kaltem Rauch, die niedrige Holzdecke im Raum wollte Kristina schier erdrücken.

Pöhlmann folgte ihr und schloss die Tür zum Flur. Er verzichtete darauf, im Wohnzimmer Licht einzuschalten. Das trübe verlöschende Licht des verregneten Sommerabends hing schwer zwischen den Wänden des Zimmers.

Eine Schrankwand aus Eiche nahm die gesamte linke Wand des Wohnraumes ein, in der Mitte standen ein niedriger Glastisch, darauf ein randvoller schmiedeeiserner Aschenbecher und vor dem Tisch ein schwarzes Ledersofa.

Sie setzte sich auf die Kante des Sitzmöbels. Das Polster war sehr weich, und sie sank tiefer darin ein, als ihr lieb war.

Durch ein großes Fenster an der Stirnseite des Zimmers konnte man in einen weitläufigen Garten sehen. Am Fenster hing eine weiße Gardine mit gebogenem Rand und Fransen bis auf halbe Höhe, auf dem marmornen Fenstersims darunter standen unzählige Pflanzen dicht an dicht. An vielen hingen verdorrte Blätter, ein einzelner Kaktus dazwischen zeigte eine wunderschöne rosa Blüte.

»Nun sagen Sie schon, was Sie von mir wollen«, forderte Rolf Pöhlmann ihre Aufmerksamkeit. Er sprach ruhig, nicht ungeduldig oder gereizt und hörte sich dennoch an, als sei er keinen Widerspruch gewohnt.

In wenigen Worten informierte Kristina Kamitzkis Nachbarn von dessen Tod und den Umständen.

Pöhlmann rieb sich die Nase, nachdem sie fertig war. »Ich muss sagen, ich bin schockiert«, äußerte er nach einigen Sekunden des Schweigens. Sein Gesicht verschwand im Halbdunkel des Raumes.

»Wie gut kannten Sie Herrn Kamitzki?«, fragte Kristina.

Dafür, dass sie miteinander befreundet gewesen sein sollten, reagierte er für ihre Begriffe zu ruhig.

»Gut. Sehr gut, meine ich. Wir sind seit acht Jahren Nachbarn. Ab und an haben wir eine Partie Schach miteinander gespielt. Im Sommer kam er manchmal zu mir rüber, und wir haben auf meiner Terrasse gegrillt. Entschuldigung, würden Sie mir bitte meine Zigaretten reichen?« Er deutete hinter Kristina.

Sie wandte sich um. Auf einer Konsole direkt hinter dem Sofa lagen mehrere Packungen Zigaretten, eine davon war geöffnet. Sie reichte sie Pöhlmann. Bereits bei der Vorstellung, er würde sich eine Zigarette anzünden, wurde ihr die Luft knapp.

Gut, dass sie Breuer nicht hergeschickt hatte. Ihm war der Rauch noch mehr zuwider als ihr. Pöhlmann griff nach dem Feuerzeug, das neben dem Aschenbecher lag. Sie sah seine Hände zittern.

»Rainer hat sich um mich gekümmert, als meine Frau mich vor zwei Jahren verlassen hat.« Er inhalierte einen tiefen Zug und klopfte mit der freien Hand auf einen seiner Oberschenkel. »Ich war mal Sportlehrer. Dann kam der Autounfall, und seither sitze ich im Rollstuhl. Das hat unsere Ehe nicht verkraftet, falls Sie verstehen. Na ja.«

»Können Sie mir irgendetwas über Herrn Kamitzki erzählen, was uns weiterhelfen könnte? Hatte er Feinde? Wissen Sie etwas aus seinem Leben, was der Grund für die Tat sein könnte?«

Pöhlmann zog an seiner Zigarette, und die Spitze des Tabakstängels glomm rotorange auf. »Nein«, antwortete er. »Er war sehr fleißig, hat viel gearbeitet. Mit seiner Ex-Frau hatte er ausgiebig Kontakt, und er hat sich gut um Leonie gekümmert, seine Tochter. Er hat seine Affäre, derentwegen er die Scheidung eingereicht hatte, schwer bereut. Aber mit Manuela war nicht zu reden. Gekränkter Stolz, verstehen Sie? In seiner Freizeit hat er sich um Menschen gekümmert, die ein wenig Unterstützung brauchten. Mich zum Beispiel. Sich selbst hat er wenig gegönnt. Nur das Tanzen. Das war sein Hobby.«

Pöhlmann lachte plötzlich auf, seine Stimme kippte und hörte sich nach einem Schluchzen an. Kristina erschrak. Pöhlmann fuhr sich mit zittriger Hand übers Gesicht und fasste sich wieder. »War auch mal mein Hobby. Und das meiner Frau.«

Kristina atmete flach. Wie furchtbar. Und der Rauch machte ihr auch zu schaffen. »Herr Pöhlmann, falls Ihnen noch irgendetwas einfällt … ich würde Ihnen gerne meine Karte hierlassen.«

»Was soll mir denn schon einfallen? Wieder ein Mensch weniger in meinem Leben. Verdammte Scheiße, das hat Rainer nicht verdient. Ja, geben Sie schon her.«

»Danke. Ich finde alleine raus«, sagte Kristina und verabschiedete sich.

Eine knappe halbe Stunde später bog sie in die Hofeinfahrt zu dem Mehrfamilienhaus in der Nürnberger Straße ein, wo sich ihre Wohnung befand. Endlich Feierabend für heute.

Im Hof reihten sich etliche Garagen aneinander, alle Tore waren in hellem Grün gestrichen. Ihre Garage, die zweite von rechts, stand offen wie immer.

Sie parkte ihr Fahrzeug und zog das Tor herunter.

Für den heutigen Abend wollte sie nur noch ihre Ruhe, keinesfalls würde sie das Haus noch einmal verlassen.

Sie überquerte den Hof, ging die drei Stufen zur Haustür hinauf und öffnete. Wie üblich bemühte sie sich, leise zu sein. Im Hochparterre des stattlichen alten Gebäudes im Klinkerbau wohnte der Vermieter, ein alleinstehender Mann um die fünfzig Jahre. Er hatte gern Ruhe im Haus.

Kristina nahm immer zwei Stufen gleichzeitig zu ihrer Wohnung, die sich in der zweiten Etage befand.

Sie betrat ihre Wohnung, schloss die Tür hinter sich und drückte auf den Lichtschalter. Die altmodische Stehlampe in der Ecke des geräumigen Flures flammte auf und tauchte die Diele in warmes Licht.

Sie ließ ihre Handtasche neben der Tür zu Boden fallen und streifte die Schuhe ab. Willkommen zu Hause, dachte sie. Vielleicht sollte sie sich eine Katze anschaffen, damit jemand da war, um sie zu begrüßen, wenn sie nach einem langen Arbeitstag heimkam.

An einer Seitenwand des geräumigen Flures, der von der Größe her ein Wohnraum hätte sein können, stand ein kleiner roter Sessel, ganz im Stil der fünfziger Jahre.

Kristina setzte sich darauf, stützte den Kopf in die Hände und wackelte mit den Zehen. Sie hatte Hunger, und sie roch fürchterlich nach Zigarettenrauch. Am besten, sie steckte die Wäsche in die Maschine und stellte sich unter die Dusche. Oder sollte sie zuerst etwas essen?

Breuer hätte jetzt bestimmt etwas gekocht. Etwas Gesundes, Vernünftiges, Vitaminhaltiges, Vegetarisches.

Eventuell kochte ja auch sein Lebensgefährte und empfing ihn liebevoll mit einer weißen Küchenschürze um den Bauch und einem Glas Wein in der Hand. Nein, der Wein war nicht gesund. Egal.

Kristina lehnte sich im Sessel zurück und streckte nun die Beine von sich.

Vielleicht hätte sie etwas einkaufen sollen.

Wenn sie sich beeilte, konnte sie das nachholen. Lidl, der Discounter, bei dem sie Stammkundin war, war nur wenige hundert Meter entfernt auf der anderen Straßenseite. Sie konnte sogar hinlaufen, aber sie musste sich beeilen. Es war bestimmt bald zwanzig Uhr, da machte das Geschäft zu, und dann gab es vor Montagmorgen nichts mehr.

Sie stemmte sich aus dem Sessel hoch und holte ihre Handtasche, die noch immer neben der Wohnungstür lag. Darin befand sich ihr Handy, und das diente ihr unter anderem als Uhr. Es war zwanzig Minuten vor acht. Wenn sie schnell war, war es zu schaffen. Andererseits hatte sie jetzt Hunger und weder Lust einzukaufen noch zu kochen.

Unentschlossen legte sie das Handy und die Handtasche auf den Sessel und ging in die Küche.

Im Gefrierfach lag eine Pizza mit Spinat, Tomaten und Käse. Das war vielleicht nicht perfekt, aber genug für heute Abend. Für morgen würde sich auch noch etwas finden. Nudeln zum Beispiel hatte sie immer auf Vorrat.

Sie schob die Pizza in den Ofen und überlegte, ob sie sich ein Glas Wein dazu gönnen sollte. Im Schrank unter dem Spülbecken fand sie eine noch geschlossene Flasche Weißwein. Sie stellte sie auf den Küchentisch, legte den Flaschenöffner daneben und holte ein Wasserglas.

Ein Wasserglas war Stil genug für ihren Feierabend, schließlich war sie mit sich allein. Die guten Weingläser, die Onkel Johan ihr vor einigen Jahren zum Geburtstag geschenkt hatte, hatte sie noch nicht einmal ausgepackt. Der Karton stand original verschlossen im Keller. Eigentlich kein guter Platz. Was, wenn der Onkel auf einem seiner sehr seltenen Besuche nachfragte, und sie musste zugeben, dass sie sein Geschenk nicht würdigte? Kristina beschloss, sich morgen darum zu kümmern. Oder nächste Woche.

Während sie auf die Pizza wartete, ging sie ins Wohnzimmer. Dort lag die Fernsehzeitung. Um zwanzig Uhr fünfzehn lief im ersten Programm eine Musiksendung, im Zweiten ein Krimi mit einer Schauspielerin, die sie nicht mochte, auf RTL eine Comedy-Live-Sendung und auf SAT1 ein Spielfilm, den sie schon kannte. Auf einem dritten Programm fand sie schließlich einen Tatort mit einem Kommissaren-Team aus Köln. Die Kölner Kommissare mit den Darstellern Klaus Behrendt und Dietmar Bär, die in der Reihe die Namen Ballauf und Schenk trugen, mochte sie.

Kristina hörte ihr Handy läuten. Sie erinnerte sich, es im Flur auf den Sessel gelegt zu haben, und verließ das Wohnzimmer.

Auf dem Display stand »Breuer ruft an«.

»Herr Breuer, was gibt's?«, erkundigte sie sich ohne Begrüßung.

»Tut mir leid wegen der Störung, Frau Herbich. Sie sagten, wenn etwas Wichtiges ist …«

»Schon gut. Was haben Sie herausgefunden?«

»Nichts, was im Augenblick wichtig ist. Aber Baldof hat mich angerufen«, sagte Breuer.

Kristina setzte sich auf ihren Flursessel. »Ist ihm noch was eingefallen?«

»Nein. Aber er hat einen Anruf bekommen und ist völlig außer sich.«

Kristina hörte Breuer zu, ohne ihn zu unterbrechen.

»Er würde gerne persönlich mit Ihnen oder mir sprechen«, sagte Breuer, nachdem er ihr mitgeteilt hatte, worum es bei Baldofs Anruf gegangen war.

»Okay, ich fahre ins Harmonie«, sagte sie schließlich. »Machen Sie Feierabend, Herr Breuer.«

Sie beendete das Gespräch. Der Fall schien eine unerwartete Wendung zu nehmen.

Aus der Küche roch es angebrannt. Die Pizza konnte sie vergessen, und ihre Kleidung roch noch immer nach Pöhlmanns Zigaretten. Sie würde sich wenigstens rasch umziehen.

11

Es war kurz nach einundzwanzig Uhr, als Kristina das Harmonie betrat. Es herrschte bereits reger Betrieb, aus den Lautsprechern drang Kerstin Otts »Regenbogenfarben«, und auf der Tanzfläche bewegten sich viele Paare – manche schwungvoll und gekonnt mit vielen Drehungen und Figuren, andere bedächtiger.

Jonas Baldof stand hinter der großen Theke seines Lokals und zapfte Bier. Als er Kristina kommen sah, gab er der jungen Frau, die eben einem Gast einen Cocktail reichte, ein Zeichen, dass sie ihn ablösen sollte.

Seine Miene war angespannt. Und noch etwas glaubte sie in seinem Gesicht zu sehen. Angst?

»Frau Herbich, gut, dass Sie gekommen sind. Wir gehen nach

hinten in den anderen Raum, da sind wir heute ungestört«, begrüßte er sie.

»Guten Abend, Herr Baldof.« Sie gab ihm die Hand, die er kurz und fest drückte.

Baldof lief mit schnellen Schritten voran. Sie folgte ihm durch den Sitzbereich bei der oberen Theke, die wenigen Stufen hinunter in den unteren Bereich, vorbei an der hölzernen Balustrade, die die Tanzfläche begrenzte.

Am ersten Hochtisch links lehnte ein schlanker Mann mit dunklen Haaren. Er lächelte, als er sie sah. Die Erinnerung fuhr ihr in den Magen, und ihr Herz fing unvernünftig an zu klopfen.

... Schade, dass wir uns unter so ungünstigen Umständen kennenlernen ...

Philipp Reuter hieß er, das hatte sie nicht vergessen.

Baldof stand schon an der Tür zum Nebenraum und wartete ungeduldig. Eilig folgte ihm Kristina. Baldof betrat vor ihr den zweiten Tanzbereich und schloss sofort wieder die Tür. Er betätigte einen Lichtschalter, und unangenehm helles Licht durchflutete den Raum. Auf der Tanzfläche klebten dunkle Flecken. Kamitzki hatte offenbar doch einiges an Blut verloren, auch wenn es bei der ersten Inaugenscheinnahme nicht so ausgesehen hatte.

»Ich habe noch nicht sauber machen lassen, obwohl Ihre Kollegen es freigegeben hatten«, entschuldigte sich Baldof. »Ich bin ganz auseinander. Die Sache nimmt eine ungeahnte Dimension an. Ehrlich, ich bin fix und fertig.«

Er zerrte am Kragen seines dunklen T-Shirts, als wollte er eine Krawatte lockern.

»Beruhigen Sie sich bitte. Sie haben Herrn Breuer angerufen und gesagt, Sie hätten einen erpresserischen Anruf bekommen. Erzählen Sie mir bitte genau, wie das abgelaufen ist.«

Baldof fuhr sich mit beiden Händen durch die Haare, sodass sie seitlich abstanden. In der neonartigen Beleuchtung hatte er eine ungesunde graue Gesichtsfarbe. Sein Blick ging unruhig durch den Raum, als fürchtete er, es könnte sich jemand hinter der kleinen Bar, unter den Tischen oder hinter dem Tresen des Discjockeys verstecken.

»Setzen wir uns«, fuhr er fort und zeigte zum ersten Tisch. Kristina folgte seiner Aufforderung.

Aus dem Hauptraum nebenan drang die Musik zu ihnen herüber.

»Der Anruf kam um neunzehn Uhr auf meinem Festnetztelefon. Ich wollte gerade los zur Arbeit und bin noch einmal umgekehrt, weil es geläutet hat«, begann er. »Es war ein Mann dran. Er hat gesagt, er weiß, wer es war, und er möchte zehntausend Euro, dann nennt er mir einen Namen.«

Baldof atmete rasch. »Natürlich möchte ich, dass der Täter so schnell wie möglich gefasst wird! Aber das ist Sache der Polizei«, fuhr er aufgebracht fort.

Kristina ließ diese Information einige Sekunden auf sich wirken.

»Frau Herbich? Haben Sie mich verstanden?« Baldof beugte sich vor. Kristina sah winzige dunkle Bartstoppeln in seinem sorgfältig rasierten Gesicht und fragte sich, ob das Blond seiner Haare gefärbt war.

»Natürlich habe ich Sie verstanden. Kam Ihnen die Stimme bekannt vor?«, erkundigte sie sich.

»Ich bin nicht sicher. Es ging so schnell. Er hat dann auch sofort wieder aufgelegt«, erwiderte Baldof. Er presste die Handflächen aneinander.

»Das heißt, zu Einzelheiten einer Geldübergabe hat sich der Anrufer nicht geäußert?«, fragte sie.

»Nein. Hören Sie, ich … ich wage es kaum zu sagen. Aber …« Er stockte. »Sie müssen mich für verrückt halten«, fuhr er fort, lehnte sich auf seinem Platz zurück und sah sie an.

»Wie kommen Sie darauf?«, wunderte sich Kristina.

»Weil … da ist noch was. Aber es ist so … also, eigentlich kann es gar nicht sein.« Baldofs Blick wanderte unruhig durch den Raum.

»Sagen Sie einfach, was da noch ist«, ermunterte sie ihn.

»Die Rufnummer. Ich habe die Rufnummer erkannt.« Baldof räusperte sich und sah sie an.

»Tatsächlich? Aber dann wissen Sie doch, wer Sie zu erpressen versucht?«, erwiderte Kristina, augenblicklich verärgert. Was hatte Baldof sich gedacht, persönlich mit Breuer oder ihr sprechen zu wollen? Er hätte ihm einfach den Namen desjenigen nennen können, dann säße sie jetzt gemütlich mit ihrer Pizza vor dem Fernseher. Und was für ein Stümper, der Erpresser.

»Eben nicht! Das hätte ich doch Ihrem Kollegen gleich gesagt«, regte sich der Pächter des Tanzlokals auf.

»Ehrlich gesagt, ich verstehe die Zusammenhänge nicht«, sagte Kristina, die allmählich ungeduldig wurde.

»Ganz einfach.« Baldofs Schultern sanken herab. »Der Anruf kam von dem Anschluss meiner Großmutter.«

Kristina sah ihn an.

»Die wiederum ist vor zwei Jahren verstorben. Ihr Haus steht leer, ist rundum sicher abgeschlossen, und die Fenster sind mit diesen altmodischen Holzflügeln verriegelt, die man früher hatte. Von innen. Verstehen Sie? Ich war dort und habe nachgesehen. Ihr Telefon ist seit ihrem Tod abgemeldet. Da stimmt doch was nicht! Im Haus kann keiner gewesen sein. Das ist … unheimlich.«

Kristina sah dem Pächter an, wie unbehaglich ihm war.

Ihr erster Gedanke war, dass sich dennoch jemand Zutritt zum Haus verschafft hatte. So schwer mochte das nicht sein, ein vermutlich altes Türschloss zu knacken. Was sie irritierte, war, dass der Anschluss, von dem aus der Anruf erfolgt war, abgemeldet sein sollte.

»Was denken Sie jetzt? Halten Sie mich für nicht ganz dicht?« Baldofs Stimme klang beherrscht und so, als sei er auf jede Antwort gefasst, und mochte sie noch so niederschmetternd für ihn sein.

»Keineswegs«, antwortete sie und dachte ein paar Sekunden nach. »Es ist gut möglich, dass die Rufnummer Ihrer Großmutter inzwischen neu vergeben wurde«, fuhr sie fort.

Sie hatte keine Ahnung, wie rasch so etwas ging. Doch das ließ sich herausfinden.

»Möglich«, murmelte Baldof. Sie sah ihm an, dass er die Variante nicht glaubte. »Wenn das der Fall ist, muss der Erpresser ein Idiot sein«, sagte er auch tatsächlich. »Ihm muss doch klar sein, dass man ihn zurückverfolgen kann.«

»Da gebe ich Ihnen recht. Ich lasse das überprüfen. Geben Sie mir bitte die Adresse Ihrer verstorbenen Großmutter. Ich schicke einen Kollegen vorbei, ob es dennoch Einbruchsspuren gibt.«

Baldof nickte. »Was mach ich denn jetzt? Meinen Sie, es war der Täter selber, der angerufen hat? Das ist doch völlig irre!«

»Sie machen erst mal gar nichts. Es war auf jeden Fall richtig, dass Sie uns verständigt haben«, sagte Kristina, ohne seine zweite Frage zu beantworten.

»Ich werde jedenfalls auf diesen lächerlichen Erpressungsversuch nicht eingehen«, sagte Baldof entschieden und verschränkte die Arme vor dem Bauch.

»Das sollen Sie auch nicht. Gibt es denn jemanden, der Ihnen schaden möchte?«

Baldof zuckte mit den Schultern. »Ich wüsste spontan niemanden.«

Die Konkurrenz vielleicht, überlegte Kristina, beschloss aber, zu dem Thema für den Augenblick nichts zu sagen. Vielleicht war ja unter den Gästen tatsächlich jemand, der etwas beobachtet hatte und nun aus seinem Wissen Kapital schlagen wollte.

Sie stand auf. »Wir melden uns bei Ihnen«, sagte sie.

»Wie?« Baldof stand ebenfalls auf. »War es das schon? Was unternehmen Sie?«

»Wie bereits gesagt, wir lassen überprüfen, ob die Rufnummer Ihrer Großmutter anderweitig vergeben wurde, und ich schicke zwei Beamte zu dem Anwesen.«

»Mehr tun Sie nicht?« Er schien eher verzweifelt als aufgebracht. »Können Sie denn nicht mein Telefon überwachen lassen? Der ruft doch bestimmt wieder an!«

Kristina musterte den Pächter, der jetzt regelrecht unglücklich dreinsah. »Das geht nicht so einfach, Herr Baldof. So eine Überwachung muss der Staatsanwalt bei Gericht beantragen.«

Es sei denn, es war Gefahr im Verzug. Dann konnte auch der Staatsanwalt die Überwachung anordnen, doch das schien ihr im Fall Baldof nicht gegeben. »Wem gehört denn das Haus Ihrer Großmutter jetzt?«, erkundigte sie sich noch.

»Mir. Aber ich habe keine Zeit, mich darum zu kümmern. Es müsste vermutlich grundsaniert werden«, sagte Baldof.

»Gut. Halten Sie Ihren Betrieb im Lokal aufrecht, verständigen Sie uns umgehend, wenn wieder etwas vorfällt. Ansonsten melden wir uns bei Ihnen.«

»Wie Sie meinen.« Er klang niedergeschlagen.

Sie verdrängte den Anflug von Mitleid, den sie empfand. Mitleid half in ihrem Beruf nicht weiter.

Sie verließ nach Baldof den zweiten Tanzraum des Harmonie.

Im großen Saal herrschte nach wie vor reger Betrieb. Sie bahnte sich einen Weg durch die Menge und spürte eine sachte Berührung am Arm.

»Tanze Se heut mit mir?«, vernahm sie eine männliche Stimme.

Sie registrierte den ihr unbekannten Dialekt und wandte sich um. Philipp Reuter lächelte sie an.

»Herr Reuter. Guten Abend.« Unwillkürlich umklammerte sie den Griff ihrer Handtasche fester.

»'n Omend.« Er grinste.

Kristina runzelte die Stirn. »Was heißt das?«, fragte sie misstrauisch.

»Guten Abend heißt das«, erwiderte er freundlich.

»Was sprechen Sie eigentlich für einen seltsamen Dialekt?«, erkundigte sie sich und dachte im gleichen Moment, dass sie besser gehen sollte. Sie war dienstlich hier beziehungsweise hier gewesen. Eine private Plauderei war nicht eingeplant.

»Ei, isch kumm aus em Saarlann.« Er grinste noch breiter. Dummerweise gefiel ihr sein Lachen.

»Wenn ich das richtig übersetze, kommen Sie aus dem Saarland?«, fragte sie.

»Ja. Ich kann aber auch gut eure Sprache. Oder Ihre. Also, was ist jetzt? Tanzen wir?«

»Ich kann nicht tanzen.« Die Hitze stieg ihr ins Gesicht. Sie hoffte, er würde es in dem gedämpften Licht nicht bemerken.

»So schwer ist das nicht.«

Er fasste nach ihrer Hand und zog sie hinter sich her auf die Tanzfläche. Im ersten Moment wollte sie sich seinem Griff entziehen. Ihre Tasche baumelte über ihrer Schulter und drohte abzurutschen.

»Warten Sie«, protestierte sie.

»Wir fangen ganz vorsichtig an«, beruhigte er sie.

»Herr Reuter. Meine Tasche.« Sie fühlte sich plötzlich hilflos und resigniert und wunderte sich gleichzeitig, dass sie sich darüber nicht ärgerte. Im Gegenteil, irgendwie gefiel ihr die Situation, was sie überhaupt nicht verstand.

Reuter nahm die Dinge in die Hand, beziehungsweise er nahm sie an die Hand. Normalerweise war das ihre Aufgabe.

»Die legen wir daher«, entschied er, zog den Riemen von ihrer Schulter, wickelte ihn um die Tasche und legte sie auf die Balustrade neben der Tanzfläche.

»Sie haben doch hoffentlich keine Million drinnen, oder?«, erkundigte er sich und zog besorgt die Stirn in Falten. »Oder gar eine Waffe?«

»Unsinn. Aber ich kann nicht tanzen«, wiederholte sie und bekam plötzlich einen Lachreiz. Reuter ging nicht darauf ein, sondern ging in Tanzhaltung und begann sie zu führen. Bereits nach wenigen Takten merkte Kristina, dass sie aus ihrer Tanzstundenzeit doch noch mehr wusste, als sie für möglich gehalten hatte. Sogar als Reuter sie in eine einfache Drehung führte, fühlte sie sich sicher. Verblüfft merkte sie, dass es ihr gefiel, mit dem Mann zu tanzen.

»Du brauchst mehr Spannung im Arm«, monierte Reuter. »Sonst kann ich dich nicht führen.«

Ehe sie reagieren konnte, brach er den Tanz ab. Mit einem schiefen Grinsen sah er auf ihre Füße.

»Und mit den Schuhen ist es auch nicht einfach. Die Gummisohlen bremsen.«

Eine heiße Welle der Scham durchlief sie. Nun hatte sie sich doch blamiert. Unvermittelt wurde sie wütend auf Reuter. »Ich habe doch gesagt, ich kann das nicht!«, fuhr sie ihn an.

Reuter bugsierte sie behutsam vom Parkett. Im Vorübergehen griff sie nach ihrer Tasche. Nichts wie raus hier! Wie hatte sie sich darauf einlassen können, mit dem Mann auf die Tanzfläche zu gehen, zumal sie ohnehin dienstlich hier war. Willbrandt durfte das nicht erfahren.

»Was möchtest du trinken?«, erkundigte sich Reuter, der bislang Dialekt gesprochen hatte, nun wieder in reinem Hochdeutsch.

»Nichts. Ich gehe jetzt.« Sie war aufgebracht und fühlte sich bloßgestellt. Hoffentlich hatte niemand das Desaster mitbekommen.

»Okay. Aber nicht, ehe du mir nicht deine Telefonnummer gegeben hast«, antwortete Reuter.

»Sie wissen, wie Sie mich erreichen können. Im Präsidium«, fauchte sie.

»Warum denn so kratzbürstig? Ich bring dich zum Auto«, antwortete er.

»Ich schaff das alleine.«

Reuter lächelte. »Ich weiß. Komm.«

Der nächste empörte Protest lag ihr auf der Zunge. Sie beherrschte sich. Ohne weitere Worte eilte sie aus dem Lokal und schenkte dem Mann, der ihr entschlossen folgte, keine Beachtung.

Die Nacht war mild, und wieder funkelten die Sterne am Himmel.

»Wo steht dein Auto?«, fragte Reuter.

»Dort drüben«, murrte sie.

Nach wenigen Schritten waren sie bei ihrem Peugeot.

»So.« Kristina wandte sich zu ihrem unerwünschten Begleiter um. »Wie Sie sehen, habe ich es sicher bis zum Auto geschafft. Sie können wieder reingehen und sich mit den tanzfähigen Damen vergnügen.«

Das Lächeln, das sie so sympathisch fand, erschien in seinem Gesicht. Reuter beugte sich vor und küsste sie. Kristina stand wie erstarrt. Sie spürte seine weichen Lippen, den sanften Druck seiner Zunge, mit der er behutsam ihren Mund öffnete, und seine Hände auf ihren Oberarmen, mit denen er sie zu sich zog. Während ihr Verstand massiv aufbegehrte, loderte in ihrem Bauch plötzlich ein winziges Flämmchen, und sie erwiderte die Liebkosung. Reuter legte die Arme um sie und hörte nicht auf, sie zu küssen. Unvermittelt gewann Kristinas Verstand gegen die erwachenden Hormone. Sie stemmte die Hände gegen seine Brust und löste sich von ihm.

»Schön«, sagte er leise und lächelte wieder. Sacht strich er ihr eine Haarsträhne aus dem Gesicht. Sie wollte sich empören, weil er zudringlich geworden war, doch ihr blieben sämtliche Worte im Hals stecken. Sie hatte den Kuss erwidert, von daher war jeder Vorwurf unangebracht.

»Vergiss ned, mir dei Telefonnummer zu gäbe«, sagte er, nun wieder im Dialekt des Saarländers.

Sie kramte wortlos in ihrer Handtasche, reichte ihm ihre Visitenkarte und einen Kugelschreiber. »Schreib auf«, sagte sie nur.

Reuter kritzelte, an das Seitenfenster ihres Autos gestützt, die Nummer auf das Kärtchen und gab ihr den Stift zurück.

»Komm gut heim«, sagte er, wandte sich ab und ging zurück zum Lokal.

Kristina setzte sich ans Steuer und blieb minutenlang reglos dahinter sitzen.

12

Kristina tastete nach ihrem Handy, um auf die Uhr zu sehen.

Halb neun, Sonntagmorgen. Sie hatte lange nicht einschlafen können. Ständig hatte sie an Reuter gedacht, seinen Kuss auf ihren Lippen gespürt und in sich hineingelauscht. Da war was. Verwunderung. Aber nicht nur das.

Herzklopfen? Hoffnung? Auf was? Auf ein Wiedersehen oder mehr?

Sie kam zu keinem Ergebnis.

Durch die Ritzen der Jalousie drängten Sonnenstrahlen. In der oberen rechten Ecke ihres Mobiltelefons blinkte ein blaues Licht. Sie hatte eine WhatsApp-Nachricht erhalten und öffnete sie.

»Guten Morgen, Kristina. Lust auf einen Ausflug? Gruß, Philipp«.

Sie ließ den Arm mit dem Telefon in der Hand auf die Bettdecke sinken. Nun bekam sie tatsächlich Herzklopfen.

Sie konnte sich gar nicht erinnern, wann sie das letzte Mal einen Ausflug gemacht hatte. Kristina schloss die Augen und legte einen Unterarm darüber.

Sie hatte keine Zeit für private Vergnügen, schon gleich nicht, wenn sie am Dienstag in Urlaub wollte. Es galt, den Fall zu lösen. Breuer war bestimmt schon bei der Arbeit.

Das Herzklopfen ließ nicht nach.

Kristina schob die Beine über die Bettkante. Sie brauchte sich nichts vormachen. Reuter hatte sie geküsst, und davon wollte sie mehr. Vielleicht konnte sie die wichtigsten Dinge telefonisch mit Breuer besprechen und sich für den Nachmittag freinehmen.

Kristina saß Philipp gegenüber auf einem Baumstumpf, der als Hocker diente. Sie befanden sich auf einem großen Rasenplatz, auf dem reichlich mittelalterliche Zelte aufgebaut waren.

In einem wurden Kleider der damaligen Zeit zum Kauf angeboten, im nächsten Honigwein und Honigschnaps, es gab Holzschwerter und Schilde für Kinder, Trinkhörner, Schmuck, Küchenzubehör aus Holz und Eisen und vieles mehr. In der Mitte des Platzes stand ein großes Dreibein, und über glühenden Holzscheiten schwang ein schwarzer Kessel. In dem Behälter schmorte ein Gericht, von dem Kristina nach einem Blick hinein vermutete, es sei eine Art Eintopf. Auf Dudelsack und Drehleier spielten bärtige Männer in prächtigen Gewändern aus jener Zeit.

Sie war um fünfzehn Uhr bei der Kurklinik in Bad Steben angekommen, die etwa fünfzig Autominuten von Bayreuth entfernt lag. Sie hatten sich am Haupteingang der Klinik getroffen und waren mit Philipps Auto die knapp vier Kilometer weiter nach Lichtenberg gefahren, wo der Mittelalterliche Markt stattfand.

»Zum Wohl«, sagte Philipp und hob sein Glas mit Honigwein, um mit Kristina anzustoßen. Sie hatte sich für ein Gebräu entschieden, das als Bier angepriesen worden war, doch es schmeckte für ihre Begriffe fürchterlich. Da waren die Apfelküchle mit Zimt und Zucker, die sie zuvor gegessen hatten, doch wesentlich besser gewesen.

»Prost«, sagte sie und nippte an dem Glas. Der Alkoholgehalt schien ihr gering, falls überhaupt etwas drin war, und sie glaubte, Gewürze zu schmecken. Zimt? Vielleicht auch Ingwer? Das Getränk war jedenfalls zum Abgewöhnen und mit dem Bier, das sie kannte, nicht zu vergleichen.

»Nicht gut?«, fragte Philipp und grinste.

»Nee«, erwiderte Kristina und musste lachen. Sie fühlte sich ausgesprochen wohl in seiner Gesellschaft und verdrängte, dass sie Breuer mit sämtlichen für heute anstehenden Arbeiten alleingelassen hatte. Ihr Mitarbeiter hatte es mit unbewegter Miene hingenommen, dass sie etwas von privaten Verpflichtungen gemurmelt hatte, und ihr noch einen angenehmen Nachmittag gewünscht.

»Da lob ich mir unser heutiges Bier«, fuhr sie fort.

»Mir im Saarlann trinke gerne Wein«, sagte er, jetzt wieder in seinem Dialekt. Sie schmunzelte.

»Weshalb machst du deine Kur überhaupt hier, ein paar hundert Kilometer weit weg von deiner Gegend?«, fragte sie. »Das wäre doch sicher auch im Saarland gegangen.«

Philipp stellte sein Glas auf den Holztisch zwischen ihnen. »Ich wollte einfach mal eine ganz andere Gegend kennenlernen. Morgen geht's zurück nach Hause.«

»Und weshalb bist du zur Kur?«, fragte sie.

»Burn-out. Hab mir die letzten Jahre zu viel zugemutet. Die Wohnung abbezahlen, die Kinder großziehen, die Arbeit. Ich war nur noch am Rackern. Irgendwann rächt sich das. Aber jetzt geht es mir wieder gut. Und heute sowieso.« Er lächelte sie an.

Kristina nickte. Sie wusste nichts darauf zu sagen.

»Meine Frau hat sich mit einem anderen davongemacht, da waren Jojo und Bine zehn und zwölf. Das war eine richtig schlimme Zeit, aber wir haben es geschafft, die Kinder und ich. Meine Arbeit hat mir auch geholfen. Ich konnte schon immer einen Teil zu Hause erledigen, wie Artikel schreiben und so. Oft habe ich abends oder nachts gearbeitet, dann war wenigstens Ruhe im Haus. Und wenn ich unterwegs sein musste, haben meine Eltern sich um die Kinder gekümmert. Jetzt sind sie groß. Jojo studiert in Mainz Biologie, und Bine macht eine Ausbildung zur Bürokauffrau. Sie wohnt bei ihrem Freund. So, jetzt weißt du schon ganz viel von mir. Erzähl mir von dir«, bat er.

Kristina lächelte. »Ich wüsste nicht, was. Ich bin bei der Kripo, das weißt du.«

»Verheiratet? Kinder? Familie, Freunde, Hobbys?«, forschte er und betrachtete ihr Gesicht, als wollte er sich jedes Detail einprägen. »Vorlieben, Abneigungen?«

Sie versuchte, seinem Blick auszuweichen. »Ich bin nicht verheiratet und war es auch nie. Kinder habe ich nicht. Ich habe Onkel Johan. Hobbys habe ich … eigentlich auch nicht.« Ihr wurde heiß. Wie langweilig war das denn alles.

»Dein Beruf ist dein Hobby?«, fragte er.

»Sozusagen.« Sie versuchte zu schmunzeln, was nicht gelingen wollte. »Die Arbeit braucht viel Zeit. Eigentlich dürfte ich jetzt auch gar nicht hier sein, sondern müsste versuchen, den Mord im Harmonie aufzuklären. Außerdem habe ich ab Dienstag Urlaub, und wenn wir mit den Ermittlungen nicht vorankommen, kann es passieren, dass mein Chef mir den streicht.«

»Du hast Urlaub? Ei, da kannste mich ja besuche komme.«

»Besuchen? Du meinst, im Saarland?« Überrascht sah sie ihn an.

»Ja ei klar!« Er streichelte ihre Hand. »Ich wohne in der Nähe vom Bostalsee. Das ist eine Urlaubsregion. Wir können um den See laufen, das Seefest besuchen, das immer Ende Juni stattfindet, ein paar Ausflüge machen und abends tanzen gehen. Du kannst bei mir wohnen.«

Kristina musste lachen. »Du hast es ja eilig. Ich denke darüber nach.«

Bei ihm wohnen würde sie auf keinen Fall. Aber wenn der Bostalsee in einer Urlaubsregion lag, würde es doch wohl Hotels und Pensionen geben. Von einer Sekunde zur nächsten wusste sie, sie würde ins Saarland fahren – und Zeit mit Philipp verbringen. Ein seliges Kribbeln durchlief sie, und plötzlich freute sie sich auf ihren Urlaub.

»Du lächelst«, sagte Philipp. »Das steht dir. Du siehst total hübsch aus.«

Er beugte sich vor und küsste sie, zog sie an sich, drückte seinen Körper an ihren und streichelte über die Rundung ihrer Hüfte. Wärme durchrann sie, die nichts mit dem Sommertag zu tun hatte.

»Komm, wir gehen«, murmelte er. »Wir fahren zurück in die Klinik. Ich will mit dir alleine sein. Ich will dich.«

Eine Mischung aus Schreck und Erregung durchzuckte sie. Philipp hielt ihre Hand, stand auf und zog Kristina mit in die Höhe.

Wortlos folgte sie ihm. Ihr war schwindelig, ihr Herz schlug zu schnell, und ihr Körper glühte. Sie hatte das Gefühl, ihr entglitt ihr Leben, und doch fühlte es sich einfach nur gut an.

13

Willbrandt stand mit gerunzelter Stirn neben Kristinas Schreibtisch. »Eigentlich wäre es mir lieb, Sie würden Ihren Urlaub verschieben, bis der Fall Kamitzki gelöst ist«, sagte er.

»Ich bin überzeugt, Herr Breuer schafft das auch ohne mich«, protestierte Kristina, die das befürchtet hatte. Dementsprechend hatte sie sich einige Argumente zurechtgelegt.

»Hm«, machte ihr Vorgesetzter und klang alles andere als zuversichtlich.

»Sie haben selbst vor einiger Zeit gesagt, er ist kompetent und zuverlässig. Das kann ich bestätigen«, fuhr sie fort. »Außerdem bin ich telefonisch erreichbar. Er kann jederzeit Rücksprache mit mir halten.«

Willbrandt schüttelte den Kopf. »Sie wissen doch selbst, dass das nicht dasselbe ist. Sie werden hier gebraucht. Also, wenn Sie nichts gebucht haben, möchte ich Sie wirklich bitten –«

»Ich habe aber, ähm … eine Reise geplant.« Das war durchaus die Wahrheit. Sie spürte verlegene Hitze und ahnte, sie bekam rosige Wangen.

»Sie?« Ungläubig sah ihr Vorgesetzter sie an. »Aber Sie fahren doch nie irgendwohin.«

»Eben. Für diesen Urlaub habe ich mir etwas vorgenommen.« Hoffentlich wollte er keine Details wissen.

»Das ist jetzt aber wirklich ungünstig.« Verärgert musterte er sie.

Kristina erwiderte seinen Blick. »Wie gesagt, ich denke, dass der Fall bei Herrn Breuer in guten Händen ist«, wiederholte sie.

»Wo ist Ihr Kollege überhaupt?«, fragte Willbrandt mit einer Kopfbewegung zu dem leeren Platz gegenüber Kristinas Schreibtisch.

»In der Rechtsmedizin. Herr Keller hat an dem Toten ein langes schwarzes Haar gefunden. Ein Kunsthaar. Wir müssen davon ausgehen, dass der Täter oder die Täterin eine Perücke getragen hat. Breuer wollte sich das Haar durch Kellers Mikroskop ansehen.«

Willbrandt gab ein schnaubendes Geräusch von sich.

»Nun, wenn Sie meinen, dass das den Ermittlungen dienlich ist. Also gut, Frau Herbich. Treten Sie Ihren Urlaub an wie geplant. Ich erwarte dennoch, dass Sie erreichbar sind und im Notfall vor Ort erscheinen können.«

Ihr Vorgesetzter nickte ihr zu und verließ grußlos das Büro. Kristina hatte bei der letzten Anweisung einen Hieb in den Magen verspürt. Sie konnte nur hoffen, dass es nicht so weit kam.

Gut, dass Willbrandt neben ihrem Schreibtisch stehen geblieben war, von wo aus er keinen Blick auf den Bildschirm ihres Computers hatte. Ansonsten hätte er bemerkt, dass sie sich auf den Modeseiten diverser Versandhäuser umsah.

Sie hatte spontan den Entschluss gefasst, ihre Garderobe ein wenig aufzufrischen.

Als Willbrandt, nachdem er geklopft hatte, sofort den Raum betreten hatte, ohne eine Aufforderung abzuwarten, war es ihr nicht gelungen, die Seiten rasch zu schließen, damit er nichts von ihrer Privatbeschäftigung mitbekam.

Sie würde sich jetzt noch ein neues Kleid bestellen, wahrscheinlich in Rot, eine weiße Jeans und zwei leichte Blusen. Hoffentlich kamen die Sachen, ehe sie zu Philipp fuhr.

Sie griff nach ihrem Handy, das neben der Tastatur des Computers lag. Oben rechts blinkte das kleine blaue Licht, das den Eingang einer WhatsApp-Nachricht verkündete.

Die Nachricht war von Philipp, der auf der Rückfahrt ins Saarland war.

»Bin gut angekommen. Vermisse dich.«

Am liebsten wäre sie sofort losgefahren. Das Leben konnte so schön sein.

14

Bamberg

Laura Fromacker lag lang ausgestreckt auf ihrem Bett, starrte an die Zimmerdecke und rauchte eine Zigarette. Sie hielt den Zustand nicht länger aus. Seit ihre Mutter diesen arroganten Anwalt geheiratet hatte, war nichts mehr wie früher. Auf ihrem Bauch balancierte sie eine Untertasse, die ihr als Aschenbecher diente. Was würde Hajo sich aufregen, wenn er nach Hause kam und den Rauch roch. Sie hätte gern hämisch gegrinst bei der Vorstellung, aber ihr war nicht nach Grinsen. Sie war wütend, ihr war schlecht, und sie wäre am liebsten ans Ende der Welt gerannt, um dem, was sich »Zuhause« nannte, zu entfliehen.

Laura drückte die Zigarette aus, stellte die Untertasse auf die rosafarbene Auslegeware in ihrem Zimmer und schwang die Beine über die Bettkante. Ans Ende der Welt musste sie gar nicht laufen. Aber sie konnte zu Alex und mit ihm weiter nach Paris, zu Chantal. Mit Chantal verband sie eine tiefe, innige Freundschaft seit Kindertagen. Vor zwei Jahren war die Freundin mit ihren Eltern zurück nach Frankreich gezogen, weil Chantals Mutter nahe Paris das Haus ihrer verstorbenen Tante geerbt hatte, in dem sie nun wohnten. Sie würde ein paar Sachen packen und zu Alex gehen. Der war sicher in seiner WG und hing ab. Seit er seinen Job als Automechaniker verloren hatte, weil er sich heimlich einige Scheine aus der Firmenkasse geliehen hatte, vertrödelte er den lieben langen Tag. Apropos Geld. Sie brauchte unbedingt welches.

Laura verließ ihr Zimmer. Sie war allein im Haus. Hajo war um die Zeit entweder in der Kanzlei oder bei Gericht, und ihre Mutter hatte einen Termin beim Friseur.

In Hajos Büro hinter seinem Schreibtisch hing das schreckliche Gemälde, eine Kopie von Salvador Dalís verlaufender Uhr. Dahinter befand sich der Tresor. Sie kannte die Zahlenkombination. Hajo mochte zwar ein gewiefter Anwalt sein, aber in manchen praktischen Dingen war er eine einfallslose Pfeife. Er hatte tatsächlich den Tresor mit seinem Geburtsdatum gesichert. Laura verstand absolut nicht, wie er es geschafft hatte, ihre Mutter zu seiner Frau zu machen. Möglicherweise hatte er sie mit seinem beruflichen Status und seinen Einkünften überzeugen können. Andere Qualitäten hatte der bestimmt nicht.

Laura spürte Wut und Ekel. Dieser kleine, dicke Glatzkopf mit seinem lächerlichen Schnauzbart, der ihr ständig vorhielt, dass sie seinen guten Ruf ruinierte, weil sie die Schule abgebrochen hatte und gern mit Alex und dessen Freunden ihre Zeit verbrachte.

Laura öffnete den Safe. Es lagen ein paar Schmuckstücke darinnen, von denen sie schon wusste. Es war ja nicht das erste Mal, dass sie den Inhalt des Geldschranks betrachtete. Sie fühlte stillen Triumph, wenn sie an Hajos Heiligtum ging. Was sie jetzt aber am meisten interessierte, war der dicke Umschlag mit dem Geld, der ganz hinten lag. Sie entnahm ihm einen Packen Scheine, überflog die Summe, ohne genau zu zählen, und legte den Umschlag zurück.

Eine Stunde später war sie bei Alex.

Nach zehn Minuten hatte sie ihn überzeugt, mit ihr nach Paris zu trampen. Sie schrieb Chantal eine WhatsApp-Nachricht, dass sie sie besuchen wollte und Alex mitbrachte. Chantal schrieb umgehend zurück, dass sie sich total freuen würde.

Eine weitere Stunde später standen sie an der Auffahrt zur A 70.

»Tschüss, Bamberg«, sagte Alex grinsend und gab Laura einen Kuss. »Bonschur, Frangreisch«, fuhr er fort und drückte ihre Hand. »Du bist die Beste und die Klügste«, versicherte er ihr. »Isch liebe disch. Wir fangen an eine gans neue Läbn.«

Laura lachte. Es war herrlich, wenn er so albern war. Ja, sie würden ein ganz neues Leben anfangen. Ohne Hajo und seine ständigen Maßregelungen und Besserwissereien, der sich aufspielte, als habe er ihr etwas zu sagen.

Alex streckte den Daumen raus. Auf ein Pappschild hatte Laura mit einem dicken Filzstift in steilen Buchstaben »Paris« gekritzelt.

Ein Lkw hielt neben ihnen. Der Fahrer hatte das Seitenfenster heruntergelassen. »Bis Würzburg kann ich euch mitnehmen«, schlug er vor.

»Super!« Alex packte das Gepäck, das sie am Straßenrand abgestellt hatten, und Laura stieg als Erste ein.

15

Bayreuth

Der Morgen war sonnig und warm, und die Vögel zwitscherten.

Kristina schleppte ihre gut gefüllte Reisetasche zum Auto. Die weiße Jeans, die sie im Internet bestellt hatte, war gestern noch angekommen, ebenso wie die beiden Sommerblusen. Alles passte und stand ihr ausgezeichnet. Leider war das rote Kleid, das sie gern zum Seefest getragen hätte, als Nachlieferung angekündigt.

Kristina öffnete die Kofferraumklappe ihres Peugeot, um ihr Gepäck darin zu verstauen. Im Kofferraum lagen zwei randvolle Tüten mit leeren Wasser- und Bierpfandflaschen, ein Packen Altpapier sowie eine Wolldecke, von der sie sich die letzten Wochen eingebildet hatte, sie könnte sie einmal für einen Freibadbesuch brauchen. Sie ging nur nie ins Freibad.

Sie öffnete die Fahrertür des Wagens und warf die Decke auf die Rückbank. Danach versuchte sie, Platz im Kofferraum zu schaffen, indem sie das Papier nach links schob und die Flaschen nach rechts. Sie hätte das ganze Zeug längst wegbringen müssen.

Die Flaschen kullerten mehrmals zurück in die Mitte des Kofferraums. Kristina schlug die Klappe wieder zu und bugsierte ihre Reisetasche auf die schmale Rückbank, die nur als Notsitz diente. Die Decke rutschte bei ihren Anstrengungen, die Tasche an dem nach vorn geklappten Fahrersitz vorbeizubekommen, in den Fußraum.

Sie setzte sich hinters Steuer, gab die Zieladresse ins Navi ein und wartete, dass es ihr die Strecke anzeigte.

Philipp, der wieder im Saarland war, hatte ihr heute Morgen eine WhatsApp-Nachricht geschrieben und ihr versichert, wie sehr er sich auf sie freuen würde.

Kristina selbst konnte es auch kaum mehr abwarten. Inzwischen fragte sie sich, wie sie auf die Idee gekommen war, sich in ein Hotel einzumieten oder in eine Pension. Sie wollte so viel Zeit wie möglich mit Philipp verbringen, von daher hatte er völlig recht. Sie würde bei ihm wohnen.

Ihr war klar geworden, dass sie sich in ihn verliebt hatte. Kristina presste die Handflächen an die heißen Wangen. Nur noch ein paar Stunden, und sie würde ihn wiedersehen.

Das Navi schlug zwei mögliche Routen vor.

Die A 6 führte von Bayreuth über Nürnberg nach Heidelberg, Mannheim und schließlich nach Sankt Wendel im Saarland.

Philipp wohnte in der Gemeinde Nohfelden, unweit des Bostalsees.

Die zweite mögliche Strecke ging über die A 70 nach Bamberg, Würzburg, Frankfurt und Mainz, ehe sie auch von dort ans Ziel kam. Die Entfernung betrug bis auf einen geringen Unterschied jeweils etwa vierhundertvierzig Kilometer und damit circa viereinhalb Stunden Fahrt, sagte ihr das Gerät.

Kristina entschied sich für die Route über die A 70. Richtung Bamberg herrschte üblicherweise weniger Verkehr als Richtung Nürnberg. Sie startete den Wagen und fuhr los.

Dass sie nun ins Saarland unterwegs war, erschien ihr geradezu unwirklich.

Sie war voller Vorfreude, aber auch sehr aufgeregt.

Die Fahrt zog sich hin, obgleich sie gut vorankam. Kilometer um Kilometer näherte sie sich ihrem Ziel, und doch war ihr, als dauerte es noch ewig.

Im Radio kam eine Staumeldung. Kurz vor Würzburg hatte es einen Auffahrunfall im Baustellenbereich gegeben.

Kristina beschloss, eine kurze Pause einzulegen. Sie war inzwischen zwei Stunden unterwegs. Ein Schild am Rande der Autobahn wies darauf hin, dass in zehn Kilometern eine Tankstelle mit Raststation war. Dort würde sie einen Kaffee trinken.

Sie näherte sich der Tankstelle. Kristina setzte den Blinker und fuhr von der Autobahn ab.

16

Der Lkw-Fahrer hatte sie an einem großen Rastplatz bei Würzburg aussteigen lassen. Nachdem sowohl Alex als auch Laura die Waschräume aufgesucht hatten, trafen sie sich auf dem Parkplatz vor dem Restaurantbereich wieder.

»Eine Riesencola und was zu beißen wären jetzt echt nicht schlecht«, sagte Alex.

»Ich kauf uns was«, erklärte Laura großzügig. »Such dir aus, was du willst.«

Alex lachte. »Sehr edel von dir, mein Hase. Aber wenn wir bis nach Paris wollen, müssen wir uns die paar Moneten gut einteilen.«

»Ich habe dir doch gesagt, ich habe Geld«, erwiderte sie.

»Jaja. Das bisschen, was du deinem Stiefvater abgezwickt hast, wird uns nicht sehr weit bringen.«

»Das ist kein bisschen. Ich war an seinem Tresor.« Laura grinste vor Stolz.

»Was?« Alex riss die Augen auf. »Das hast du vorhin gar nicht gesagt.«

»Ja, ich wollte dich überraschen, wenn wir unterwegs sind. Also such dir aus, was du willst, ich zahle.«

»Nee, warte. Moment. Wie viel genau hast du?« Er hatte die Stimme gesenkt.

»Keine Ahnung. Der alte Sack hat einen fetten Umschlag gebunkert, und in den habe ich gut reingegriffen. Gezählt habe ich nicht. Musste ja schnell gehen, ehe er heimkommt.«

»Dann zählen wir jetzt«, verlangte Alex.

»Spinnst du? Hier auf dem Parkplatz?«

»Nee, hast recht. Das ist doof. Pass auf. Wir gehen dort rüber, zu den Bänken, da ist grad keiner. Dann gibst du mir die Hälfte. Dann hat jeder was. Zählen können wir immer noch, wenn wir bei Chantal sind.«

Augenblicklich verschloss sich etwas in ihr. Alex konnte man keine fünf Euro in die Hand geben, ohne dass er zehn davon ausgab. Auf keinen Fall.

»Nein. Ich zahl dir, was du willst. Aber das Geld behalte ich«, beharrte sie.

»Verdammte Weiber!« Alex wurde laut. »Ich dachte, wir gehören zusammen. Da teilt man! Was ist, wenn du deinen Rucksack verlierst? Dann ist alles weg.«

»Ich verliere meinen Rucksack nicht. Willst du jetzt was essen oder nicht?«, fuhr sie ihn an.

»Pass auf, Süße! Wenn du mich hier zum Kriecher machen willst, bist du schiefgewickelt. Ich lass mir doch von dir das Geld nicht einteilen. Also entweder teilen wir jetzt, oder du kannst mich mal.«

Laura schossen Tränen in die Augen. »Alex, bitte. Also gut. Ich geb dir was. Dann kannst du selber zahlen.« Sie kramte in der Brusttasche ihrer Jeansweste und zog einen zerknitterten Zehn-Euro-Schein heraus.

»Ey, du bist doch bescheuert. Hast wahrscheinlich dem Vati den Tresor leer geräumt und willst mich hier mit ’nem Zehner abspeisen! Mann! Sind wir jetzt zusammen oder nicht?« Sein Gesicht war rot angelaufen und vor Wut verzerrt.

Laura kämpfte mit einem Schluchzen. Aber das Geld würde sie nicht rausrücken. Sonst war es bis zur Grenze am Ende verprasst. Alex brachte es fertig, in Frankfurt für eine Shopping-Tour einen Stopp einzulegen, um die nächsten Tage einen auf dicke Hose zu machen. Oder gar in ein gebrauchtes Motorrad zu investieren.

»Also, was ist?« Er sprach jetzt ruhiger, hatte die Daumen in die Gürtelschlaufen seiner Hose eingehängt und sah auf sie herunter.

»Nein«, quetschte Laura hervor.

»Okay. Das war es dann mit uns. Sieh zu, wie du alleine weiterkommst.« Alex wandte sich auf dem Absatz seiner heruntergetretenen Cowboystiefel um und ging mit großen Schritten zum Lkw-Parkplatz.

Durch einen Tränenschleier sah sie, wie er einige Fahrer ansprach und schließlich in einen knallroten Laster einstieg. Als der Fahrer kurz darauf den Motor anließ, hob Alex die Hand in ihre Richtung und zeigte ihr den Mittelfinger. Laura fing an zu schluchzen. Sie hatte sich noch nie so elend und verlassen gefühlt wie in diesem Moment. In ihrer Verzweiflung tappte sie zu der Sitzgruppe, auf die Alex gezeigt hatte. Sie musste nachdenken, wie es jetzt weiterging. Allein zu trampen traute sie sich nicht. Aber sie konnte ja auch nicht ewig hier auf dem Rastplatz warten. Um den überquellenden Müllkübel neben der metallenen Bank schwirrten Wespen. Am Boden lag allerlei Unrat. Leere Flaschen, Schokoladenpapier, eine zusammengerollte Windel und ein schmutziger Tennisball. Sie gab dem Ball einen Tritt, setzte sich und heulte minutenlang vor sich hin. Nach einer Weile beruhigte sie sich. Alex konnte ihr gestohlen bleiben, und sie würde es auch ohne ihn schaffen, zu Chantal zu kommen.

Sie trocknete sich das Gesicht und ließ ihren Blick über den Parkplatz wandern. Natürlich würde sie zu keinem Mann mehr ins Auto steigen, egal, ob Lkw- oder Pkw-Fahrer. Mit einer Frau wäre es was anderes, noch dazu, wenn sie halbwegs vertrauenerweckend aussah.

Mehrere Fahrzeuge fuhren auf den Rastplatz. Die meisten Leute hielten zuerst an den Zapfsäulen, um zu tanken. Andere parkten, suchten die Toiletten auf oder betraten den Restaurantbereich. Es war eine Familie mit Kleinkindern darunter, ein älteres Ehepaar, zwei junge Pärchen, ein männlicher Teenager, der sich betont lässig gab, mit Sonnenbrille und umgedrehter Schirmmütze. Ein schwarzer Peugeot fuhr auf den Parkplatz und hielt seitlich des Restaurants. Eine Frau stieg aus, sie mochte Ende dreißig sein, so gut konnte sie es auf die Entfernung nicht einschätzen. Offenbar war die Frau allein. Auch sie ging zu den Toiletten. Wenige Minuten später kam sie wieder und ging in das Restaurant. Laura wischte sich die Tränen ab und stand auf. Mehr als Nein sagen konnte die Frau nicht.

17

Kristina balancierte auf einem Tablett einen dampfenden Topf Kaffee und ein mit Schinken belegtes Brötchen zu einem der Tische am Fenster und setzte sich. Die Autobahnraststätte war gut besucht, und sie war froh, noch einen Platz bekommen zu haben. Sie gab Milch und Zucker in ihren Kaffee, rührte um und probierte. Er war stark und schmeckte wirklich gut. Vielleicht würde sie noch eine zweite Tasse trinken.

»Entschuldigung«, sagte eine weibliche Stimme.

Kristina sah hoch. Eine junge Frau stand vor ihrem Tisch, mehr noch ein Teenager, etwa achtzehn Jahre alt.

»Ich habe gesehen, dass Sie alleine unterwegs sind. Ich suche eine Mitfahrgelegenheit, nach Paris. Würden Sie mich mitnehmen? Wenigstens ein Stück?«

Kristina betrachtete die junge Frau. Sie trug eine abgetragene grüne Jeans, ein weißes T-Shirt mit dem Aufdruck »Fuck you« und eine Jeansweste. Über einer ihrer Schultern hing ein prall bepackter Rucksack.

»Mitnehmen?«, wiederholte sie, obwohl sie sie durchaus verstanden hatte. Sie nahm nie Anhalter mit.

»Ja.« Das Mädchen sah aus, als wollte es noch etwas sagen, überlegte es sich aber wieder anders.

»Sorry, ich nehme grundsätzlich keine Anhalter mit«, erwiderte Kristina.

»Bitte. Ich mach Ihnen auch echt keine Umstände. Nur ein Stück. Ich habe Geld, ich kann Sie auch bezahlen«, sprach das Mädchen eilig weiter.

»Nein.« Wenn sie zahlen konnte, konnte sie auch öffentliche Verkehrsmittel nutzen, gleichwohl ihr klar war, dass eine Autobahnraststätte für eine Bus- oder Zugfahrt nicht der richtige Ausgangspunkt war.

»Hören Sie, ich habe echt ein Problem ...«, setzte die junge Frau erneut an.

Kristina wurde ärgerlich. »Nein, tut mir leid. Wie gesagt, ich nehme keine Anhalter mit. Du musst dir eine andere Lösung suchen. Am besten, du rufst deine Eltern an. Oder du bestellst dir ein Taxi.«

Um zu verdeutlichen, dass das Gespräch für sie beendet war, griff sie nach ihrem Brötchen.

»Blöde Kuh!«, fuhr das Mädchen sie an.

Ein paar Gäste der Raststätte wurden aufmerksam und sahen zu ihnen. Eine ältere Frau schüttelte vorwurfsvoll den Kopf und betrachtete die junge Frau.

Kristina biss in ihr Schinkenbrötchen und schaute aus dem Fenster. Aus den Augenwinkeln sah sie, wie das Mädchen ihrem Tisch einen zornigen Tritt versetzte, was aber kaum etwas bewirkte, da dieser mit dem Fußboden verschraubt war. Lediglich der Inhalt ihrer Kaffeetasse kam geringfügig ins Schwanken. Kristina stand blitzartig auf.

»Jetzt lass mich in Ruhe!«, zischte sie, so gut es ihr mit vollem Mund möglich war. Das Mädchen drehte sich auf dem Absatz um und verließ die Raststätte. Inzwischen waren weitere Leute aufmerksam geworden.

»Unverschämt, die Jugend heutzutage«, brummelte ein älterer Mann, der am Nebentisch saß. Kristina gab keine Antwort. Sie war wütend, und ihr war die Lust auf ihren Imbiss vergangen. Dennoch nahm sie ein paar Schlucke Kaffee. Wieder blickte sie aus dem Fenster. Das Mädchen konnte sie nicht mehr sehen.

***

Laura hatte tränenblind vor Wut und Demütigung das Gebäude verlassen. Sie konnte die Blicke der Gäste spüren, die ihr nachsahen. So eine arrogante Ziege. Nur weil sie einen schicken Wagen fuhr, spielte sie sich auf.

Ich nehme grundsätzlich keine Anhalter mit.

Sie fühlte sich nicht nur zurückgewiesen, sondern regelrecht verhöhnt, und sie hätte gute Lust gehabt, dem glänzenden schwarzen Lack des Autos der Frau eine nachdrückliche Schramme zu verpassen.

Laura trocknete sich die Augen und hielt nach einem passenden Stein Ausschau. Spitz genug, um die Lackierung deutlich zu zerkratzen, aber klein genug, damit sie unauffällig ans Werk gehen konnte. Sie näherte sich dem Wagen der Frau und sah hinein. Es war ein Zweisitzer mit Schiebedach. Auf der Rückbank stand eine Reisetasche, und im Fußraum hinter dem Fahrersitz lag eine Decke. Laura blickte nach allen Seiten, doch niemand war nahe genug bei ihr oder schenkte ihr Beachtung, als dass sie sich hätte Gedanken machen müssen. Einen Stein, wie sie ihn sich vorstellte, fand sie auch nicht. In einigen Metern Entfernung lag der Tennisball, den sie vorhin beiseitegekickt hatte, und urplötzlich fiel ihr etwas ein, was Atze, ein Kumpel von Alex, ihr vor einiger Zeit gezeigt hatte.

Ein Zittern durchlief sie. Wenn es klappte, hatte sie es der dummen Person richtig gegeben. Es musste nur unglaublich schnell gehen, und wenn sie Pech hatte, musste sie ihr Vorhaben abbrechen.

Laura holte den Ball. Er war schmutzig, und an einer Seite klebte etwas, was sie an die Hinterlassenschaft eines Hundes erinnerte. Nur nicht darüber nachdenken. Eigentlich hätte sie jetzt ein Taschenmesser gebraucht, nur besaß sie keines. Aber sie hatte in ihrer Kosmetiktasche eine Nagelschere. Die würde es auch tun. Ihr brach der Schweiß aus, als sie ihren Rucksack von der Schulter nahm und in aller Eile das Gewünschte hervorkramte. Eins ihrer T-Shirts fiel dabei zu Boden sowie ein Höschen. Hastig stopfte sie alles zurück, sah sich wieder um.

An den Zapfsäulen war viel los. Autofahrer liefen zwischen den Fahrzeugen herum, manche zum Restaurant, andere zu ihrem Wagen. Ein älterer Herr näherte sich ihr. An der Leine hielt er einen großen Hund, den er nahe des Mülleimers die Pfote heben ließ.

Laura tat, als suche sie was in ihrem Rucksack, und wartete, bis er wieder verschwand. Mit der Schere hatte sie ruckzuck einen Schlitz in den Ball gestochen. Sekunden später stand sie am Fahrzeug. Sie presste den Ball zusammen, sodass ein Unterdruck entstand, sah sich noch einmal um und hielt ihn an das Schlüsselloch der Fahrertür. Sie brauchte drei Versuche, dann schnappte das Schloss auf. Sie zitterte jetzt so, dass sie kaum mehr handlungsfähig war.

Laura ließ den Ball fallen, öffnete die Fahrertür, klappte die Lehne des Sitzes vor und hievte zuerst ihren Rucksack ins Innere, hinter den Beifahrersitz. Sie selbst kroch hinter den Fahrersitz, richtete die Lehne, so gut es ging, und drückte das Türschloss wieder zu. Es gelang ihr nicht, sich in die Lücke zwischen Rückbank und Fahrersitz zu kauern. Sie musste sich auf der gesamten Länge der Rückbank auf den Boden legen, seltsam verrenkt, und kämpfte mit ihrem Rucksack, der nunmehr auch im Weg war. Am liebsten wäre sie erneut in Tränen ausgebrochen. Vielleicht sollte sie das Auto schleunigst wieder verlassen. Ihr Herz schlug bis in die Kehle. Sie glaubte Schritte zu hören und war einem hysterischen Anfall nahe. In Windeseile zerrte sie die Decke über sich und machte sich so klein wie möglich. Die Schritte waren nicht mehr zu hören, der Wagen wurde auch nicht geöffnet. Es war warm im Fahrzeug, und ihr brach der Schweiß aus allen Poren. Niemals ging das gut. Die Ziege würde sofort merken, dass sich jemand in ihrem Auto versteckt hatte. Dann rief sie die Polizei, und die würden sie festnehmen. Sie hatte immerhin ein Fahrzeug geknackt.

Laura fühlte sich wie gelähmt. Wenn sie jetzt ausstieg und jemand sie sah oder wenn die Frau genau in dem Moment kam, war sie auch geliefert. Verdammt, sie hätte einfach die nächste Möglichkeit abwarten sollen. Es war ja nicht jeder so hart und verweigerte einer jungen Frau Hilfe.

In diesem Augenblick schnappte das Schloss auf. Laura unterdrückte ein Keuchen. Fernbedienung, natürlich. Jetzt war es zu spät. Sie konnte nur hoffen und beten. Und wie sie ungesehen aus ihrer Lage herauskommen sollte, war ihr auch nicht klar. Jemand öffnete die Tür und stieg ein, es musste diese Frau sein. Der Zündschlüssel wurde ins Schloss geschoben. Plötzlich ruckelte es am Sitz. Sie hatte wohl gemerkt, dass die Rücklehne nicht mehr so eingestellt war wie zuvor. Im nächsten Moment spürte Laura einen heftigen Schmerz, kaum auszuhalten. Offenbar hatte die Fahrerin die Sitzposition gerichtet und dabei ein Stück ihres Oberschenkels mit eingeklemmt. Der Schmerz schoss bis in die Hüfte und von dort hinunter bis zum Knöchel. Das hielt sie nicht lange aus. Sie versuchte ihr Bein ganz vorsichtig und im wahrsten Sinn des Wortes aus der Klemme zu ziehen. Es wäre wohl gelungen, doch sie hatte den Eindruck, sie riskierte damit, sich trotz der schützenden Hose möglicherweise ein Stück Haut rauszureißen.

Der Motor wurde angelassen, gleich darauf spürte sie, dass die Fahrt losging. Laura ballte die Fäuste. Sie hörte den Blinker, merkte, wie der Wagen Geschwindigkeit aufnahm. Ihr Bein wummerte, alle paar Sekunden glaubte sie, sie würde sich an den Schmerz gewöhnen, doch sowie der Wagen ruckte, beim Bremsen, Spurwechseln oder Ähnlichem, wurde es unerträglich.

Die Fahrerin schien mit ihrer Sitzposition noch immer nicht zufrieden, erneut bewegte sich die Rückenlehne, und Laura bekam wie durch ein Wunder ihr Bein frei. Erleichtert atmete sie ein, ganz behutsam, und hielt sofort wieder den Atem an. Flusen der Decke kitzelten sie in Mund, Rachen und Nase. Heftiger Hustenreiz stieg ihr in die Kehle. Einen Augenblick lang hoffte sie noch, diesen beherrschen zu können. Dann schien der Husten in ihrem Rachen zu explodieren. Einen Wimpernschlag darauf kam der Wagen massiv ins Schlingern.

18

Kristina erschrak bei dem Geräusch dermaßen, dass sie die Kontrolle über den Wagen verlor. Der Peugeot kam ins Schleudern, schoss von der rechten Fahrspur zur mittleren und wieder zurück, wobei sie beinahe die Leitplanke touchiert hätte. Mehrere Schutzengel, an die sie eigentlich nicht glaubte, mochten dafür gesorgt haben, dass in ebendem Augenblick kein Fahrzeug so in ihrer Nähe fuhr, dass es zu einem Unfall gekommen war. Sie bekam das Auto wieder in den Griff. Ihr Herz raste, sie zitterte am ganzen

Körper, setzte den Warnblinker, fuhr auf die Standspur und hielt an. Sie sah über die Schulter in den hinteren Teil des Fahrzeugs, erkannte, dass sich unter der Reisedecke jemand verbarg, fasste nach hinten und riss den schützenden Wollstoff beiseite.

»Du?«, stieß sie hervor, völlig fassungslos.

Die verhinderte Anhalterin von der Raststätte rappelte sich in sitzende Position, was ob der Enge im Fußraum der Notsitze eine mühsame Angelegenheit war.

»Wie zum Teufel bist du in mein Auto gekommen?«

»Schloss geknackt«, keuchte das Mädchen und hustete wieder.

»Bist du noch zu retten? Hau bloß ab!«, brüllte Kristina, die immer wütender wurde. Sie sah ihren Wagen als zertrümmertes Blechknäuel vor sich und sich selbst leblos oder bewusstlos mittendrin. Blutüberströmt. Vielleicht gab es ja doch Schutzengel. »Raus!«, wiederholte sie, nun nicht mehr ganz so laut.

»Hier? Mann ey. Wir sind auf der Autobahn. Du kannst mich ja gleich vor 'nen Lkw stoßen.«

Kristina keuchte. Sie konnte sich nicht erinnern, je so wütend gewesen zu sein. Sie konnte die Kollegen anrufen, damit sie diese dreiste Person festnahmen. Sie konnte aber auch den nächsten Parkplatz anfahren, der bereits ausgeschildert war, und sie dort sich selbst überlassen. Das waren noch fünf Kilometer. Wohl war ihr nicht. Wenn das Gör gar eine Waffe hatte … sie selbst hatte weder Waffe noch Handschellen dabei, und wenn sie fuhr, konnte sie das Mädchen nicht wirklich in Schach halten.

»Steig aus und komm nach vorne«, befahl sie. »Der Rucksack bleibt hinten.«

Kristina zog den Zündschlüssel ab, stieg ebenfalls aus und klappte die Lehne vor. Der Verkehr, nun wieder dichter, brauste an ihr vorbei. Das Mädchen kämpfte sich aus der unbequemen Enge heraus.

»Hände aufs Dach«, verlangte Kristina.

»He, was soll das?«, protestierte das Mädchen.

»Wenn du Zicken machst, ich garantier dir, du bereust es. Los jetzt.«

Widerwillig kam das Mädchen der Aufforderung nach. Mit geübten Griffen versicherte Kristina sich, dass sie keine Waffe bei sich hatte.

»So, jetzt auf den Beifahrersitz. Am nächsten Parkplatz steigst du aus.«

»Und wie komm ich dann weiter?«, jammerte sie.

»Wer Autos knacken und sich hinter der Rückbank verstecken kann, dem wird auch schon noch mehr einfallen. Sei froh, wenn ich nicht die Polizei hole. Anschnallen«, befahl sie, als sie nebeneinander im Wagen saßen.

Kristina blinkte, zog zurück auf die Fahrspur und gab Vollgas, als könnte sie mit der Geschwindigkeit den inneren Druck abbauen.

Sie war so unglaublich dämlich. Wie hatte ihr das passieren können?

Ein Blick in den hinteren Bereich ihres Autos hätte genügt, und ihr wäre aufgefallen, dass ihre Reisedecke über einem ausgestreckten Körper lag. Ein Blick! Und den hätte sie schon deswegen riskieren müssen, um zu schauen, ob niemand ihr Gepäck geklaut hatte, während sie beim Kaffee saß. Aber nein, stattdessen war sie in Gedanken bei Philipp gewesen.

Noch in der Raststätte hatte sie ihm eine Nachricht geschrieben, dass sie in etwa zweieinhalb Stunden bei ihm sein würde. Daraufhin hatte er ihr einen Kuss-Smiley geschickt und sie wissen lassen, wie sehr er sich auf sie freute. Sowohl der Smiley als auch die Gefühlsbekundung hatten ihre Sinne völlig berauscht.

So voller Erwartung und mit ihren Gedanken beschäftigt, war sie einfach nur in ihr Auto gestiegen. Dabei hatte sie sofort gemerkt, dass mit dem Sitz was nicht stimmte. Nicht einmal da hatte sie reagiert. Andererseits … sie hatte den Peugeot so geparkt gehabt, dass sie vom Restaurant von vorn auf das Auto zugehen musste. Wäre sie auf den Kofferraum zugegangen oder seitlich des Fahrzeugs, wäre ihr bestimmt gleich aufgefallen … Ach was. Kristina setzte den Blinker. So was passierte ihr sicher kein zweites Mal. Kaum dass sie sich in Gedanken mit einem

Mann beschäftigte, ohne dass es berufliche Gründe dafür gab, lief was aus dem Ruder.

Mit Schwung bog sie in den kleinen Parkplatz ein, der sowohl zur Autobahn hin als auch rechter Hand von Bäumen und Sträuchern vor Blicken geschützt war. Sie bremste scharf. Ein einziges Fahrzeug parkte hier, ein großer schwarzer Wagen, dessen getönte Scheiben keinen Blick ins Innere zuließen. Sonst war der Parkplatz verlassen.

»Raus«, wiederholte sie.

Das Mädchen folgte der Anordnung ohne weitere Widerworte, zerrte seinen Rucksack hinter dem Sitz hervor und schlug die Autotür grußlos zu. Das Letzte, was Kristina von ihr sah, war der Riss in der grünen Jeans des Teenagers, ein wenig oberhalb des Knies. Mit quietschenden Reifen fuhr sie vom Parkplatz, bremste noch einmal scharf an der Auffahrt zur Autobahn, warf einen Blick in den Rückspiegel und gab gleich darauf wieder Gas.

19

Laura knallte ihren Rucksack auf den Boden. Ihr Bein tat weh, und Kummer und Verzweiflung schnürten ihr die Kehle zu.

Sie betrachtete die Stelle, an der sie eingeklemmt worden war. In der Hose waren ein kleines Loch und ein kurzer Riss, und ein wenig Blut sah sie auch. Es war aber schon trocken. Sie wagte nicht, die Hose herunterzuziehen, um sich die Verletzung genauer anzusehen. Immerhin stand hier noch ein Wagen mit getönten Scheiben, möglicherweise saß jemand drin, der sie beobachtete.

Ein Schauer lief ihr über den Rücken. Sie hatte genug von ihrem Abenteuer. Urplötzlich sehnte sie sich zurück nach Hause, nach ihrem Zimmer und ihrer Mutter. Hajo konnte ihr nach wie vor gestohlen bleiben, aber ehe sie sich weiter gegen alle möglichen Widerstände durch die Gegend schlug, war sie notgedrungen bereit, seine Existenz zu akzeptieren.

Alex war auch ein Arsch, mit dem wollte sie nichts mehr zu tun haben.

Vielleicht sollte sie doch die Schule fertig machen oder sich um eine Lehrstelle kümmern. Wenn sie auf eigenen Füßen stand, konnte ihr Hajo egal sein. Allerdings war da die Sache mit dem Geld. Sie hatte keine Ahnung, wann und wie oft er an seinen Tresor ging und sich an seinem Vermögen ergötzte. Vielleicht zählte er gelegentlich sogar nach? Im schlimmsten Fall hatte er schon gemerkt, dass etwas fehlte, und die richtigen Schlüsse gezogen.

Laura hockte sich auf ihren Rucksack, verschränkte die Arme auf den Knien und legte den Kopf darauf. Vielleicht sollte sie doch ihre Mutter anrufen? Mehr noch als vor Hajo und dessen in dem Fall berechtigten Zorn auf sie graute ihr davor, ihr zu erklären, wie sie von Bamberg bis hierher gekommen war.

Auf dem Parkplatz bleiben konnte sie aber auch nicht lange. Außerdem hatte sie Hunger.

»Alles okay mit dir?«

Sie zuckte erschrocken zusammen und sah hoch. Vor ihr stand ein schlanker Mann in dunkler Hose und mit hellem Hemd. Er sah gepflegt und freundlich aus.

»Ja … na ja …«, murmelte sie und schlug die Augen nieder. Er trug Lackschuhe.

»Kann ich dir helfen?«, erkundigte er sich.

»Nö, glaub nicht.« Ihr war schon wieder mulmig. Wie war sie nur auf die bescheuerte Idee gekommen zu trampen. Allerdings war sie ja auch davon ausgegangen, dass sie auf Schritt und Tritt Alex an ihrer Seite haben würde, den dämlichen Verräter.

»Stress mit deinem Freund gehabt?«, fragte der Mann weiter.

Laura zuckte mit den Schultern. Sie hatte keine Lust auf eine Unterhaltung. Sie musste sich jetzt entscheiden, was sie wollte. Weiter zu Chantal oder zurück nach Hause, wo sie Schimpf und Schande erwarteten und sie sich ein weiteres Mal in ihrem Leben wie eine Versagerin fühlen würde. Sie schaffte es nicht einmal, abzuhauen, ohne dass alles schiefging.

»Okay, sorry. Du musst mir nichts erzählen. Es ist nur so, ich war dahinten im Gebüsch, du weißt schon. Ich habe gehört, wie ein Wagen mit Vollgas hier rein- und wieder rausgebraust ist, und ich hab gesehen, wie du aus dem Auto gestiegen bist. Dich hat eindeutig jemand rausgeschmissen. Jetzt frag ich mich einfach, ob ich dir nicht doch helfen kann. Ich meine, du stehst jetzt hier und weißt wahrscheinlich nicht weiter.«

»Stimmt«, gab sie bockig zu.

»Wohin willst du denn?«

Laura rieb sich die Nase. Am liebsten hätte sie schon wieder geheult. »Nach Paris.«

»Ach du liebe Zeit. Was willst du denn da? Na egal, geht mich nichts an. Ein Stück kann ich dich mitnehmen.«

Laura gab keine Antwort.

»Nur wenn du magst. Du musst dich aber schon entscheiden. Ich habe einen Termin und kann dir nicht endlos meine Hilfe anbieten«, fuhr er fort.

Hat auch keiner verlangt, dachte Laura. »Ich ruf meine Mutter an. Die holt mich ab«, sagte sie schließlich.

»Wie du meinst. Aber wie willst du ihr erklären, wo sie dich findet? Wir sind hier nicht auf einer bewirtschafteten Rastanlage, sondern nur auf einem kleinen, namenlosen Parkplatz.«

Damit hatte er recht. Laura fasste einen Entschluss. »Also wenn Sie mich bis zur nächsten Tankstelle mitnehmen würden, das wäre cool«, sagte sie.

»Na klar doch. Ist es okay für dich, wenn wir deinen Rucksack in den Kofferraum legen? Ich fahre einen Firmenwagen, und schnell ist was an den Armaturen abgeschabt. Das sieht mein Chef nicht gern.«

»Kein Problem«, versicherte Laura.

Kurz darauf nahm sie auf dem Beifahrersitz Platz. Der Wagen roch innen ganz neu. Der Mann legte den Sicherheitsgurt an und wartete, bis sie es ihm gleichgetan hatte, ehe er mit einem Knopfdruck in der Mittelkonsole den Wagen startete. Ein kaum wahrnehmbares Brummen des Motors ertönte, dann glitt der Wagen nahezu geräuschlos Richtung Autobahnauffahrt.

Wahnsinn, dachte Laura. Ein Auto, das per Knopfdruck losfuhr. Wahrscheinlich der letzte Schrei. Hajo wäre sicher neidisch. Vermutlich wusste er gar nicht, was es Tolles auf dem Automarkt gab, sonst hätte er längst in einen entsprechenden Neuwagen investiert.

»Wie heißt du?«, fragte der Mann.

»Laura«, erwiderte sie.

»Mein Name ist Detlef. Sitzt du bequem?«

»Klar. Der Wagen ist super«, antwortete sie.

Detlef lachte. »Schlecht ist er nicht, das stimmt. Ich könnte mir so was nicht leisten.«

Laura musterte den Bordcomputer mit Radio, Navi und Freisprechanlage.

»Tut mir übrigens leid, das mit deinem Freund«, sagte Detlef. Er saß entspannt im Sitz, den linken Ellbogen unterhalb des Fensters aufgestützt, die rechte Hand hielt er locker am Steuer.

Laura schwieg ein paar Sekunden. Er meinte eindeutig, Alex hätte sie aus dem Wagen geschmissen. Sie beschloss, ihn in dem Glauben zu lassen.

»Wir haben uns gestritten«, sagte sie schließlich.

»Hm«, machte Detlef. »Ich frag mich schon, was er sich dabei denkt, dich auf einem einsamen Rastplatz allein zu lassen. Kann ja alles Mögliche passieren.«

»Hm«, machte jetzt Laura, und plötzlich wurde ihr wieder unwohl.

»Es gibt viele schlechte Menschen«, fuhr er fort.

Rechts der Fahrbahn wies ein Schild auf die nächste Raststätte hin. Noch zehn Kilometer. Ihr fiel keine Antwort ein.

Detlef fuhr zügig. Bäume und Büsche am Rand der Fahrbahn flogen förmlich an ihnen vorbei.

»Und so ein hübsches junges Mädchen wie du ist für manchen Spinner ein gefundenes Fressen«, palaverte Detlef weiter.

Laura schnürte es die Luft ab, und ihr Herzschlag beschleunigte sich.

»Hattest du eigentlich gar keine Angst, zu mir ins Auto zu steigen?«, fragte er und sah zu ihr rüber.

»Wenn ich Angst gehabt hätte, hätte ich es nicht getan«, gab sie zurück. Ihre Stimme klang dünn und wacklig.

»Angst ist gut. Sie kann warnen und manchmal ein Leben retten«, ließ er sie wissen. Er warf ihr wieder einen Blick zu und lächelte. Er hatte schöne Zähne und ein Gesicht wie für die Werbung. Für Rasierwasser oder so. Oder Unterwäsche. Sie saß da wie gelähmt.

»Geht's dir gut?«, fragte er.

»Mir ist heiß«, murmelte sie. Ihre Augen brannten. Noch fünf Kilometer bis zur Tankstelle. Vielleicht wollte er sich einfach nur unterhalten. Aber das Thema war doof.

»Kein Problem«, erwiderte er und tippte auf seinem Bordcomputer herum. »Gleich wird es kühler.«

Laura gab keine Antwort. Kalter Schweiß sammelte sich unter ihren Armen. Ein weiteres Schild wies auf die nächste Tankstelle hin.

»Da vorne können Sie mich rauslassen«, würgte sie hervor und versuchte, so ruhig wie möglich zu sprechen. Detlef lachte und gab Gas. Sie jagten an der Raststätte vorüber.

»Halt!«, rief sie, obgleich sie wusste, dass es vergeblich war. »Halten Sie an! Zur nächsten Tankstelle, haben Sie gesagt.« Sie umklammerte die Ränder des Autositzes.

»Nein, mein Kind. Das hast *du* gesagt.« Er verlangsamte das Tempo. »So, und jetzt entspann dich mal, Kleines. Magst du was trinken?«

»Nein.« Ihre Zähne schlugen beim Reden aufeinander. Es war nicht nur die Furcht, die sie schlottern ließ. Nein, auch die Temperatur im Wagen schien immer tiefer zu fallen.

»Du bist ja richtig mit den Nerven fertig, Laura. Greif mal hinter den Fahrersitz. Da steht ein Korb, und in dem liegt eine kleine Flasche Wein. Trink einen Schluck, das wird dich beruhigen.«

Lauras Herz schlug bis in die Kehle. Es hatte keinen Sinn, sich etwas vorzumachen. Ihr war tatsächlich das Unvorstellbarste passiert. Sie war zu einem Verbrecher ins Auto gestiegen.

»Nun mach schon«, sagte er freundlich.

Laura reagierte nicht. Detlef seufzte.

»Dass man euch Frauen aber auch immer zu eurem Glück zwingen muss. Beim nächsten Parkplatz halten wir an. Dann trinkst du einen Schluck und beruhigst dich. Dann sehen wir weiter.«

Sie presste die Lippen aufeinander. Wenn er die Wahrheit sagte, würde sie aus seinem Wagen springen und laut schreien, um andere Leute auf sich aufmerksam zu machen. Vielleicht ergriff er die Flucht, dann war ihr Rucksack weg und Hajos Geld auch. Aber alles nicht der Rede wert im Vergleich zu der Todesangst, die sie hatte. Sie schielte auf den Tacho. Er fuhr mehr als hundertachtzig Stundenkilometer, und er sprach nun kein Wort mehr. Laura war wie betäubt. Sie hatte jedes Zeitgefühl verloren.

Irgendwann drosselte er die Geschwindigkeit, fuhr jedoch nicht auf einen Parkplatz, sondern nahm eine Autobahnabfahrt. Sie begann wieder zu zittern. Warum die Abfahrt? Wohin brachte er sie? Er lenkte den Wagen in eine Parkbucht seitlich der Straße. Ihr Herz raste. Nichts wie raus. Sie würde rennen, was sie konnte, die Straße entlang, und um Hilfe schreien. Irgendjemand würde ihr doch helfen. Sie schnallte sich ab und fasste gleichzeitig nach dem Türgriff. Detlef machte keine Anstalten, sie aufzuhalten. Die Tür ließ sich nicht öffnen. In heller Panik riss sie an dem Griff.

»Jetzt lass mal gut sein. Die Kindersicherung ist unschlagbar. Sehen kann dich auch keiner, das solltest du wissen. Blickdichte Scheiben, okay? Ich habe jetzt genug von den Faxen.«

Laura brach in Tränen aus. »Bitte. Lassen Sie mich raus«, schluchzte sie.

Sie war in Versuchung, ihm alles Geld in ihrem Rucksack anzubieten, doch ihr war klar, das war nicht das, was er wollte.

Detlef fasste hinter den Sitz und zog eine kleine Flasche Rotwein hervor. Er schraubte sie auf. »Trink. Dann geht's dir besser.«

Laura schüttelte verzweifelt den Kopf. Tränen tropften auf ihre grüne Jeans.

»Trink!«, zischte er. Hart packte er sie am Kinn und riss ihren Kopf herum. Sie presste die Lippen aufeinander. Seine Finger bohrten sich in ihr Fleisch.

»Zwing mich nicht, grob zu werden. Du wirst es bereuen.« Er sprach wieder ruhig, seine Miene war ausdruckslos, seine hellblauen Augen blickten eiskalt.

Laura öffnete die Lippen einen winzigen Spalt, beinahe besinnungslos vor Furcht. Der Wein war lauwarm und schmeckte süß, eigentlich nicht schlecht.

»So ist es brav. Schön austrinken und ja nicht kleckern. Nicht dass du mir den Wagen versaust.«

Sie schluckte und schluckte.

»Gut gemacht, braves Mädchen. Und jetzt schläfst du ein bisschen, wir sind bald da.«

Ihr war schlecht, und sie spürte die Wirkung des Alkohols im Kopf und in den Gliedern, die sich schwer anfühlten.

Detlef fuhr zurück auf die Autobahn. Er fuhr sehr schnell. Ihr war immer noch schlecht, und mittlerweile hatte sie den Eindruck, sie war völlig benommen. Viel zu benommen, als dass das kleine Fläschchen Wein allein schuld sein konnte.

Sie hätte nicht sagen können, wie lange es dauerte, bis sie die Autobahn wieder verließen.

Die Gegend rauschte an ihr vorbei. Sie war herrlich grün, sie sah viele Bäume, weitläufige Wiesen und sanfte Hügel. Sie fuhren in einen Wald, und Detlef parkte. Sie spürte, wie er sie aus dem Wagen zog. Willenlos folgte sie ihm.

20

Saarland

Kristina erwachte vom hartnäckigen Läuten eines Telefons.

Sie blinzelte. Sie lag in einem fremden Schlafzimmer, und

durch die Ritzen der Jalousie drang Tageslicht. Irgendwo in der Nähe machte es hartnäckig und in gleichmäßigen Abständen »drr-drr«.

Sie setzte sich auf und sah auf dem Schreibtisch, der im Raum stand, Philipps Handy leuchten. Sie schlug die Bettdecke zurück, tappte schlaftrunken durchs Zimmer und griff nach dem Mobiltelefon.

»Torsten Reinhard«, las sie auf dem Display. Philipp bewegte sich und schlug die Augen auf.

»Morgen, Süße«, murmelte er und streckte den Arm aus.

Kristina war nicht sicher, ob er sie an seine Seite ziehen wollte oder nach dem Handy verlangte. Sie reichte ihm das Telefon. Ruckartig setzte Philipp sich auf und nahm das Gespräch an. Innerhalb von Sekunden schien er hellwach.

»Torsten, was gibt's?«

Kristina hockte sich auf die Bettkante und rieb sich die Augen.

Schließlich legte sie sich wieder neben Philipp, der noch immer telefonierte. Sie fing Gesprächsfetzen auf, Philipp klang alarmiert, doch ihre Gedanken waren woanders. Es war gestern ein sehr schöner Abend gewesen und eine zärtliche, leidenschaftliche Nacht.

Er hatte sie liebevoll empfangen, mit einem sorgfältig gedeckten Tisch, Kerzenlicht, einer selbst zubereiteten Lasagne und Rotwein.

Das Essen war köstlich gewesen, ebenso der Wein, und bald hatte Philipp sie erst auf seinen Schoß gezogen und nach einigen leidenschaftlichen Küssen in sein Schlafzimmer. Kristina hatte wunderbar geschlafen.

Nun fühlte sie sich wohl und entspannt, genoss es, neben ihm zu liegen und den Klang seiner Stimme zu hören. Zufrieden schloss sie die Augen.

Philipp beendete sein Gespräch, beugte sich über sie, küsste sie sanft und zog sie in seine Arme. Ihren Rücken an seine Brust geschmiegt, lag sie ganz ruhig. In ebender Stellung war sie gestern Abend eingeschlafen. Und es hatte sich wunderbar angefühlt. Geborgen und warm. Sie hatte ein eigentümliches Gefühl im Bauch, über das sie nicht nachdenken wollte.

»Ich muss los, Schatz«, hörte sie Philipps Stimme an ihrem Ohr.

»Wieso?«, fragte sie und öffnete die Augen wieder.

»Das war mein Chef, der eben angerufen hat. Am Bostalsee ist eine Tote gefunden worden, offenbar grausam misshandelt. Ich muss Fotos machen, sowie die Polizei es zulässt, und einen Bericht für die Tageszeitung schreiben. Und ich muss schnell sein, ehe mir ein Kollege von einem anderen Blatt zuvorkommt.«

Kristina lag still da. Eigentlich schade. Außerdem war ihr nach Kaffee.

»Fühl dich bitte wie zu Hause«, fuhr Philipp fort und küsste ihren Hals. »Ich komm wieder, so schnell es geht.«

»Ich würde gerne mit dir fahren«, hielt sie dagegen. Die Vorstellung, in Philipps Wohnung allein zu sein, verunsicherte sie.

»Wie du willst. Aber so eine Tote ist oft kein schöner Anblick, schon gleich nicht, wenn sie misshandelt wurde.«

Kristina befreite sich aus seinem Griff und stand auf.

»Was glaubst du, wie viele schlimm zugerichtete Tote ich in meinem Beruf schon gesehen habe«, antwortete sie.

Philipp schlug sich mit der flachen Hand gegen die Stirn. »Ich bin noch nicht wach. Ja, ist klar. Da habe ich eben gar nicht drüber nachgedacht.«

Sie nahmen Philipps Wagen. Bis zum Bostalsee waren es von seiner Wohnung aus nur wenige Minuten.

Am See herrschte viel Betrieb. Philipp hatte Mühe, einen Parkplatz zu finden. Nachdem er sich endlich seitlich der eigentlichen Stellplätze neben eine schattenspendende Birke gequetscht hatte, legte er sein Pkw-Presseschild hinter die Scheibe.

»Das spart die Parkgebühr«, ließ er Kristina wissen.

Er zog sie an der Hand hinter sich her. Sie hatte den Drang, sich seinem Griff zu entziehen, obwohl sich die Berührung gut anfühlte. Doch zu demonstrieren, dass sie möglicherweise ein Paar waren, verwirrte sie.

Ein schmaler Mann näherte sich ihnen über einen Seitenweg. Er war höchstens einen Meter sechzig groß, ganz in Schwarz gekleidet, und sein dünnes graues Haar hing in fettigen Strähnen bis zum Kinn. Auch er hatte einen Fotoapparat bei sich. Er warf Philipp einen finsteren Blick zu, als sie auf gleicher Höhe waren.

»Gu Morje«, grüßte Philipp ihn freundlich.

Der Angesprochene nickte nur und verzog die dünnen Lippen.

»Das ist Gunnar Schreez. Ein Kollege von mir. Er schreibt für den ›Blickpunkt Sankt Wendel‹. Die Konkurrenz schläft auch nicht«, erläuterte Philipp Kristina.

»Sach a scheene Gruß an de Lenja«, rief er Schreez hinterher.

Der hob die Hand und machte eine wegwerfende Bewegung, ohne sich noch einmal umzudrehen.

»Komischer Vogel«, bemerkte Kristina. »Und wer ist Lenja?«

»Lenja ist seine Vorgesetzte«, erklärte Philipp. »Und mit dem komischen Vogel hast du recht. Der hatte mal eine Klage am Hals, wegen Missbrauch Minderjähriger. Er ist freigesprochen worden, aber ganz sauber war die Sache nicht. Danach war er lang arbeitslos. Die Lenja hat ihn nur eingestellt, weil er über unzählige Ecken mit ihrem Schwager verwandt ist. Der Schreez arbeitet freiberuflich für den Blickpunkt.«

»Und für welche Zeitung arbeitest du?«, fragte Kristina.

»Für die Saarbrücker Zeitung.« Sie hörte einen stolzen Unterton und sah Philipp von der Seite an. Er grinste.

»Damit kann der Schreez nicht mithalten. Der mag mich schon deswegen nicht. Da vorn müsse mer hin.«

Sie registrierte den ständigen Wechsel zwischen Hochdeutsch und Saarländisch. Ein wenig amüsierte sie dieses Kauderwelsch.

Philipp zog sie hinter sich her. Er trug seinen Fotoapparat an einem breiten Riemen über der Schulter, unter den gleichen Arm geklemmt hielt er eine schmale Aktentasche. Schon von Weitem konnte man die Menschenmenge sehen, die sich schaulustig um den Fundort der Leiche geschart hatte. Hier und da sah Kristina das rot-weiße Absperrband der Polizei flattern.

Entschlossen schob Philipp sich durch die Menge, bis sie

direkt am Absperrband standen. Die Tote lag in zusammengekrümmter Haltung im Sand, ganz nahe am Wasser, das friedlich in der Morgensonne glitzerte.

Kristina hatte das Gefühl, einen Schlag in den Magen zu bekommen, gleichzeitig schnürte es ihr die Luft ab. Trotz des sonnigen Tages durchrieselte sie ein eisiger Schauer des Entsetzens.

Die Frau trug eine grüne Jeans, ein weißes T-Shirt und darüber eine Jeansweste. Der Stoff der Hose war oberhalb des Knies beschädigt. Die Haare des kinnlangen braunen Bobs hingen ihr ins Gesicht, an der rechten Schläfe klebte reichlich Blut in den Haaren, als sei sie auf einen Stein geprallt oder als habe jemand brutal zugeschlagen. Steine waren am Badestrand nirgends zu sehen.

Was fehlte, war der fast schon monströse Rucksack der Toten, den sie bei sich getragen hatte. Vor Kristinas Augen flimmerte es, und ihr wurde schlecht.

Unwillkürlich presste sie Philipps Hand zusammen. Er sah zu ihr.

»Alles okay?«, fragte er.

»Klar.« Augenblicklich lockerte sie ihren Griff.

Sie sah das Mädchen wieder an ihren Tisch in der Autobahnraststätte kommen und hörte sie fragen, ob sie sie mitnehmen würde. Lieber Himmel! Vielleicht hatte sie Kristinas entschiedenes Nein das Leben gekostet.

Philipp stellte seine Kamera ein und begann, Fotos zu machen. Ein kräftiger mittelgroßer Mann näherte sich ihnen und hielt die Hand vor die Linse des Fotoapparates.

»Herr Reuter, wie oft denn noch? Sie können ned einfach hier auftauche, um Ihre Chef und de Sensationsgier de Leude zu befriedige.«

Philipp ließ die Kamera sinken. »Gudde Morje, Herr Steinbrink. Unn?«, fragte er und grinste den Mann, den er Steinbrink genannt hatte, freundlich an.

»Jo, unn selwer?«, antwortete Steinbrink.

Kristina nahm den Wortwechsel wahr, als fände er irgendwo im Hintergrund statt. Einem Teil ihres Gehirns erschloss sich, welche Bedeutung die saarländischen Worte hatten, der Großteil ihres Verstandes aber verlangte nachdrücklich, den hiesigen Kollegen zu erzählen, was sie über die Tote wusste. Glutheiß durchrann es sie bei der Vorstellung, einzugestehen, dass sie das Mädchen auf dem Parkplatz bei Würzburg aus dem Auto geworfen hatte. Einfach grauenhaft war, dass die junge Frau nun, keine vierundzwanzig Stunden später, hier tot vor ihr lag.

»Mei Freundin, de Kristina. Sie ist übrigens eine Kollegin von dir«, stellte Philipp sie vor. Sie registrierte, dass er vom Sie zum Du gewechselt hatte.

»Gudde Morje.« Steinbrink streckte ihr die Hand hin. Wie in Zeitlupe reichte ihm Kristina die ihre.

»Karsten Steinbrink. Er leitet die Ermittlungen, nehme ich an«, sagte Philipp zu Kristina.

»Guten Morgen«, zwang sie sich zu sagen.

»Guten Morgen?«, wiederholte Steinbrink freundlich. »Sie sind also nicht von hier?«

»Nein.« Kristina räusperte sich.

»Sie kommt aus Oberfranken«, informierte Philipp ihn, nun auch wieder auf Hochdeutsch.

»Ausm Fränggischen?« Steinbrink lachte, als stünden sie hier für eine gemütliche private Plauderei und nicht, als sei er zu einem wohl gewaltsamen Todesfall einer jungen Frau gerufen worden. »Hast dei Kurschatte glei mitbracht?«

Reuter nickte und schmunzelte. Kristina spürte einen Funken Ärger auflodern. Kurschatten! Das Entsetzen über den vermutlich gewaltsamen Tod der Anhalterin war stärker.

»Also sprich gscheid, sonst verstänget sie di ned. So, und jetzt erzähl, was weißt du schon?«

»Nicht viel bisher. Sie ist vor etwa zwei Stunden von zwei Arbeitern gefunden worden, die die letzten Verkaufsstände aufbauen wollten. Wir können nicht einmal sagen, aus welcher Richtung sie gekommen ist, es sind einfach zu viele Spuren im Sand. Möglicherweise vom Waldrand, die Spurensicherung hat ein paar Blutstropfen gefunden, die von dort kommen. Die müssen aber erst noch überprüft werden, ob sie überhaupt zu der Frau gehören. Papiere hat sie keine bei sich, wir wissen noch nicht, wer sie ist. Was sagen Sie denn dazu?«, wandte sich Steinbrink an Kristina.

Sie hatte Mühe gehabt, seinen Ausführungen zu folgen.

In ihrem Kopf hämmerte permanent, dass sie sagen musste, was sie wusste. Sie hatte sich nicht wirklich schuldig gemacht – außer moralisch vielleicht. Sie hätte das Mädchen an der nächsten Tankstelle absetzen müssen, nicht auf einem nahezu einsamen Parkplatz. Das würde sie sich ihr restliches Leben nicht verzeihen.

»Kristina?« Das war Philipp.

»Ich … ja, ich denke gerade nach.« Sie versuchte, Zeit zu gewinnen.

Es war ganz einfach. Sie kannte die Frau nicht, hatte aber doch Kontakt zu ihr gehabt. Niemand konnte ihr einen Vorwurf machen. Oder doch? Wieso wollte Steinbrink überhaupt ihre Meinung wissen? Im umgekehrten Fall hätte sie niemals einen Kollegen aus einem anderen Bundesland um seine Einschätzung zu einem Todesfall gebeten, noch dazu, wenn noch keinerlei Details feststanden. Vielleicht hatte die Frau auch nur einen schrecklichen Unfall erlitten, ohne Fremdeinwirkung. Sehr wahrscheinlich erschien ihr das nicht.

»Denket Se immer so lang nach?«, hörte sie Steinbrink fragen.

»Kann ich Sie einen Moment unter vier Augen sprechen?« Kristina redete schnell. Sie musste es hinter sich bringen.

»Klar.« Steinbrink zog zwar die Augenbrauen hoch, schlüpfte aber gleich darauf unter dem Absperrband durch. »Kommen Sie.«

Er zeigte zur Seite und ging ein paar Schritte von den Schaulustigen fort. Kristina spürte Philipps Blick im Rücken. Das würde sie ihm erklären müssen. Ihr graute davor. Noch dazu hatte er sie gestern mehrfach gefragt, wie die Fahrt von Bayreuth ins Saarland gewesen war. Viel Verkehr, Stau, Baustellen? Alles gut und stressfrei verlaufen? Es wäre das Selbstverständlichste gewesen, ihm von dem Vorfall mit der Anhalterin zu erzählen. Die Wahrheit war, dass sie sich geschämt hatte und, nachdem sie sich beruhigt hatte, der Meinung gewesen war, überreagiert zu haben.

Nun würde er doch von dem Vorfall erfahren, und nun bekam es einen noch unangenehmeren Beigeschmack als ohnehin schon.

»Also, Frau … ähm …?«, begann Steinbrink das Gespräch.

»Herbich. Kristina Herbich.«

Steinbrink nickte.

»Ich kenne die Frau.« Sie stieß die Worte hervor.

Steinbrink schüttelte den Kopf. »Unglaublich. Wie heißt sie?«

»Keine Ahnung.«

»Aber eben sagten Sie doch …«

»Ja, richtig. Eigentlich kenne ich sie nicht.«

Steinbrink sah zunehmend verwirrt aus. In wenigen Sätzen fasste Kristina das Geschehen vom Vortag zusammen.

»Ich weiß nicht, wie sie es geschafft hat, in mein Auto zu kommen. Der Wagen war jedenfalls abgeschlossen, als ich zurückgekommen bin.« Sie brach ab.

Sie hatte den Peugeot mit der Fernbedienung geöffnet, und zwar schon aus einigen Metern Abstand. Theoretisch hätte der Wagen schon offen gewesen sein können, und sie hatte es nicht bemerkt. Sie beschloss, Steinbrink das nicht auch noch zu erzählen. Letzten Endes spielte es keine Rolle.

Sie schämte sich unendlich, egal, wie viele Verfehlungen man der jungen Frau nachsagen konnte. Aus den Augenwinkeln sah sie Schreez, der in etlichen Metern Entfernung stand. Er schien sie zu beobachten. Akustisch hatte er sicher nichts mitbekommen, dazu war der Abstand zu groß.

»Ich muss das zu Protokoll nehmen«, sagte Steinbrink. »Ist Ihnen sonst noch irgendwas aufgefallen? Mit wem sie zur Tankstelle gekommen ist zum Beispiel?«

»Nein, überhaupt nichts. Aber sie hatte einen großen, prall gefüllten Rucksack bei sich. Und sie sagte, sie könnte mich bezahlen.« Letzteres war ihr eben erst wieder eingefallen. Vielleicht ein Raubmord?

»Wissen Sie die Marke vom Rucksack?«, fragte ihr Kollege.

»Nein. Nur dass er schwarz war. Vermutlich.«

Was regte sie sich manchmal über solche Aussagen auf, wenn

sie selbst Zeugen vernahm. Irgendetwas war dunkel, schwarz, groß, klein, unauffällig. Damit konnte man so gut wie nichts anfangen.

Wie zufällig wandte sie den Kopf und sah zu der Stelle, an der sie Schreez entdeckt hatte. Er stand immer noch auf seinem Posten und ließ gerade die Kamera sinken. Kristina vermutete, er hatte ein Foto von ihr und Steinbrink gemacht. Philipp hatte recht, der Mann war wirklich eigenartig.

»War außer Ihnen und der Anhalterin noch jemand auf dem Parkplatz? Und welcher Parkplatz genau war das?«, fragte Steinbrink.

Sie richtete ihre Aufmerksamkeit wieder auf ihn.

»Es stand ein dunkler Wagen dort.« Schon wieder so eine ungenaue Angabe. »Ziemlich neu und wahrscheinlich auch ziemlich teuer. Mit getönten Scheiben.«

»Marke, Kennzeichen?«

»Tut mir leid. Ich habe nicht darauf geachtet. Ich glaube, es war der erste Parkplatz nach der Raststätte Würzburg Nord.« Auch darauf hatte sie nicht genau geachtet. Wozu auch. Kristina stutzte. Plötzlich war ihr, als hätte sie etwas übersehen. Etwas auf dem Parkplatz. Aber was? Sie war so aufgeregt und wütend gewesen und hatte gleichzeitig mit sich gehadert und gerungen, ob sie nicht doch irgendwie anders handeln sollte. Irgendwie. Nur nicht die junge Frau ihrem Schicksal überlassen. Doch, es wäre in jedem Fall besser gewesen, die Kollegen zu verständigen. Ihr wurde übel bei der Erinnerung. Und da war noch was. Etwas, was sie nicht greifen konnte.

»Können Sie heute Nachmittag zur Polizeiinspektion Neunkirchen kommen? So gegen drei Uhr? Dann kann mein Mitarbeiter die Aussage aufnehmen.«

»Ja, mach ich«, stimmte Kristina zu. Ihr war hundeelend.

Schreez stand nicht mehr an seinem Platz.

21

Gonnesweiler, Saarland

Anneliese Grumbich beugte sich mitsamt ihrem Feldstecher so weit zum Fenster, dass sie mit dem Fernglas an der Scheibe anstieß und ihr Atem diese beschlug.

Am See war ordentlich was los, und das zu dieser frühen Stunde. Sie erkannte eine Menschenmenge, Polizei, ein rotweißes Absperrband, Polizeiautos und einen Krankenwagen. Eindeutig, es war etwas passiert. Etwas richtig Großes.

Ihr Herz pochte vor Aufregung.

Leider konnte sie auf die Entfernung und ob der vielen Leute absolut nicht erkennen, was genau geschehen war.

Dass es wie so häufig an ihrer Zimmertür klopfte, bekam sie vor Anspannung gar nicht mit.

»Frau Grumbich?«

Sie zuckte zusammen und prallte wieder einmal mit der Nase gegen das Fernglas.

»Au!« Erschrocken rieb sie sich die schmerzende Stelle und drehte sich ungehalten um.

Schwester Claudine stand im Türrahmen. Sie war gerade mal einen Meter fünfzig groß, trug die dunklen Haare im Nacken zu einem schweren Knoten gefasst und akzeptierte keine Widerrede. Die hatte ihr gerade noch gefehlt.

»Was schleichen Sie sich hier so rein?«, fuhr sie sie an.

Schwester Claudine verzog keine Miene. »Ich habe geklopft. Ich hole Sie ab zur Handarbeitsgruppe. Wir stellen heute Bommel her.«

»Was soll ich mit Bommeln? Ich bleib hier.« Sie drehte ihr den Rücken zu.

»Auf keinen Fall. Es tut Ihnen nicht gut, ständig allein zu sein und aus dem Fenster zu sehen. Sie kommen jetzt mit. Und heute Abend nach dem Essen ist Stammtisch im Garten. Es gibt Bowle.«

»Mit Alkohol?« Annelieses Interesse war geweckt.

»Ja, mit ein bisschen Alkohol. Sehr lecker. Aber nur, wenn Sie jetzt auch mitkommen.«

Vielleicht sollte sie nicht jeden Vorschlag des Pflegepersonals ablehnen. Außerdem … möglicherweise wusste Schwester Claudine was von dem, was am See passiert war.

»Also gut.« Anneliese griff nach ihrem Stock und stand behände auf. Es klappte ganz gut, nur die Hüfte zwickte ein bisschen.

»Sehr schön«, lobte Schwester Claudine und machte Anstalten, sie am Arm zu fassen.

»Lassen Sie das! Äh … lassen Sie nur.« Sie milderte ihren Tonfall. »Sagen Sie, Claudine, was ist denn am See los?«

»Das weiß ich noch nicht so genau. Es soll eine junge Frau verunglückt sein. Steht bestimmt morgen in der Zeitung«, berichtete die Schwester.

»Verunglückt? Ist sie ertrunken?«

»Ich habe noch keine Ahnung«, versicherte die Pflegerin.

Ärgerlich. Anneliese schob sich an Schwester Claudine vorbei in den Flur. Vielleicht sollte sie unter den Umständen nicht länger darauf warten, dass der Junge sich meldete, sondern ihn selbst anrufen, sosehr ihr das auch widerstrebte.

22

»Was ist denn los?«, erkundigte sich Philipp vorwurfsvoll, als sie zurück zu dem Platz kam, an dem sie ihn hatte stehen lassen.

»Ich erzähl es dir auf dem Weg zum Auto«, sagte Kristina. Ihr blieb gar nichts anderes übrig.

»Ei gudd«, stimmte Philipp zu, nahm sie an der Hand und zog sie hinter sich her. Sie ging einen Schritt schneller, um mit ihm auf gleicher Höhe zu laufen.

»Ich habe Steinbrink gesagt, dass ich die Tote kenne«, begann Kristina.

»Was?« Philipp blieb stehen, ohne ihre Hand loszulassen, und sah sie an. »Woher denn?«

Bis sie beim Auto waren, hatte sie Philipp unterrichtet.

»Warum hast du mir das nicht erzählt?«, wollte er wissen, sperrte das Fahrzeug auf und legte seine Kamera auf den Rücksitz.

Kristina zuckte mit den Schultern. »Weil ich mich ab dem Moment nicht mehr wohlgefühlt habe, wo ich die Göre abgesetzt hatte«, gab sie zu.

Philipp, der ihr üblicherweise stets die Beifahrertür öffnete, setzte sich diesmal sofort hinters Steuer. Kristina beschloss, diese Verhaltensänderung zu ignorieren.

»Okay, du hattest wohl ein schlechtes Gewissen«, resümierte er, während er den Wagen anließ und vom Parkplatz fuhr. »Ich hätte wahrscheinlich nicht anders gehandelt. Ihr seid vermutlich ganz knapp einem größeren Unfall entgangen, bei dem Schrecken, den du bekommen hast. Da hätte ein Auto in der Nähe genügt, und es hätte einen gewaltigen Crash geben können. Mach dir jetzt bloß keine Vorwürfe.« Er legte ihr die Hand aufs Knie und drückte es.

Kristina gab keine Antwort. Sie war nicht sicher, ob er tatsächlich Verständnis für ihr Verhalten hatte oder sie nur besänftigen wollte.

»Ich muss heute Nachmittag zu Steinbrink aufs Präsidium«, sagte sie. »Er will meine Aussage aufnehmen.«

»Ja, machen wir«, antwortete Philipp.

Kristina stutzte. »Wir?«, fragte sie.

»Ja. Oder willst du allein hin?«

»Ich weiß nicht. Ich dachte schon.«

»Ei gudd. Dann kann ich in Ruhe den Artikel schreiben. Danach machen wir es uns richtig schön. Und am Freitag gehen wir schon am frühen Abend aufs Seefest, was essen und –«

»Philipp«, unterbrach sie ihn. »Ich möchte nicht mehr aufs Seefest.«

Er schwieg sekundenlang. »Schade«, antwortete er schließlich.

»Tut mir leid«, fühlte sie sich verpflichtet zu sagen.

»In Ordnung. Wir reden noch mal darüber, wenn es so weit ist. Heute Abend gehen wir hier auf jeden Fall was essen. Ich weiß ein sehr gutes Lokal. Und danach führ ich dich zum Tanzen aus«, erklärte er.

»Gern«, murmelte Kristina. Irgendetwas mussten sie ja schließlich machen. Dem Mädchen war nicht geholfen, wenn sie sich vor der Welt zurückzog. Obgleich es ihr lieber gewesen wäre, wenn Philipp gefragt hätte, was sie von seinem Vorschlag hielt.

»Wenn wir zu Hause sind, mach ich uns erst mal ein schönes spätes Frühstück«, fuhr er fort. »Mit Rühreiern, frisch gepresstem Orangensaft, Kaffee und Kaffeestückchen. Und Wurst habe ich auch.«

Kristina merkte, dass sie ordentlich Hunger hatte und nach Kaffee förmlich lechzte. Vielleicht ging es ihr nach einer üppigen Mahlzeit besser.

»Klingt gut«, stimmte sie zu. »Was sind Kaffeestückchen?«

»Na halt … Kuchen. So sagt ihr Franken dazu. Das habe ich in der Kur gelernt«, erwiderte Philipp und grinste.

Es war bereits nach drei Uhr, als Kristina auf der Polizeiinspektion in Neunkirchen eintraf. Sie fand einen Parkplatz vor dem Gebäude.

Steinbrinks Büro befand sich im Erdgeschoss, der dritte Raum von rechts. Kristina musste einen düsteren Flur entlanglaufen, ehe sie davorstand.

Der Kommissar teilte sich sein Zimmer mit einem Kollegen, den er Kristina als seinen Mitarbeiter Steffen Forster vorstellte. Kristina erinnerte sich, ihn vormittags am See auch schon gesehen zu haben. Forster mochte in Breuers Alter sein, war jedoch um einiges fülliger und auch nicht so groß. Er begrüßte sie mit Händedruck.

»Unn?«, erkundigte er sich freundlich.

Kristina begnügte sich mit einem Lächeln und beschloss, Philipp zu fragen, was dieses »unn« bedeutete, das sie hier immer wieder hörte.

Steinbrink bot ihr einen Stuhl an und einen Kaffee oder ein Glas Wasser. Kristina entschied sich für das Wasser.

»Wir wissen jetzt schon einiges«, sagte er, während er aus einem kleinen Kühlschrank, der zwischen einem Kleiderständer und einem Aktenschrank stand, eine Flasche Wasser nahm. »Ein paar Ergebnisse aus der Rechtsmedizin sind schon da. Die Frau ist an inneren Blutungen gestorben, sowohl im Rumpf als auch im Kopf. Es gibt jede Menge Spuren von Schlägen und Tritten am ganzen Körper. Da ist jemand komplett ausgerastet. Sie hat zwei gebrochene Rippen, unzählige Prellungen und Blutergüsse. Die Kopfwunde stammt von einem Schlag mit einem harten Gegenstand. So was wie eine Metallstange oder so. Dadurch wurde eine Hirnblutung ausgelöst. Welche der Verletzungen letztendlich tödlich war, ist schwer zu sagen. Sexuell missbraucht wurde sie nicht, aber wir haben einen wunderschönen Fingerabdruck auf einem Knopf ihrer Jeansweste. Vermutlich wurde sie von ihrem Mörder am Kragen gepackt, also an der Weste. Sie wissen schon. Nur können wir mit dem Abdruck nix anfangen, er ist nicht im System gespeichert.«

»Außerdem wisse mer etz, wer se is«, schaltete sich Forster ein. Er lehnte in seinem Stuhl und spielte mit einem Kugelschreiber.

»Ja«, bestätigte Steinbrink. »Sie heißt Laura Fromacker, ist, oder besser war, achtzehn Jahre alt und kommt aus Bamberg. Ihre Mutter hat sie gestern Abend vermisst gemeldet.«

Kristina hätte gern nach ihrem Glas Wasser gegriffen, das Steinbrink an die Kante seines Schreibtisches gestellt hatte, doch sie hatte Angst, etwas zu verschütten. Die Tote hatte jetzt einen Namen. Sie war nur achtzehn Jahre alt geworden und kam wie sie aus dem Fränkischen.

»Frau Siebert ist bereits verständigt worden und schon auf dem Weg hierher«, fuhr Steinbrink fort.

Kristina brauchte einen Augenblick, ehe sie ihre Gedanken geordnet bekam. »Frau Siebert?«, fragte sie nach.

»Ja. Die Mutter ist in zweiter Ehe verheiratet«, erklärte der Kommissar.

Er setzte sich hinter seinen Schreibtisch und legte die Fingerspitzen aneinander. »Frau Herbich, ich will ganz ehrlich sein. Wir – mein Kollege Forster und ich – haben im Moment nichts, wo wir ansetzen können. Ein dritter Blick auf die Sache von jemandem, der professionell ist, kann nicht schaden.«

»Ich habe keinen Blick ›auf die Sache‹«, erwiderte Kristina überrascht. »Was ich weiß, habe ich Ihnen gesagt. Es sind Ihre Ermittlungen.«

»Richtig.« Steinbrink lächelte. »Ich habe mir erlaubt, nach Ihnen zu googeln. Sie sind eine sehr erfolgreiche Kommissarin mit einer hohen Aufklärungsrate. Außerdem kommen Sie aus derselben Gegend wie das Mädchen.«

»Ich habe hier keine Befugnisse. Außerdem reise ich in einigen Tagen wieder ab«, hielt sie dagegen.

»Ich möchte mich nur mit Ihnen austauschen. Einverstanden?«

»Ja, gut. Wenn Sie meinen.«

Warum nicht, wenn es ihm so wichtig war. Zudem brannte es ihr selbst auf der Seele, zu erfahren, wie sich alles zugetragen hatte.

Steinbrink griff in eine Schublade und zog zwei dünne Akten hervor. Er schob sie ihr über die Arbeitsplatte zu. »Da ist was, was mit der Sache zu tun haben könnt. Fällt bislang auch ned in meinen Zuständigkeitsbereich. Aber jetzt vielleicht doch, wenn … na ja. Lesen Sie selber. Es bleibt unter uns, dass ich Ihnen Einblick gegeben habe. Wie gesagt, ich weiß nicht, ob es tatsächlich eine Verbindung gibt.«

»Worum geht es?«, fragte Kristina. Ihr fiel auf, dass er sich immer wieder bemühte, dialektfrei zu reden.

»Zwei weitere junge Mädchen, die von Autobahnraststätten beziehungsweise Parkplätzen verschwunden sind. Der erste Fall ist schon eine Weile her, das war im Sommer 2016, der zweite ist vor einem Jahr passiert. Der Unterschied zu Laura Fromacker ist: Die anderen zwei sind nie wiederaufgetaucht. Mich interessiert, ob Sie einen Zusammenhang sehen.«

Kristina griff nach den Akten.

»Im ersten Fall ist das Mädchen auf der A 6 verschwunden, in der Nähe von Heidelberg. Der zweite Fall hat sich auf der A 63 in der Nähe von Mainz abgespielt.«

Sie schlug die erste Akte auf und warf einen Blick hinein, ebenso in die zweite.

»Also jeweils in Richtung Saarland?«, fragte Kristina, nachdem sie die Unterlagen überflogen hatte.

»Richtig«, bestätigte Steinbrink. »Trotzdem weit genug weg, dass es mit der Gegend hier gar nichts zu tun haben muss.«

»Es könnte aber sein«, mutmaßte sie.

Der Kommissar nickte.

»Darf ich die Akten mitnehmen?«

Sie konnte nicht ewig auf der Polizeiinspektion sitzen. Philipp war sicher längst mit seinem Artikel fertig.

»Ungern. Ich kann verstehen, dass Sie für die Tage Besseres vorhatten. Ich vertraue Ihnen die Unterlagen an. Lassen Sie aber bitte Ihren Lebensgefährten nicht reinsehen. Die Journalisten sind die reinsten Bluthunde, und ich riskiere meine Stelle, wenn herauskommt, dass ich Ihnen die vertraulichen Papiere überlassen habe.«

»Herr Reuter ist nicht mein Lebensgefährte«, korrigierte Kristina. »Und keine Sorge. Ich halte Dienstliches und Privates immer getrennt.«

Sie konnte die Akten nur im Auto liegen lassen, damit Philipp sie nicht in die Finger bekam. Was es wiederum erschwerte, sie zu lesen.

»Schön. Dann macht Forster jetzt mit Ihnen das Protokoll. Sie melden sich bei mir?«

Aufmerksam sah Steinbrink sie an.

»Natürlich. Aber wohl erst morgen.«

»Selbstverständlich. Wir sind bei Mord immer im Dienst«, versicherte Steinbrink.

23

»Was heißt bei euch ›unn‹?«, erkundigte sich Kristina, nachdem Philipp sie zur Begrüßung ausgiebig geküsst hatte.

Er grinste und schob sie ein Stück weg. »Unn?«, fragte er.

Sie lächelte und gab ihm einen Schubs vor die Brust. »Also?«, beharrte sie.

»Wie geht's dir«, antwortete er.

»Passt schon. Jetzt sag endlich, was heißt das?«

»Das habe ich dir gerade gesagt. Der Saarländer sagt einfach nur ›unn‹, wenn er wissen will, wie es dir geht.«

»Aha«, machte sie. Saarländisch war offenbar in weiten Teilen eine eigene Sprache.

»Aber deine Antwort gefällt mir nicht. Ich will, dass es dir gut geht und nicht nur ›passt schon‹«, sagte er und streichelte ihren Oberarm.

Sie rang sich ein weiteres Lächeln ab. »›Passt schon‹ sagt der Franke zu allen möglichen Gelegenheiten, und es kann auch alles Mögliche heißen«, erklärte sie.

»Was denn zum Beispiel?«

»Es kann heißen: Es geht mir gut. Es kann heißen: Es geht mir nicht gut. Es kann heißen: Es geht mir richtig beschissen, aber ich will nicht darüber reden. Und so weiter.«

»Aha. Und was heißt es in deinem Fall jetzt?« Aufmerksam betrachtete er sie.

Sie zuckte mit den Schultern und wich seinem Blick aus. Sie hätte gern das Thema gewechselt.

»Die Sache macht dir zu schaffen, nicht wahr?«

»Du hast recht. Außerdem will Steinbrink meine Meinung zu dem Fall wissen.« So viel konnte sie ihm erzählen.

»Tatsächlich? Na ja, ihr seid ja auch Kollegen.«

»Bei uns würde nie ein Kommissar einen Kollegen aus einem anderen Bundesland, der zufällig in der Gegend ist, um seine Meinung bitten und ihm Einblick in die Ermittlungen geben. Ich habe hier doch gar keine Befugnisse.«

»Für deine Meinung braucht es die ja wohl auch nicht«, gab

er zurück. »Wenn er dir tatsächlich Einblick gegeben hat, hat er wohl eine sehr hohe Meinung von dir.«

»Seid ihr alle so?«, fragte Kristina.

»Wie sind wir denn?«

»Na ja …« Sie überlegte. »Aufgeschlossen« war die netteste Art, auszudrücken, was ihr durch den Kopf ging. »Redselig und sehr mitteilsam« war auch eine Variante. Aber vielleicht waren auch die Franken sture Böcke, die unzugänglich waren und aus allem ein Problem machten.

»Ach nix«, brach sie das Gespräch ab, das ihr zu anstrengend wurde. Sie wollte in Ruhe die Akten lesen, die Steinbrink ihr gegeben hatte. Im Augenblick war das nicht möglich.

»Komm, wir gehen jetzt was essen. Sonst ist der Tag rum, und wir haben nichts daraus gemacht«, entschied Philipp. »Ich weiß ein gutes Restaurant. Die haben herrliche Salate.«

Eine halbe Stunde später saßen sie in einem gepflegten Lokal in Nohfelden. An der Außenfassade hatte Kristina einen geschwungenen Schriftzug gesehen. »Landhaus Mörsdorf«.

»Richtig vornehm hier«, sagte sie leise zu Philipp.

»Gefällt es dir?«, erkundigte er sich.

»Sehr«, versicherte sie. Die Leute sprachen leise, und im Hintergrund spielte dezente Musik. Eine Kellnerin brachte zwei Speisekarten.

»Probier am besten einen der Salate«, empfahl Philipp.

Kristina gab keine Antwort. Sie wunderte sich nur über seine schon zum zweiten Mal geäußerte Begeisterung für die Salate. Bisher hatte sie nicht den Eindruck gehabt, dass er Grünzeug bevorzugte. Sie studierte das Angebot.

Die Auswahl und die Preise entsprachen dem Ambiente.

Es gab edle Vorspeisen, wie Krabbencocktail »Bostalsee« oder Carpaccio vom argentinischen Rind. Für den etwas bodenständigeren Geschmack wurde die Saarländische Zwiebelsuppe empfohlen. Die Hauptgerichte bestanden aus unzähligen Schnitzelvariationen sowie hochpreisigen Rumpsteaks, Grilltellern und Fischgerichten. Kristina las sich die Salat-Angebote durch.

Es gab Salatplatten in unterschiedlicher Zusammenstellung, jeweils mit Schweinelendchen oder Rindfleischstreifen, mit Gyros oder Schnitzel und dergleichen mehr. Kristina schmunzelte und sah zu Philipp, der offenbar noch nicht wusste, was er wollte, und konzentriert die Karte studierte.

»Das also versteht ihr unter Salat. Mehr Fleisch als Grünzeug, was?«

Philipp sah hoch und grinste. »Fünfzig-fünfzig, würde ich sagen. Ich glaube, ich nehme das Schnitzel ›Parmigiana‹«, sagte er.

»Was genau ist das?«, fragte sie.

Philipp hielt ihr die Speisekarte hin.

Es handelte sich um ein Schweineschnitzel mit Hackfleischsoße, überbacken mit Gouda und Parmesan, dazu Pommes.

»Donnerwetter. Das tropft ja vor Fett. Bei der Ernährung müsstest du eigentlich das Doppelte wiegen«, sagte Kristina. Sie entschied sich für einen Pastateller mit Champignons, Spinat und Tomaten.

Ein Mann betrat den Speiseraum in Begleitung einer Kellnerin, die einen Platz für ihn suchte. Sie wies zu einem Tisch am Fenster für zwei Personen. Der Mann nickte, steuerte darauf zu und nahm Platz.

»Ei, das ist ein guter Bekannter von mir«, sagte Philipp und zeigte mit einer Kopfbewegung in die Richtung.

»Und wer ist das?«, fragte Kristina, mehr der Höflichkeit halber, als dass es sie interessierte.

»Er heißt Magnus Schleyer. Er hat vor Jahren in Neunkirchen gewohnt, bevor er nach Sankt Wendel gezogen ist. Meistens treffe ich ihn beim Tanzen. Der ist überall da, wo ich auch gern hingehe. Nach Sankt Wendel können wir auch fahren. Da ist im Sommer jeden Mittwoch am Schlossplatz Live-Musik. Also da spielen Bands.«

»Heute ist aber nicht Mittwoch«, erinnerte Kristina ihn.

»Ei gudd. Heut wollte ich sowieso in den Goldenen Drachen mit dir.«

In dem Moment ging der Blick des Mannes durch den Raum

und blieb an Philipp hängen. Er lächelte, stand auf und kam zu ihnen an den Tisch.

»Ei Philipp. Unn?« Er hielt ihm die Hand hin.

»Ei gudd. Unn selwer?«, erwiderte Philipp den Gruß. »Des is mei Freindin, de Kristina«, stellte er sie vor. »Und das ist der Magnus.«

Kristina ergriff die hingehaltene Hand und lächelte. »Hallo«, sagte sie.

»Hallo«, gab er zurück, zog sie von ihrem Platz hoch und küsste sie wechselweise auf die linke und die rechte Wange und wieder auf die linke.

Kristina ließ diese Begrüßung verblüfft über sich ergehen. Magnus Schleyer ließ von ihr ab und lächelte sie freundlich an. Irritiert setzte sie sich.

Zwischen den Männern entspann sich ein kurzes Gespräch, dem Kristina entnahm, dass auch Magnus nach dem Essen noch zum Tanzen gehen wollte, in den besagten Goldenen Drachen, der sich in Neunkirchen befand.

Als die Kellnerin kam, um die Bestellung aufzunehmen, verabschiedete sich Philipps Bekannter.

»Ei gudd dann. Ma sitt sich.« Grüßend hob er den Arm und trollte sich zu seinem Zweiertisch.

»Was war das denn?«, raunte Kristina Philipp zu, nachdem der Mann außer Hörweite war.

»Was meinst du?«, fragte er überrascht.

»Na, die Begrüßung! Ich kenn den doch gar nicht. Dreimal Küsschen.« Beinahe war sie empört.

Philipp lachte. »Ach das. Das macht man hier so. Bei euch nicht, das stimmt. Das habe ich während der Kur gemerkt. Meistens begrüßt ihr euch nur per Handschlag.«

»Richtig. Umarmungen gibt es nur, wenn man sich wenigstens ein bisschen kennt. Und Küsschen nur, wenn man sich ziemlich gut kennt.«

»Jaja. Die Franken sind ein bisschen kühler. Oder soll ich lieber sagen: distanzierter?«

»Keine Ahnung. Jedenfalls sind wir nicht so überschwänglich.«

»Der Saarländer ist aufgeschlossen und an jedem neuen Menschen, der in seinem Umfeld auftaucht, im positiven Sinn interessiert«, ließ Philipp sie wissen.

Kristina beschloss, dass Thema nicht zu vertiefen.

»Der Magnus ist ein feiner Kerl. Dabei hat er es früher auch nicht leicht gehabt«, fuhr Philipp fort.

»Was meinst du?«, fragte Kristina.

»Ich weiß nix Genaues. Er muss eine Zeit lang gewaltig Stress mit seinen Eltern gehabt haben. Na ja, ist lange her. Er ist ein Einzelkind, und die Mutter war schon weit über vierzig Jahre, als er gekommen ist. Ich sag dir, tanzen kann der!«

»Hast du eigentlich auch noch andere Themen als die Tanzerei?«, erkundigte sich Kristina und fragte sich, noch während sie sprach, ob sie abwertend klang.

Nun hatte sie schon an den saarländischen Begrüßungsformen herumkritisiert. Sie wollte nicht, dass die Stimmung ins Negative kippte.

Philipp schien jedoch nicht gekränkt. Stattdessen schmunzelte er. »Ei jo. Da fällt mir schon noch was ein.« Er griff unter den Tisch, und sie spürte, wie er seine Hand auf ihr Knie legte und sacht höherwandern ließ. Eilig hielt sie ihn am Handgelenk fest.

»Okay. Ich probier es nachher noch mal«, sagte er amüsiert. »Jetzt essen wir gemütlich, danach führ ich dich in den Drachen aus, und später haben wir ganz viel Zeit für uns.« Er grinste. »Ich freu mich schon.«

Kristina rang sich ein Lächeln ab. Ihre Gedanken waren bei dem toten Mädchen und der Schuld, die sie empfand.

24

Kristina wachte beinahe ruckartig aus einem traumlosen Schlaf auf. Sekundenlang lag sie still. Die Jalousie im Schlafzimmer war dicht geschlossen, doch durch die zum Flur hin offene Tür drang Tageslicht in den Raum. Sie tastete nach ihrem Handy, das sie vor dem Einschlafen auf das Nachtkästchen gelegt hatte, und bekam es unter die Finger, ehe es scheppernd zu Boden fiel. Sie hielt kurz die Luft an und sah zu Philipp, der zu ihrer linken Seite im Bett lag. Den Rücken zu ihr gewandt, lag er zusammengerollt in tiefem Schlaf.

Vorsichtig setzte sie sich und hob das Mobiltelefon auf. Es war sieben Uhr morgens. Sie hatte keine vier Stunden geschlafen. Sie war müde, ihr Herz schlug zu schnell, und sie fühlte sich, als wäre sie durch einen Häcksler gedreht worden. Dennoch war ein Teil von ihr so wach, dass an Weiterschlafen nicht zu denken war.

Sie verließ das Schlafzimmer, schloss sacht die Tür hinter sich und ging ins Bad. Nur fünf Minuten später zog sie behutsam sämtliche Rollläden in der Wohnung hoch, brühte sich in der Küche einen starken Kaffee auf und kam zu dem Entschluss, nach dem Kaffee einen Morgenspaziergang zu machen.

Sie würde Philipp einen Zettel schreiben, wo sie war, und sich die Freiheit herausnehmen, seinen Wohnungsschlüssel mitzunehmen, um bei ihrer Rückkehr nicht klingeln zu müssen. Möglich, er schlief noch stundenlang.

Zwanzig Minuten später schlich sie sich aus der Wohnung.

Unmittelbar vor dem Haus verlief eine ruhige Straße, die nur von den Anwohnern und ihren Besuchern befahren wurde.

Hinter dem Anwesen erstreckten sich endlose Wiesen, Felder und Spazierwege.

Die Morgensonne strahlte vom Himmel, an dem ein paar schneeweiße Wölkchen hingen. Der Tag war jetzt schon sehr warm.

Kristina ging zuerst zu ihrem Wagen und nahm die beiden Akten heraus, die Steinbrink ihr gegeben hatte, ehe sie über einen schmalen Verbindungsweg zwischen den Häusern hindurch zu den Feldern lief.

Vereinzelt spendeten ein paar Bäume und Sträucher am Wegrand Schatten, Vögel zwitscherten, und aus den Tiefen eines goldgelben Weizenfeldes, durchsetzt mit blauen Kornblumen und roten Mohnblüten, hörte sie Grillen zirpen.

Was für ein wunderbarer Tag.

Sie brauchte nicht lange zu laufen, ehe sie eine Bank entdeckte, die im Schatten einiger Bäumen stand. Sie setzte sich, schlug die erste Akte auf und begann zu lesen.

Sophia Jakob, zum Zeitpunkt ihres Verschwindens siebzehn Jahre alt.

Sie stammte aus Nürnberg und wollte in Heidelberg eine Freundin besuchen. Die alleinerziehende Mutter des Mädchens lag zu der Zeit wegen einer Gebärmutter-Operation im Krankenhaus. Sie wusste von Sophias Plänen, ging jedoch davon aus, dass ihre Tochter mit dem Zug fahren würde.

Die in Heidelberg wohnende Freundin, Samantha Herzog, erzählte später, Sophia hätte ihr von unterwegs geschrieben, dass sie per Anhalter kommen wollte, weil die Fahrkarte für Hin- und Rückfahrt ihr Budget überstieg. Nach einer einzigen Zeugenaussage war das Mädchen zuletzt auf einem Rastplatz in der Nähe von Heidelberg gesehen worden. Ein fünfzehnjähriger Junge, der mit seinen Eltern unterwegs gewesen war, wollte beobachtet haben, wie sie in einen dunklen Wagen gestiegen war. Er konnte weder zum Fabrikat des Fahrzeuges noch zu dem Kennzeichen Angaben machen. Ein Foto oder eine genaue Personenbeschreibung lag dem Vorgang nicht bei. So dürftig, wie der Inhalt der Akte war, dachte Kristina, hätte sie sich doch gestern auf der Polizeiinspektion alles durchlesen können.

Der zweite Fall unterschied sich nur wenig vom ersten.

Karina Gerstner, fünfundzwanzig Jahre, hatte eine Panne mit ihrem Motorrad. Von einem Rastplatz an der A 63 in der Nähe von Mainz aus rief sie den ADAC an, der etwa eine Stunde nach der Verständigung vor Ort erschien. Zu dem Zeitpunkt war die junge Frau bereits verschwunden, nur ihr Motorrad stand noch da. Daneben auf dem Boden lag ihr Handy.

Die Polizei, die von dem Mitarbeiter des ADAC informiert worden war, ging in dem Fall rasch von einem Verbrechen aus, da sich in den Gepäcktaschen des Zweirades sowohl die Papiere der Frau befanden als auch Kleidung und Wäsche für einige Tage und etwas Bargeld. Zeugen, die etwas beobachtet hatten, waren nicht aufzutreiben gewesen.

Kristina schlug die zweite Akte zu. Ihr Bauchgefühl sagte ihr, dass die Fälle zusammenhingen. Allerdings hatte sie keine Ahnung, wie sie Steinbrink weiterhelfen konnte. Wenn Befragungen im Umfeld der verschwundenen Mädchen durchgeführt worden waren, so stand das nicht in den sparsamen Berichten. Möglich, dass Steinbrink bisher auch nicht auf die Idee gekommen war, bei den zuständigen Kollegen in Heidelberg und Mainz die gesamten Informationen anzufordern. Das musste er schleunigst nachholen.

Kristina nahm ihr Handy, das sie neben sich auf die Bank gelegt hatte, und überlegte. Sie konnte auch Breuer anrufen, damit er die Informationen beschaffte. Allerdings erforderte dies, dass sie ihm etwas zu der Vorgeschichte erzählte.

Bei der Vorstellung, Breuer zu berichten, dass sie sich erstens von einer jugendlichen Anhalterin quasi hatte übertölpeln lassen, und ihm einzugestehen, dass sie das Mädchen an einem einsamen Parkplatz regelrecht aus dem Wagen geworfen hatte, bekam sie schweißnasse Hände.

Sie legte das Mobiltelefon wieder zur Seite und rieb mit den Handflächen über ihre Jeans. Dass sie die junge Frau unfreiwillig mitgenommen hatte, brauchte Breuer eigentlich nicht wissen. Andererseits … je nachdem, wie sich der Fall entwickelte, erfuhr er es irgendwann doch. Die Situation wurde immer verfahrener.

Wieder griff Kristina nach ihrem Handy. Es war jetzt fast neun Uhr. Eigentlich eine gute Zeit, um Breuer anzurufen. Und nach dem Fall Kamitzki wollte sie sich auch erkundigen.

Entschlossen rief sie die eingespeicherte Nummer des Kollegen auf.

Deutlich merkte sie, wie ihr Blutdruck in die Höhe ging.

Breuer meldete sich nach dem zweiten Läuten.

»Guten Morgen, Frau Herbich. Alles in Ordnung bei Ihnen?«, begrüßte er sie, noch ehe Kristina zu Wort gekommen war.

»Guten Morgen, Herr Breuer. Wie man es nimmt«, antwortete sie. Ganz ruhig. Im Grunde war ihre Reaktion auf den Übergriff der Toten vom See nur menschlich und verständlich gewesen, so tragisch es für die Frau auch ausgegangen war.

»Was heißt das? Sind Sie etwa nicht gut angekommen?«, erkundigte Breuer sich. Sie hörte ein Geräusch im Hintergrund, das sie als das Blubbern einer Kaffeemaschine einordnete.

»Doch, Herr Breuer. Trotzdem brauche ich Ihre Hilfe.«

Gerade noch konnte sie den Drang, tief Luft zu holen, unterdrücken, ehe sie ihren Mitarbeiter informierte, was vorgefallen war.

Breuer hörte zu, ohne sie zu unterbrechen. Dass sie in ihrer Empörung Laura Fromacker am ersten Rastplatz aus dem Wagen komplimentiert hatte, kommentierte er nicht.

Ihre Wangen glühten, während sie sprach, und sie war froh, dass ihr Mitarbeiter sie nicht sehen konnte.

»Bitte beschaffen Sie mir alles, was Sie zu den Fällen Gerstner und Jakob in Erfahrung bringen können. Auch Fotos, wenn es geht«, beendete sie ihre Ausführungen.

»Sie wissen schon, dass das nicht in unseren Kompetenzbereich fällt?«, erinnerte Breuer sie.

»Trotzdem«, beharrte Kristina. »Was spricht dagegen, dass wir versuchen, bei der Aufklärung behilflich zu sein?« Eine ganze Menge Formalitäten, gab sie sich selbst die Antwort.

»Wenn Willbrandt merkt, dass ich diesbezüglich tätig geworden bin, noch dazu, wo der Fall Kamitzki noch nicht gelöst ist –«, widersprach Breuer weiter.

»Wenn es tatsächlich auffällt, dass Sie mir die Infos beschafft haben, übernehme ich natürlich die Verantwortung«, unterbrach sie ihn und vermutete, dass sie Breuer damit nicht wirklich aus der Schuld nahm.

»Ich habe durchaus Bedenken«, hielt ihr Mitarbeiter erneut dagegen.

»Es ist wirklich wichtig.«

»Ja, gut. Sie sind der Boss.« Breuer seufzte vernehmlich.

Kristina hörte eine männliche Stimme im Hintergrund und

erschrak. Sie hatte geglaubt, ihr Mitarbeiter säße längst im Büro. Tatsächlich hatte sie ihn offenbar zu Hause erreicht, beim oder vor dem Frühstück mit seinem Lebensgefährten.

»Ich komme sofort, Dennis«, hörte sie ihn sagen.

»Okay, Herr Breuer. Ich muss Schluss machen. Sie sagen mir Bescheid, in Ordnung? So schnell es geht. Schicken Sie mir eine Mail.«

Nicht dass er sie im ungünstigsten Moment anrief und Philipp mitbekam, was er laut Steinbrink nicht wissen sollte.

»Ja. Im Laufe des Vormittags.«

Kristina verabschiedete sich. Kaum hatte sie das Telefonat beendet, fiel ihr ein, dass sie vergessen hatte zu fragen, ob es was Neues zum Mord an Kamitzki gab. Nun denn, im Fall des Falles hätte Breuer ihr das bestimmt von sich aus erzählt.

25

Homburg, Saarland

Moritz Amman überprüfte den Akkustand seines Mobiltelefons und den Inhalt seines Geldbeutels. Er war mit seiner Geduld am Ende. Er wollte Sara sehen, zur Rede stellen, packen und schütteln ob ihres Verhaltens und vor allem sein Geld wiederhaben. Es war nicht zu fassen. Erst bot er ihr in einer Notlage das zufällig gerade frei gewordene Zimmer in seiner Zwei-Personen-WG an, stundete ihr die erste Miete und unterstützte sie bei den Lebenshaltungskosten, und dann beklaute ihn das Luder und verschwand. Bei Paul war sie nicht, und auch ihre ehemaligen Studienkollegen wussten nicht, wo sie steckte.

Moritz konnte sich nur noch vorstellen, dass sie zu ihrer Mutter nach Saarbrücken gefahren war. Deren Adresse kannte er. Er hatte sie auf einer Geburtstagkarte gelesen, die Sara ihr vor einiger Zeit geschickt hatte. Er würde jetzt dorthin fahren und klingeln. Und wenn er Sara nicht antraf, würde er zumindest deren Mutter erzählen, was für ein verdorbenes Früchtchen ihre Tochter war. Laut Routenplaner brauchte er bis zu Ulrike Schäffters Adresse nicht länger als eine halbe Stunde.

Eine Stunde später kickte er wütend ein paar Steinchen zur Seite, die auf dem Gehweg vor dem kleinen Einfamilienhaus lagen, in dem Saras Mutter wohnte. Es war niemand zu Hause. Das Schlimmste aber war, er hatte keine Ahnung, warum. Vielleicht war sie beim Arzt oder beim Einkaufen. Vielleicht war sie irgendwo zum Mittagessen eingeladen oder ging spazieren – das Wetter war herrlich. Vielleicht war sie aber auch in Urlaub gefahren.

Arbeiten ging sie nicht, das hatte zumindest Sara mal erwähnt. Ulrike Schäffter war seit einem Autounfall erwerbsunfähig.

Aber egal, wo sie war, sie konnte auch mit Sara unterwegs sein. Er konnte wohl kaum wochenlang vor der Tür warten.

Aufgebracht marschierte er auf dem Gehweg auf und ab. Vielleicht wussten die Nachbarn was. Andererseits fühlte er sich total gehemmt, bei Fremden zu klingeln und sein Anliegen vorzubringen. Besser, er ließ es. Er würde jetzt irgendwo einen Kaffee trinken und in zwei Stunden noch einmal hier vorbeisehen.

Moritz setzte sich in seinen Wagen und fuhr in die Stadt. Er entschied sich für die Café & Bar Celona.

Er ergatterte einen Platz im Außenbereich und bestellte einen großen Milchkaffee und ein Stück Kirschkuchen mit Sahne.

Am Tisch neben ihm standen die älteren Herrschaften auf und schickten sich an, zu gehen. Die Sonntagszeitung, die das Café den Gästen zur Unterhaltung anbot, ließen sie liegen. Moritz wartete, bis die Leute gegangen waren, und holte sich die Lektüre, die linksseitig in einer hölzernen Klemme hing.

Auf dem Titelbild war ein Teil des Bostalsees zu sehen, davor ein Stück vom Badestrand, und im Sand lag eine zusammengekrümmte Gestalt. Eine dicke Schlagzeile prangte über der Aufnahme: »Wer ist die Tote vom Bostalsee?«

Er überflog den Artikel, und sein Magen krampfte sich zusammen.

»... unbekannte junge Frau, etwa achtzehn Jahre alt ... vermutlich als Anhalterin unterwegs gewesen ... schwer misshandelt ...«

Es folgten eine Beschreibung der Kleidung sowie der Hinweis, dass sie absolut nichts bei sich trug, was auf ihre Identität schließen ließ. Keine Papiere, kein Handy, kein Gepäck und auch keinen Schlüsselbund oder sonstige persönliche Gegenstände.

Moritz' Hände zitterten, als er die Zeitung sinken ließ, und sein Mund war unerträglich trocken.

Es muss nicht Sara sein, versicherte er sich. Ob sie ein T-Shirt mit dem Aufdruck »Fuck you« hatte, wusste er nicht, aber es würde zu ihr passen. Eine Jeansweste besaß sie, da war er sicher. Aber eine grüne Jeans? Über den Punkt stolperte er. Gesehen hatte er nie eine an ihr, aber das musste ja nichts heißen. Möglich, sie hatte sie erst gekauft oder auch geklaut – wenn Notstand im Geldbeutel war, bediente sie sich auch schon mal kostenlos in den Läden, das hatte sie ihm an einem gemütlichen Abend in seiner Küche und bei einem Glas Wein kichernd erzählt. Damals hatte er noch gehofft, aus ihnen würde bald ein Paar. Wie sie dazu stand, als Anhalterin unterwegs zu sein, wusste er auch nicht, aber er konnte es sich gut von ihr vorstellen.

Ich muss zur Polizei, dachte er. Und zwar sofort.

Er sprang auf und rannte an der verdutzten Kellnerin vorbei, die eben seine Bestellung brachte.

Hektisch tippte er auf seinem Handy herum, kaum dass er im Auto saß, und suchte die nächstgelegene Polizeiinspektion. Es dauerte schier endlos und strapazierte seine Nerven über Gebühr, bis die Verbindung aufgebaut war. Endlich. Er musste nicht weit fahren, nur bis nach Saarbrücken-St. Johann. Er tippte auf »Jetzt starten«, schob das Handy in die dafür vorgesehene Halterung am Armaturenbrett und startete den Wagen.

Eine Viertelstunde später hielt er vor dem mehrstöckigen Gebäude der Polizei. Es hatte einen schmuddeligen grünen Anstrich und wirkte nicht sehr vertrauenerweckend. Zwei niedrige Stufen führten zum Eingang, einer weißen Kunststofftür mit abgedunkelten Glaseinsätzen.

Am Tresen hinter dem Empfang saß ein Beamter in Uniform, der ein Kreuzworträtsel löste.

»Hallo«, grüßte er den Mann kurzatmig. Er fühlte sich, als sei er die Strecke hierher gerannt. Behäbig sah der Angesprochene hoch.

»Gunn Dach«, erwiderte er und legte seinen Kugelschreiber behutsam auf die Zeitung.

»Ich bin hier, weil …«, begann Moritz und brach ab. Er hätte die Zeitung mitnehmen sollen. »Haben Sie die Sonntagszeitung hier?«, fragte er.

Der Beamte grinste. »Ei jo. Aba deswäge sei Se ned komme, oder?« Er stand auf, nahm von einem Stapel Akten die bewusste Zeitung und reichte sie ihm. Moritz klappte sie auf und zeigte auf das Bild auf der Titelseite.

»Deswegen bin ich hier. Es kann sein, dass ich die Frau kenne.« Er sprach eilig, als drängte die Zeit.

»Ah jo?« Der Beamte nahm das Presseblatt und überflog den Artikel. »Hm, da sei mer aba ned zuständig. Da müsset Se nach Neinkerje.«

»Können Sie denn nicht Ihre Kollegen anrufen? Das dauert doch viel zu lange«, protestierte Moritz.

Der Beamte warf ihm einen vorwurfsvollen Blick zu, griff aber nach dem Telefon.

»Wer soll na die sei?«, fragte er, während er bedächtig eine Nummer eintippte.

»Sie heißt Sara Schäffter. Also wenn sie es ist. Ich seh ja auf dem Bild fast nichts von ihr.« Er fuhr sich mit allen zehn Fingern durch die Haare und spürte plötzlich, dass sein T-Shirt unter den Armen und am Rücken nasse Stellen aufwies.

Der Beamte telefonierte. Nach wenigen Sätzen legte er auf.

»De Identität von de Tode is middlerweile geklärt. Schäffter heisset se ned. Morje steht wad dazu inne Zeidung. Do könne Se läse.«

Moritz stand reglos vor dem Tresen. Sara war es nicht. Er wollte erleichtert sein, aber es gelang ihm nicht. Sie war ja noch immer verschwunden. Und es war längst nicht gesagt, dass sie bei ihrer Mutter untergekrochen war. Außerdem hatte sie eine große Summe Bargeld dabeigehabt. Vielleicht war sie einem Raubmord zum Opfer gefallen?

»Ich will eine Vermisstenanzeige aufgeben«, entschied er.

26

»Na, du Frühaufsteherin?«, begrüßte Philipp Kristina, als sie seine Wohnung wieder betrat. Seine dunklen Haare waren feucht, er roch wunderbar frisch nach Duschgel und Zahnpasta, und die Kaffeemaschine blubberte. Er küsste sie. Kristina erwiderte den Kuss, und Philipp zog sie fester an sich.

»Der Kaffee ist gleich fertig«, protestierte sie, als Philipp begann, ihren Po zu kneten.

»Der kann warten. Ich nicht«, antwortete er und schob sie Richtung Schlafzimmer.

Eine halbe Stunde später machte sich Philipp auf den Weg ins Bad.

Kristina blieb erschöpft im Bett. Sie legte einen Unterarm über die Augen. Der Sex hatte gutgetan, aber sie war völlig durcheinander. Für den Moment fühlte es sich an, als sei ihr Leben aus den Fugen geraten. Was machte sie hier?

Sie wohnte seit zwei Tagen mit einem Mann unter einem Dach, als wären sie ein Paar. Sie aß und schlief mit ihm, sie teilten sich Küche und Bad und waren viel gemeinsam unterwegs. Sie genoss diesen Zustand. Sie verdrängte, dass sie bald wieder in ihr eigenes, begrenztes Leben zurückkehren würde.

In ihre Drei-Zimmer-Wohnung in Bayreuth, nahe dem Hofgarten, die sie sich mit niemandem teilte.

In ihr Büro, das sie sich mit Breuer teilte, mit dem sie Mord, Totschlag und andere Verbrechen aufzuklären versuchte.

In die Einsamkeit von freien Wochenenden und Feierabenden.

Schlagartig fiel ihr Onkel Johan ein. Sie hatte ihm nicht einmal Bescheid gegeben, dass sie ins Saarland fuhr. Augenblicklich packte sie das schlechte Gewissen, ihren einzigen und letzten lebenden Angehörigen derart übergangen zu haben. Nicht nur das, sie hatte keinen Gedanken an ihn gehabt, als sie ihre Fahrt geplant hatte. Wie schäbig und egoistisch war das denn?

Sie sollte ihn wenigstens anrufen, ihm ein paar Bilder von der herrlichen Gegend schicken und ihm ein Souvenir kaufen. Irgendeine saarländische Besonderheit.

»Hey.« Sie spürte Philipps weiche Lippen auf ihren und nahm den Arm von den Augen. Der schlanke Mann, der ihr in den letzten Tagen so viel Zuwendung gegeben hatte, stand nackt neben dem Bett.

»Was ist denn los, mein Schatz?« Bestürzt sah er sie an und strich mit den Fingerspitzen über ihre Wange. »Du siehst richtig unglücklich aus.«

»Tu ich gar nicht.« Kristina versuchte, sich seiner Zärtlichkeit zu entwinden und aufzustehen.

»Doch. Du schwindelst. Was ist los? Bist du traurig, weil wir so weit voneinander entfernt wohnen? Oder ist es wegen diesem Mädchen?«

»Es ist wirklich nichts. Du irrst dich. Ich geh duschen.«

Sie hätte ihm durchaus von Onkel Johan erzählen können. Von ihm und seinem dickköpfigen Dackel Arno. Von Onkel Johan, der für sie da gewesen war, als ihre Mutter, die, so lange Kristina denken konnte, mit dem Leben unzufrieden war, von einem Tag auf den anderen verschwunden und nicht wiederaufgetaucht war. Damals war Kristina neunzehn Jahre alt gewesen. Bis heute wusste sie nicht, wo sie war, ob es ihr gut ging und ob sie überhaupt noch am Leben war.

Sie hätte Philipp auch von ihrem Vater erzählen können, dem wesentlich jüngeren Bruder von Onkel Johan.

Auch ihr Vater hatte sie alleingelassen, aber er hatte nichts dafür gekonnt. Schuld war der betrunkene Autofahrer gewesen, der auf verschneiter Straße die Kontrolle über seinen Wagen verloren und Martin Herbich, der als Fußgänger ordnungsgemäß auf dem Gehweg gelaufen war, überfahren hatte. Damals war Kristina acht Jahre alt gewesen.

»Ich kann förmlich sehen, wie dir die Gedanken durch den Kopf gehen. Sprich mit mir, Liebes.« Er setzte sich auf die Bettkante.

»Ich habe eben an meinen Onkel Johan gedacht«, gab Kristina zu.

»Okay. Machst du dir Sorgen um ihn? Ist er dir wichtig?«, fragte Philipp und lächelte sie an.

»Onkel Johan ist fünfundsiebzig Jahre, pensionierter Pfarrer, und er ist mir sehr wichtig. Sorgen mache ich mir keine um ihn, und wenn, dann nur in normalem Maß. Er ist sehr rüstig. Ich hätte ihm sagen sollen, dass ich ein paar Tage wegfahre.«

»Ei gudd.« Philipp drückte ihre Hand. »Das kannste nachhole. Ruf ihn halt an.«

»Mach ich.«

Kristina richtete sich auf, gab ihm einen schnellen Kuss, schlüpfte an ihm vorbei und lief aus dem Zimmer.

Philipp brachte ihr Leben durcheinander.

Möglicherweise war eine Beziehung nicht das Richtige für sie. Er lenkte sie von allem ab und verwirrte sie. Vielleicht war sie aber auch schon zu lange allein gewesen. Zudem beschäftigte sie bereits eine ganze Weile, was Philipp eben angesprochen hatte. Zwischen ihren Wohnorten lag eine große Entfernung, die im Alltag nicht zu bewältigen war. Vielleicht wusste Onkel Johan Rat.

»Ich mach uns was zu essen«, rief Philipp durch die geschlossene Badezimmertür. »Kennst du Dibbelabbes?«

»Nein«, rief sie zurück und musterte sich im Spiegel über dem Waschbecken. Ungeachtet ihrer Bedenken und Nöte glänzten ihre Augen, ihre Wangen schimmerten rosig, und ihre Haare waren zerzaust, was sie zwar ein wenig wild, aber auch lebensfroh aussehen ließ.

»Das sind geriebene Kartoffeln mit Milch, Eiern, Zwiebeln, Lauch und Dörrfleisch gemischt und in der Pfanne gebraten.

Dazu gibt es Apfelmus. Das schmeckt! Lass dich mal verwöhnen.« Er musste direkt vor der Tür stehen. Kristina überlegte ein paar Sekunden.

»Lass dich nicht aufhalten«, rief sie zurück. Es klang tatsächlich gut, auch wenn sie nicht überzeugt davon war, den Tag mit einem derart deftigen Gericht starten zu wollen. Und Apfelmus gehörte auch nicht zu ihren Lieblingsspeisen.

Eins nach dem anderen, dachte sie. Jetzt wollte sie die Zeit mit Philipp genießen, und nebenbei galt es herauszufinden, was Laura Fromacker zugestoßen war. Das Schicksal der jungen Frau lag ihr schwer auf der Seele.

Kristina duschte und wusch sich die Haare. Sie zog ihre Augenbrauen nach, trug eine feine pudrige Linie Eyeliner auf und tuschte sich die Wimpern.

Nachdenklich betrachtete sie sich im Spiegel. Vielleicht sollte sie sich öfters dezent schminken. Wäre Philipp nicht mit den Vorbereitungen für ein Frühstück beschäftigt gewesen, so hätte sie noch ein wenig Lippenstift aufgetragen. Doch das lohnte im Augenblick nicht. Sie verließ das Bad.

In der Wohnung duftete es würzig.

Der Küchentisch war reichlich gedeckt. Kaffee und Saft, für jeden ein Teller und Besteck, in der Mitte auf einem Untersetzer eine große Pfanne mit dem Kartoffelgericht, das aussah, als wären knusprig angebräunte Stücke aus einem großen Omelett gerupft worden. Zwei Becher Joghurt und zwischen allem eine kleine Kerze. In einem Körbchen lagen Eier, daneben stand eine Flasche Maggi.

»Sieht sehr gut aus«, bestätigte Kristina und lächelte. Philipp küsste sie.

»Du siehst klasse aus«, raunte er in ihr Ohr. Sein Atem kitzelte sie, und sie kicherte.

»Du verwöhnst mich tatsächlich«, sagte sie und schob ihn von sich. Er schmunzelte.

»Das mach ich doch gerne. Es soll dir gut gehen.«

»Danke«, murmelte sie beklommen.

Das Essen schmeckte köstlich, obwohl das Kartoffelgericht

so heiß war, dass sie sich gleich beim ersten Bissen die Zunge verbrannte.

»Deswegen das Apfelmus«, belehrte Philipp sie und zeigte mit der Gabelspitze auf den Obstbrei, den sie am Tellerrand hatte liegen lassen. Kristina schnitt eine Grimasse und gab keine Antwort.

»Wozu ist das Maggi?«, fragte sie, was sie schon die ganze Zeit beschäftigte. Die Flasche mit der Würzflüssigkeit stand unangetastet auf dem Tisch.

»Das zeig ich dir.« Philipp schmunzelte. Er nahm eines der Eier aus dem Körbchen, pellte es und schnitt es in zwei Hälften. Er legte eine Hälfte auf ihren Teller, gab Salz drauf und griff nach dem Maggi. Misstrauisch beobachtete Kristina ihn. Tatsächlich träufelte er die dunkelbraune Flüssigkeit auf das Ei.

»Hier.« Er reichte ihr die Flasche.

»Das ist nicht dein Ernst. Das kann doch gar nicht schmecken«, hielt sie dagegen.

»Doch. Das schmeckt super. Jetzt nimm. Saarländische Integration für dich«, sagte er und grinste breit.

»Nee. Echt nicht.«

»Ei gudd. Ess ich das eben selber«, sagte er und nahm das halbe Ei von ihrem Teller.

Kristina nahm sich einen Joghurt.

»Ich weiß noch was Schönes, was wir machen können«, fuhr Philipp fort. »Wir fahren nach Mainz in die Pyramide. Das ist ein Event-Center mit einem großen Tanzlokal. Heute finden ein paar Workshops statt. Ich dachte, wir machen den für Discofox mit, der ist um siebzehn Uhr. Und später noch die Crash-Kurse für Tango und Samba, wenn du magst.«

Kristina nickte nur. Sie wollte auf ihr Handy sehen, ob Breuer sich schon gemeldet hatte. Das Handy lag irgendwo im Schlafzimmer. Sie hatte es auf lautlos gestellt.

»Ich würde vorschlagen, wir fahren nach dem Essen los. Bis Mainz sind wir schon anderthalb Stunden mit dem Auto unterwegs«, sprach er weiter.

»Ja, gern«, antwortete Kristina geistesabwesend.

Worauf hatte sie sich eigentlich eingelassen? Philipp gehörte ins Saarland und sie nach Oberfranken. Welchen Platz hatte sie überhaupt in seinem Leben? Steinbrink gegenüber hatte er sie als seine Freundin vorgestellt. Doch es konnte sein, es war nur dem Moment und der Situation geschuldet gewesen. Was wollte er? Dachte er an eine langfristige Beziehung, oder war sie für ihn nur eine Liebschaft? Und was wollte sie? Mit ihren mittlerweile siebenundvierzig Jahren hatte sie sich in ihrem Leben eingerichtet. Ob sie zufrieden war oder nicht, darüber wollte sie nicht nachdenken. Für eigene Kinder war sie zu alt, den Gedanken an eine Partnerschaft hatte sie nie wirklich aufgegeben, jedoch auch keine Bemühungen angestellt, jemanden kennen- oder gar lieben zu lernen. Nun war Philipp in ihr Leben geplatzt.

»Magst du noch Kaffee?«, unterbrach dieser ihre Überlegungen.

Kristina lächelte ihn an und legte ihre Hand auf seine.

»Gern«, erwiderte sie. In ihrem Bauch saß ein warmes, zärtliches Gefühl. Vielleicht dachte sie zu viel nach. Vielleicht war Philipp der Mann für den Rest ihres Lebens. Und vielleicht war das gut so.

27

Das Event-Center lag unweit der A 60.

Kristina war beeindruckt, als sie den Gebäudekomplex sah, der in Form und Aufbau tatsächlich an einen Tempelbau erinnerte, allerdings mit modernen Baumaterialien. Das Hauptgebäude im Hintergrund glich einer großen Pyramide, davor waren drei weitere errichtet. Eine kleine in der Mitte mit einer breiten Glasfront diente als Eingangsbereich, eingerahmt wurde sie von zwei etwas größeren Gebäuden, allesamt im Aussehen alter Tempelbauten. Unzählige abgedunkelte riesige Glasscheiben, die sich bis zur Spitze des Bauwerkes hochzogen, reflektierten das Sonnenlicht des Nachmittages.

Philipp parkte direkt vor dem Center.

Er zahlte den stattlichen Eintrittspreis von zehn Euro pro Person und zog Kristina hinter sich her. Sie mussten mehrere Steintreppen hinauf, ehe sie im Tanzsaal ankamen. Der ungewöhnlich hohe Raum, den sie betraten, war mit grünem und lilafarbenem Neonlicht ausgeleuchtet, der Fußboden bestand aus steinernen Fliesen. Auf der Tanzfläche leuchteten im Quadrat angeordnete weiße Linien, die nach außen hin größer wurden. Eine Treppe führte zum Bereich des DJs hinauf. Kristina erinnerte der gesamte Lokalbereich an einen großen modernen Saal, mit viel Glas und Chrom und diversen Sitzgelegenheiten aus Kunstleder in Form von Clubsesseln, Barhockern an hohen Tischen und hier und da kleinen Sofas. Philipp begrüßte freudig Bekannte, immer mit drei Küsschen links und rechts, und stellte Kristina vor, die mit höflichem Lächeln die Vorstellungsrunde über sich ergehen ließ.

»Ei Philipp!« Ein sportlich wirkender Mann um die vierzig Jahre mit dunklem, leicht gewelltem Haar gab Philipp einen leichten Klaps auf die Schulter und strahlte ihn an. »Lang ned gsehe. Wie wor de Kur?«

»Ei Gunter. Gudd wor de Kur.« Philipp grinste und sah zu Kristina. »I han a Mädsche kenneglernt. De Kristina.«

»Ei jo! Da haschd se glei mitbracht?«

»Ei freili.«

Philipp stellte sie einander vor und sprach dabei wieder Hochdeutsch. Gunter tat es ihm gleich, wie Kristina mit einer gewissen Erleichterung feststellte. Offenbar gab es etliche Saarländer, die auch für die restlichen Bundesländer verständlich sprechen konnten.

Die Männer wechselten noch einige freundschaftliche Worte, dann verabschiedete sich Gunter, nicht ohne vorher bei Philipp nachzufragen, ob er später mit Kristina tanzen dürfte. Nach einem fragenden Blick zu ihr stimmte dieser zu.

»Komm, wir suchen uns einen Platz«, sagte er zu Kristina, nachdem Gunter in der Menge verschwunden war.

Er bugsierte sie zu einem der Barhocker.

»Ich hol uns was zu trinken.« Er ging die wenigen Schritte bis zur Bar. Mit einer großen Flasche Wasser und zwei Gläsern kam er wieder.

Kristina sah sich im Lokal um.

Mittig auf der Tanzfläche stand eine schlanke Frau mit blondem Kurzhaarschnitt, die eben die am Workshop interessierten Teilnehmer bat, sich bei einem ersten Tanz einzutanzen. Philipp füllte das Wasser in die Gläser.

»Mit dem Gunter kannst du auf jeden Fall tanzen«, sagte er. »Der kann hervorragend führen.«

»Und normales Deutsch sprechen«, ergänzte Kristina, die sich von Philipps ständigem Interesse am Tanzsport inzwischen gestresst fühlte.

»Muss er auch. Er ist als Handelsvertreter für Sportartikel deutschlandweit unterwegs. Sport ist sein Leben. Der hat weder Frau noch Kinder, obwohl er echt gut aussieht. Und warum? Weil er für nix Zeit hat. Er geht reiten und schwimmen und rudern im Verein. Und tanzen natürlich. Der hat auch schon paar Abzeichen. Schau dir mal seine Figur an. Da kann man neidisch werden.« Er schmunzelte trotz seiner Worte und klopfte auf seinen Bauch.

»Du hast keinen Bauch«, erwiderte Kristina, die keine Lust hatte, länger als nötig über den nächsten Bekannten von Philipp zu reden.

Eine dunkelhaarige Frau tauchte an ihrem Platz auf. »Philipp, wie schön«, sagte sie und strahlte ihn an.

»Angelina«, erwiderte er freudig. Sie begrüßten sich mit den Kristina inzwischen geläufigen drei Wangenküsschen.

»Tanzt du mit mir?«, fragte Angelina und schenkte Kristina nur einen flüchtigen Blick.

»Sicher. Wenn ich darf?« Philipp wandte sich ihr zu.

Kristina nickte stumm und spürte ein Grummeln im Bauch. Er hatte sie diesmal nicht vorgestellt, und der strahlende, beinahe schmachtende Ausdruck im Gesicht der Frau störte sie gewaltig, zumal Philipp ebenfalls sehr erfreut schien.

Sie nippte an ihrem Wasser und beobachtete ihn. Es dauerte wohl keine zwei Minuten, bis sie am liebsten aufgestanden und gegangen wäre.

Philipp fegte über die Tanzfläche, als hätte er zwanzig Jahre Übung und Erfahrung oder noch länger, und wirbelte Angelina in jede Menge Figuren, so rasch, dass Kristina mit Blicken kaum folgen konnte. Sie musste zugeben, dass es sie beeindruckte. Aber nicht nur das. Es machte sie auch wütend. Die Musik stoppte, und Philipp verabschiedete sich mit einem angedeuteten Handkuss von Angelina, ehe er wieder zu ihr kam.

»Die tanzt echt super«, ließ er Kristina wissen, hörbar außer Atem.

»Aha«, antwortete sie nur. Die Tanztrainerin erklärte, dass sie im nun folgenden Kurs, der sich ausschließlich an fortgeschrittene Tänzer richtete, eine Discofox-Liegefigur lernen würden.

»Komm«, forderte Philipp sie auf. »Jetzt geht der Workshop los.«

»Aber ich bin nicht fortgeschritten! Ich kann nur das Nötigste«, protestierte sie.

»Das macht nix. Das lernst du.«

Widerwillig folgte sie ihm auf die Tanzfläche.

Sie fühlte sich steif, unbeholfen und unwissend und fragte sich, was sie hier eigentlich tat. Von einem Moment zum nächsten hatte sie den Eindruck, in ein anderes Leben geschlüpft zu sein. Sie war nicht mehr in Oberfranken, im kleinen, eher beschaulichen Bayreuth. Sie war in Mainz, in der Landeshauptstadt von Rheinland-Pfalz, an der Seite eines Mannes, der sie überall als seine Freundin vorstellte und der selbst im angrenzenden Saarland wohnte. Sie war ein paar hundert Kilometer quer durch Deutschland gefahren, um ihn zu treffen, und das sozusagen Hals über Kopf.

Etwas in ihr wehrte sich, über ihre Gefühle für Philipp nachzudenken, dennoch wusste sie, sie war durcheinander wie nie zuvor. Sie mochte ihn, sehr sogar, aber hatte ihre Liaison eine Zukunft? Wollte sie eine Fernbeziehung, oder hoffte tief in ihr etwas, Philipp könnte zu ihr nach Bayreuth ziehen? Und was hieß »zu ihr«? Sie stellte sich ihn in ihrer Wohnung vor, nicht als Gast für einige Tage, sondern dauerhaft. Oder erwartete er, dass sie ins Saarland umzog? Wirklich gelingen wollte ihr weder die eine noch die andere Vorstellung.

Wie sollte weitergehen, was sie hier begonnen hatte? Ihr Alltag war durcheinandergeraten. Der Boden unter ihr fühlte sich nicht mehr fest und trittsicher an. Eher gummiartig und wackelig, und sie fürchtete, jeden Augenblick zu fallen. Daran konnte natürlich auch die tragische Sache mit der Anhalterin schuld sein. Oder nicht? Nein. Der Fall Fromacker war entsetzlich, aber nicht schuld an dem Gummiboden unter ihr.

Philipp drückte ihr einen Kuss auf den Mund. »Denk nicht so viel nach. Das ist nicht gut beim Tanzen.«

Geistesabwesend erwiderte sie den Kuss. Sie stand auf einer Tanzfläche und sollte eine Discofox-Liegefigur üben. Bis eben hatte sie gar nicht gewusst, dass es so etwas gab.

Philipp versuchte, Kristina in eine Drehung zu führen, und unterbrach damit ihre Gedanken. Die Drehung misslang.

»Tanzhaltung!«, erinnerte Philipp sie. »Und mehr Spannung in den Arm, sonst kann ich dich nicht führen.«

Sie fühlte sich wie aus ihrem bisherigen Leben herauskatapultiert und in einer anderen Welt gelandet. Wie würde es sich anfühlen, in ihren Alltag zurückzukehren, der gerade ganz weit weg war? Jetzt, in diesem Moment, kam ihr ihr sonstiges Dasein kalt und grau vor, absehbar und eintönig, überschaubar, ausgenommen ihr Beruf, der sie forderte und manchmal an ihre Grenzen brachte.

»Kristina! Du bist viel zu dicht an mir dran, und außerdem war das der falsche Fuß. So wird das nichts.« Philipp sah sie vorwurfsvoll an und blieb stehen.

»Sorry«, murmelte sie und hatte keine Ahnung, welchen Fuß sie genommen hatte, was wiederum hieß, dass sie mit fünfzigprozentiger Wahrscheinlichkeit erneut den falschen nehmen würde.

»Du bist überhaupt nicht bei der Sache!«, regte sich Philipp ein paar Takte später auf. »Jetzt bist du zu schnell. Außerdem habe ich dich jetzt nicht gedreht. Das wollte ich vorhin, da hast du nicht reagiert. Warum drehst du dich, wenn ich dich überhaupt nicht so geführt habe? Außerdem brauchst du mehr Körperspannung!«

Von einer Sekunde zur anderen war sie völlig desillusioniert und wurde gleichzeitig wütend.

Abrupt befreite Kristina sich aus der Tanzhaltung.

»Dann tanz doch mit einer anderen, wenn ich mich so blöd anstelle«, fuhr sie ihn an. »Stehen doch genug fähige Frauen rum und warten.« Ruckartig wandte sie sich ab und lief mit großen Schritten Richtung Ausgang.

»Kristina!«, hörte sie Philipp rufen. Sie eilte die Treppe hinunter, durch den Vorraum mit unzähligen Garderobenständern, die ob des warmen Tages kaum genutzt wurden, und raus ins Freie. Ihr Puls hatte sich beschleunigt. Daran war nicht nur ihr Laufschritt schuld. Ihr war heiß, und in ihr rebellierte es gewaltig. Leider rebellierte es nicht nur wütend, sondern auch schmerzhaft. Was fiel ihm ein, sie derart von oben herab zu kritisieren? Er hatte gewusst, dass sie vom Tanzen so gut wie keine Ahnung hatte. Vermutlich war sie ohnehin von Grund auf unfähig, und mit einem Profi wie ihm konnte sie definitiv nicht mithalten. Wieder sah sie ihn mit Schmacht- und Strahle-Angelina über die Fläche wirbeln. Die Nachmittagssonne brannte vom Himmel. Sie stellte sich neben die Pyramide, wo das große Gebäude ein wenig Schatten warf.

Am liebsten wäre sie einfach weggefahren und hätte Philipp in seinem Nobel-Schuppen sich selbst überlassen. Sollte er sich doch fragen, wo sie abgeblieben war. Ärgerlicherweise waren ihr nahezu die Hände gebunden. Ihre kleine Handtasche, die sie gern zum Fortgehen nahm, lag auf ihrem Barhocker. Eigentlich widersprach das ihrem Sicherheitsdenken, doch beim Tanzen wusste sie nicht, wohin mit ihren Habseligkeiten. Außer einem Lippenstift, ein wenig Kleingeld und ihrem Handy befand sich nichts darin.

Das Handy hätte sie jetzt brauchen können. Vielleicht hatte Breuer sich endlich gemeldet. Auf der Fahrt hierher hatte sie mehrfach auf das Mobiltelefon gesehen, doch keine Nachricht oder Mail war eingegangen. Ganz langsam legte sich ihre Empörung. Mit Philipp würde sie heute jedenfalls nicht mehr tanzen. Kristina glaubte zu spüren, dass sie jemand beobachtete, und hob den Kopf. Zwischen den parkenden Autos stand in etlichen Metern Abstand ein Mann, der ihr bekannt vorkam. Er hob grüßend die Hand und lächelte. Zögerlich winkte sie zurück. Auf ein Lächeln verzichtete sie. Ihr war nicht danach, sie kam nicht darauf, wo sie ihn schon einmal gesehen hatte, und auf die Entfernung konnte er sicher nicht erkennen, was für ein Gesicht sie machte.

Der Mann hielt etwas in der Hand. Er stand zu weit weg, als dass sie hätte feststellen können, was es war. Er klopfte sich etwas auf den Handrücken und führte diesen an die Nase.

Schnupftabak, schlussfolgerte Kristina.

Blitzartig tauchte eine Erinnerung in ihrem Kopf auf, fuhr ihr wie ein Hieb in den Magen, und ihr wurde übel. Spielte ihr Kopf verrückt? Oder war ihr eben etwas eingefallen, was in den Tiefen ihres Unterbewusstseins versunken gewesen war, überdeckt von einer Vielzahl von Ereignissen und neuen Eindrücken in den letzten Tagen?

Der Mann ließ den Arm sinken und kam auf sie zu, immer noch mit freundlicher Miene.

»Du bischt de Kristina, gell?«, sagte er, als er beinahe schon bei ihr war. Jetzt wusste sie, woher sie ihn kannte. Er war der Bekannte von Philipp, der gestern Abend im Landhaus Mörsdorf an ihren Tisch gekommen war. Sie nickte und zog die Mundwinkel ein wenig auseinander, in der Hoffnung, es ginge als ein Lächeln durch.

»Wasch magst vo der Türe? Isch a Philipp ned do?«

Kristina sah ihn an. Obwohl sie sich erschließen konnte, was er gesagt hatte, protestierte etwas in ihr. Außerdem ärgerte sie sich, dass er sie offenbar duzte.

»Wie bitte?«, fragte sie in förmlichem Hochdeutsch.

»Ei jo.« Der Mann grinste noch breiter. »Du bist nicht von hier«, fuhr er jetzt für sie wesentlich verständlicher fort.

»Nein«, gab sie knapp zurück.

»Ich wollte nur wissen, warum du hier außen stehst und wo Philipp ist«, übersetzte er, was er zuerst gefragt hatte.

»Philipp tanzt innen, als wäre er dafür geboren. Ich wollte an die frische Luft«, informierte sie ihn. Sie wusste nicht mehr, wie der Mann hieß.

Er lachte herzlich. »Typisch für ihn. Ich nehme an, du hast dich über ihn geärgert, habe ich recht?«

Kristina runzelte die Stirn. Der andere sah sie amüsiert an.

»Ich habe deinen Namen vergessen«, sagte sie, ohne auf seine Frage einzugehen.

»Magnus. Magnus Schleyer.« Er bot ihr den Arm. »Wirklich erfrischend ist es hier draußen nicht. Würdest du mit mir tanzen?«

Kristina musterte ihn, was auf die Nähe nicht so leicht war. Er war ein gutes Stück größer als sie, hatte dichtes dunkles Haar und hier und da ein paar Fältchen im Gesicht. Ein durchaus attraktiver Mann, dem vermutlich die Frauen hinterherliefen.

»Na gut«, gab sie nach, ignorierte den angebotenen Arm und ging voraus zur Eingangstür. Magnus folgte ihr.

Als sie den Tanzsaal betraten, war der Workshop offenbar vorbei. Zu flotter Musik bewegten sich etliche Paare auf der Fläche. Die meisten strahlten gute Laune aus, tanzten beschwingt und zeigten, was sie bereits alles an Figuren konnten. Die Trainerin stand an der Bar, unterhielt sich und nippte an einem Getränk. Von Philipp war nichts zu sehen.

Magnus stellte sich mit ihr an den Rand der Fläche, nahm Tanzhaltung ein und lächelte ihr zu. Resigniert fügte sich Kristina in ihr Schicksal, legte ihre rechte Hand in seine linke und die freie Hand auf seinen Oberarm.

Anderthalb Lieder später revidierte sie ihre Ansicht, absolut unfähig zu sein. Magnus hatte sie entschlossen, aber keineswegs grob geführt, und es hatte hervorragend funktioniert. Sogar ein paar schlichte Figuren hatten geklappt. Nach drei Tänzen drückte er sanft ihre Hand.

»Das war wunderbar. Du machst das erstklassig. Lass dir

von Philipp nur nichts einreden.« Er küsste ihren Handrücken. »Darf ich dich später noch einmal auffordern?«

»Klar.«

Sie spürte so etwas wie Befriedigung und lächelte Magnus zu. Der nickte und verschwand in der Menge. Von Philipp war noch immer nichts zu sehen. Kristina nahm ihre Handtasche und lief wieder nach draußen. Tatsächlich hatte sie einen Anruf von Breuer verpasst. Sie stellte sich erneut in den Schatten und rief ihn zurück.

»Herr Breuer, Sie haben angerufen«, begrüßte sie ihn, nachdem er sich gemeldet hatte. »Haben Sie Informationen zu den Mädchen für mich?«

»Nicht viel. Eigentlich nur das, was Sie mir erzählt haben. Aber ich kann Ihnen Fotos von der Gerstner und der Jakob schicken«, sagte Breuer.

»Immerhin«, sagte sie. Vielleicht sahen sich die Frauen ähnlich. Vielleicht handelte es sich um einen Serienkiller, der einen bestimmten Typ bevorzugte.

»Eine Kleinigkeit habe ich doch noch gefunden. Neben dem Motorrad von der Gerstner lag ein neues, unbenutztes Streichholzbriefchen mit dem Aufdruck ›Novotel Würzburg‹«, sagte Breuer. »An diesem waren Fingerabdrücke, mit denen wir aber nichts anfangen können, weil sie nicht registriert sind.«

»Hm«, machte Kristina.

»Kann natürlich Zufall gewesen sein, das mit den Streichhölzern. Die kann ja jeder dort verloren haben, auch die Gerstner selber«, fuhr er fort. Kristina lag es auf der Zunge, ihn anzuweisen zu überprüfen, ob die Vermisste sich irgendwann in dem Hotel aufgehalten hatte. Sie hielt sich zurück. Sie würde es selbst tun.

»Ich habe aber noch was, was Sie vielleicht interessiert«, ergänzte Breuer.

»Okay, und was?«

»Vor ein paar Stunden, genauer gesagt um vierzehn Uhr drei, wurde auf der Polizeiinspektion Saarbrücken-St. Johann noch ein Mädchen vermisst gemeldet. Eine Sara Schäffter, neunzehn

Jahre alt. Die Vermisstenmeldung hat ein Moritz Amman aufgegeben, mit dem sie in einer Wohngemeinschaft lebt. Sie soll ihm vor ein paar Tagen tausend Euro geklaut haben und ist seither verschwunden.«

»Hm«, machte Kristina wieder.

»Amman glaubt, sie hätte zu ihrer Mutter trampen wollen, die in Saarbrücken lebt. Er ist dorthin gefahren, weil er sein Geld wiederhaben will. Es ist aber niemand zu Hause, und das Handy von dem Mädchen ist ausgeschaltet«, sprach er weiter.

Kristina überlegte. Alle Spuren führten Richtung Saarland. Gleichwohl gab es Unterschiede. Karina und Sophia waren nie wieder aufgetaucht, was nicht zwingend heißen musste, dass sie getötet worden waren. Ausschließen konnte man es aber auch nicht. Laura hatte man, kurz nachdem sie von zu Hause weggelaufen war, tot und brutal misshandelt am Bostalsee gefunden. Jene Sara, die ihren Mitbewohner bestohlen hatte, musste nicht zwangsläufig auch als Tramperin unterwegs gewesen sein, Amman vermutete dies nur.

Jemand legte ihr die Hand auf die Schulter. Sie erschrak so, dass sie ihr Handy beinahe fallen ließ.

»Philipp, verdammt, hast du mich erschreckt«, fuhr sie ihn an.

»Entschuldigung«, sagte er reuig und hielt die Handflächen hoch.

»Herr Breuer, ich muss Schluss machen. Schicken Sie mir alles, was Sie haben«, bat sie.

»Natürlich«, antwortete ihr Mitarbeiter.

Rasch beendete sie das Gespräch.

»Tut mir leid, ich wollte dich nicht erschrecken«, sagte Philipp. »Mit wem hast du telefoniert?«

»Mit Breuer, meinem Kollegen«, erwiderte sie knapp. Sie war noch immer verärgert.

»Du wirst doch jetzt nicht arbeiten? Geht es um diesen Toten im Harmonie?«, fragte Philipp.

»Die Auflage von Willbrandt war, dass ich erreichbar sein muss«, wich sie aus.

»Okay«, sagte er, fasste sie bei den Schultern und versuchte, sie zu küssen. Kristina drehte den Kopf beiseite, sodass er nur ihre Wange traf.

»Och, nu is mei Mädsche äbsch«, sagte er und zog einen Schmollmund.

»Sprich Deutsch mit mir. Ich versteh nur jedes zweite Wort, wenn überhaupt«, empörte sie sich.

»Äbsch heißt beleidigt. Jetzt komm, wir tanzen noch mal. Ich verspreche auch, geduldig zu sein.«

»Nein, ich will nicht mehr.«

Ihr Handy meldete den Eingang einer Nachricht.

»Schon wieder dein Kollege?«, fragte Philipp, der nun auch verstimmt schien.

»Möglich.« Sosehr es sie in den Fingern juckte, sie würde jetzt nicht ans Handy gehen.

»Was soll er dir überhaupt schicken?«, erkundigte er sich beiläufig.

Kristina verschränkte die Arme vor der Brust.

»Informationen«, erwiderte sie knapp.

»Nun sag schon, geht es um die Tote am See?«, forschte er erneut und musterte sie.

»Philipp, bitte.« Sie hatte genug. Plötzlich hatte sie von allem genug und wünschte sich zurück nach Hause.

»Okay, du willst nicht mit mir darüber reden. Gut, fahren wir jetzt zu mir und trinken auf dem Balkon noch ein Glas Wein? Ich habe einen sehr guten Roten da.«

Kristina nickte. In ihr ging es drunter und drüber.

28

Kristina erwachte zum dritten Mal in Folge in einem Schlafzimmer, das nicht das ihre war. Allmählich gewöhnte sie sich daran.

Wieder drang Tageslicht durch die Spalten der Jalousie, und

durch die zum Flur hin offene Tür sah sie einen breiten Sonnenstrahl. Sie tastete nach ihrem Handy, das diesmal auf dem Boden lag. Gleich acht Uhr. Philipp neben ihr schnarchte leise und zufrieden vor sich hin. Kristina schlüpfte sachte aus dem Bett.

Sie wollte nachsehen, ob Breuer die Fotos der vermissten Frauen geschickt hatte.

Sie musste Steinbrink die Akten zurückgeben und ihm ihre Meinung zu den Fällen mitteilen. Und sie wollte ihren Onkel anrufen.

Sie beschloss, auf den Balkon zu gehen und sich eine Tasse Kaffee mitzunehmen. Wenn sie die Schlafzimmertür zumachte und auch die zum Balkon, konnte sie telefonieren, und sie würde Philipp nicht stören.

Zehn Minuten später saß sie, noch in ihrem weißen Spitzennachthemd und mit einem großen Topf Kaffee, in der Morgensonne.

Verlässlich, wie Breuer war, hatte er die Fotos von Sophia Jakob und Karina Gerstner geschickt.

Sophia hatte schulterlange braune Haare, glatt geföhnt, und ein unauffälliges schmales Gesicht ohne jegliche Schminke.

Karina trug einen jungenhaften Kurzhaarschnitt, hatte ein rundes, zur Fülle neigendes Gesicht, und ihre Haare waren rot gefärbt.

Kristina sah keine Ähnlichkeit zwischen den Mädchen. Sie versuchte, sich Laura Fromacker in Erinnerung zu rufen, doch es wollte ihr nicht gelingen. Von Sara Schäffter schien es kein Foto zu geben, und auch die Personenbeschreibung war dürftig. Schlank sollte sie sein, etwa eins fünfundsechzig groß, mit kinnlangen blonden Haaren. Sie klickte die Nachrichten weg, scrollte sich durch die Liste der gespeicherten Rufnummern und drückte auf »Onkel Johan«.

Ihr Herz pochte nervös, während die Verbindung hergestellt wurde und schließlich das Freizeichen ertönte.

»Kunze«, meldete sich der alte Pfarrer nach dem fünften Läuten.

»Onkel Johan, ich bin es, Kristina.«

»Tinchen! Das ist ja eine Überraschung.« Er klang freudig und ein wenig außer Atem. Im Hintergrund kläffte der Dackel.

»Klappe, Arno!«, befahl Johan Kunze. Sie hörte den Hund unwillig nörgeln.

»Wobei stör ich dich?«, erkundigte sich Kristina und wusste augenblicklich, dass sie versuchte, Zeit zu gewinnen.

»Bei der Johannisbeerernte. Ich sage dir, die sind dieses Jahr ein Traum. Ich backe eine Johannisbeer-Baiser-Torte. Magst du zum Kaffee kommen? Oder musst du arbeiten? Ich habe im Kurier von dem Toten im Harmonie gelesen.«

»Ich habe Urlaub, Onkel Johan«, gab sie zu, und ihr wurde flau im Magen.

»Aber das ist ja wunderbar, Tinchen! Komm doch gleich heute Nachmittag vorbei. Ich mach mich sofort an den Kuchen. Magst du Schlagsahne dazu?«

»Onkel Johan, ich bin nicht in Bayreuth. Ich bin im Saarland.« Heiß durchlief es sie.

»Was? Wo bist du?«, drang die Stimme ihres Onkels verblüfft durch die Leitung.

»Im Saarland. Ich besuche … einen Freund.«

Oh Gott, es wurde immer schlimmer.

»Im Saarland! Meine Güte, wie schön. Da war ich vor über vierzig Jahren auch mal. Eigentlich nur auf der Durchreise nach Frankreich, aber mir hat die Gegend so gut gefallen, dass ich eine ganze Woche dortgeblieben bin. Ich habe mir die Saarschleife angesehen und die Völklinger Hütte und den Brennenden Berg. Das sagt dir alles nichts, oder?« Johan Kunze klang freudig und aufgeregt.

Kristina musste lächeln. »Tatsächlich sagt mir das nichts. Nur von der Saarschleife habe ich schon gehört. Da macht die Saar irgendwo so eine Art Kehrtwende.«

Der alte Pfarrer lachte. »Ja, in der Kurve kommt der Fluss nicht weiter und ist deswegen wieder umgekehrt. Aber wahrscheinlich hat die Saar gemerkt, dass es geradeaus direkt in die Pfalz geht.«

Er kicherte, und Kristina musste selbst lachen. Mit dieser positiven Reaktion ihres Onkels auf ihre unangekündigte Fahrt hatte sie nicht gerechnet.

»Scherz beiseite. Es handelt sich um ein Durchbruchstal der Saar und ist eine bekannte Sehenswürdigkeit.«

»Okay. Und was ist das andere? Das Brennende und die Hütte?«, fragte sie, obgleich ihr ihre Beichte hinsichtlich der Anhalterin schwerstens auf der Seele lag und sie es hinter sich bringen wollte.

»Der Brennende Berg ist eine bewaldete Anhöhe irgendwo bei Saarbrücken und Sulzbach. So genau weiß ich das auch nicht mehr. Es gibt dort schwelende Kohle oder so ähnlich«, erklärte er. »Und dann gibt es noch die Völklinger Hütte. Das ist ein stillgelegtes Eisenwerk, das zum Weltkulturerbe gehört«, fuhr er fort.

»Aha«, machte Kristina, die das Gefühl hatte, ihr entglitt das Gespräch. Onkel Johan war regelrecht begeistert. Wenn sie ihr Desaster ansprach, das auf der Fahrt hierher geschehen war, würde sie unweigerlich seine positive Stimmung zerstören.

»Also, Tinchen. Jetzt sprich. Wie ist es denn zu deiner Fahrt quer durch Deutschland gekommen?«, erkundigte er sich ohne jeden Vorwurf, dass sie ihn von ihren Plänen nicht vor der Abfahrt informiert hatte.

Kristina holte Luft und berichtete, wie sie Reuter im Zuge der Ermittlungen kennengelernt hatte.

»Ich freu mich sehr für dich, Tinchen«, versicherte Johan Kunze, nachdem sie ihm das Wichtigste erzählt hatte. »Wie lange bleibst du bei ihm?«

»Ehrlich gesagt, ich weiß es nicht. Ich bin erst seit zwei Tagen hier, und ich habe ja drei Wochen Urlaub.« Sie musste ihm noch von der Anhalterin erzählen. Sie brauchte ein paar Worte von ihm, an denen sie sich aufrichten konnte.

»Onkel Johan, ich habe ein Problem. Ich brauch deinen Rat.« Plötzlich war sie den Tränen nahe.

»Was ist los?«

»Es ist was richtig Schlimmes passiert. Und ich … denke …

ich bin zumindest mit schuld.« Nun fing sie tatsächlich an zu schluchzen.

Johan Kunze schnaufte erschrocken. »Aber Tinchen. Was ist denn los? Beruhige dich und erzähl.«

Wenige Minuten später hatte sie ihrem betagten Onkel alles berichtet. Kristina trocknete sich das Gesicht mit dem Handrücken. Noch während sie gesprochen hatte, war sie wieder ruhiger geworden. Ja, sie hatte überreagiert, und doch war ihr Handeln wohl durchaus verständlich gewesen. Über die Folgen allerdings durfte sie nicht nachdenken. Es war unfassbar, was geschehen war.

»Das ist furchtbar«, sagte Johan Kunze betroffen. »Wirklich ganz furchtbar. Ich verstehe, dass du dir Vorwürfe und Gedanken machst. Aber nun muss erst einmal der Täter gefunden werden. Es ist längst nicht gesagt, dass die junge Frau ihm auf dem bewussten Parkplatz in die Arme gelaufen ist. Vielleicht ist alles ganz anders, als du denkst. Versuche dich zu beruhigen, Tinchen. Genieß die Zeit mit deinem Freund, so gut du es unter den Umständen kannst, und ruf mich jederzeit an, wenn du mich brauchst.«

»Danke, Onkel Johan.« Sie schniefte. »Heb mir was vom Kuchen auf, okay?«

»Mach ich. Versprochen. Arno lässt dich auch grüßen.«

Wider Willen musste sie lächeln. Sie sah den kleinen trotzköpfigen Rauhaardackel vor sich, der den pensionierten Pfarrer schon viele Jahre begleitete. Nun, nach dem Gespräch mit ihrem Onkel, war ihr ein wenig leichter.

»Ich besuche euch, sobald ich wieder in Bayreuth bin«, versprach sie.

»Gerne. Ich freu mich auf dich. Bis bald, Tinchen.«

Kristina lehnte sich im Stuhl zurück. Sie versuchte den Funken Trost, den ihr die Aussprache mit ihrem Onkel gegeben hatte, festzuhalten und spürte dennoch, lange würde es ihr nicht gelingen.

Sie überlegte, ob sie als Nächstes Steinbrink anrufen sollte, und entschied sich dagegen. Sie konnte ihm die Akten später persönlich vorbeibringen und ihm das wenige, was sie zu sagen hatte, dann mitteilen. Von diesem Vorhaben allerdings musste sie Philipp erzählen. Vermutlich wollte er sie begleiten, und wenn er mitbekam, dass sie seit gestern Unterlagen der Kripo bei sich hatte, würde er sicher verärgert reagieren, weil sie ihm nichts davon gesagt hatte. Im Grunde hatte er recht. Schlimmstenfalls wollte er in die Akten auch noch reinsehen. Diesen Konflikt wollte sie sich ersparen.

Sie trank von ihrem Kaffee, der mittlerweile kalt war. Igitt. Sie verzog das Gesicht. Im gleichen Augenblick hörte sie die Balkontür aufschnappen und wandte sich um. Philipp stand in einem T-Shirt und einer knappen schwarzen Unterhose unter der Tür, eindeutig noch sehr verschlafen.

»Kristina, Schatz. Schläfst du eigentlich irgendwann mal?«, fragte er, beugte sich zu ihr, strich ihre Haare beiseite und küsste sie auf den Nacken.

»Guten Morgen, Philipp. Ich konnte nicht länger schlafen.«

»Ich merke es schon.« Er setzte sich auf den zweiten Stuhl auf dem Balkon. »Ich brauch noch ein paar Minuten zum Aufwachen, dann fahre ich zum Bäcker, und danach mache ich uns ein schönes Frühstück«, sagte er, lehnte sich im Stuhl zurück, wackelte mit den Zehen und rieb sich die Augen.

»Gern«, erwiderte sie.

»Kristina?« Er beugte sich vor und nahm ihre Hand.

»Ja?«

»Was ist jetzt mit dem Seefest? Ich würde sehr gern heute Abend mit dir hingehen.«

Kristina dachte an Laura Fromacker. Sie dachte daran, wie das Mädchen sie am Autobahnparkplatz bedrängt hatte, sie mitzunehmen, wie die Situation im Auto beinahe eskaliert wäre und wie sie sie auf dem Parkplatz abgesetzt hatte, aufgebracht und außer sich, und welche Folgen das gehabt hatte.

Andererseits wurden ihre Schuldgefühle nicht geringer, wenn sie das Fest mied, auf das Philipp so gern mit ihr gehen wollte.

»Okay«, sagte sie nur und rang sich ein Lächeln ab. Vielleicht hatte Onkel Johan recht, und es war alles ganz anders, als sie dachte.

»Schön.« Philipp lächelte und drückte ihre Hand. Kristina bekam ein warmes Gefühl im Bauch. Wie wunderbar, dass sie hier mit ihm sitzen konnte. Auf seinem Balkon, in der Sonne, friedlich und gemeinsam. Sie fühlte sich wohl und geborgen. Vielleicht ließ sich die Entfernung ja doch überbrücken. Vielleicht hatte alles so sein sollen, dass sie sich im Harmonie kennenlernten, das er zum Vergnügen aufgesucht hatte und sie im Rahmen ihrer Arbeit.

»Kristina?« Seine Stimme hatte sich eine Nuance verändert.

»Ja?«, sagte sie wieder und suchte seinen Blick.

»Ich bekomme Besuch. Meine Tochter Johanna hat sich angemeldet.«

»Ah … ja.« Fragend betrachtete sie ihn. Sein rotes T-Shirt war zerknittert, seine Haare standen an der rechten Kopfseite ab. »Und was heißt das?«

»Sie will ab morgen für ein paar Tage nach Hause kommen. Ihr Freund hat mit ihr Schluss gemacht, und sie ist ziemlich fertig.«

Kristina kam eine Ahnung, worauf er hinauswollte. Etwas in ihr weigerte sich zu verstehen.

»Ich brauche ein bisschen Zeit für sie«, fuhr er fort.

Irgendwas fiel in ihr zusammen, ohne dass sie es hätte erklären können. Ihr wurde plötzlich unangenehm kühl, und sie entzog Philipp ihre Hand.

»Möchtest du mir damit sagen, dass ich abreisen soll?«

»Das klingt so hart. Ich möchte nicht, dass du das so verstehst. Lass uns heute Abend auf das Seefest gehen und noch ein paar schöne Stunden verbringen. Ich könnte mir vorstellen, dich im September in Bayreuth zu besuchen, für eine Woche oder so.«

Kristina sah an ihm vorbei.

»Seit Johanna in Mainz studiert, sehe ich sie nicht mehr so oft. Bitte sei mir nicht böse.«

»Ich bin über vierhundert Kilometer gefahren, um dich zu besuchen, und nun schickst du mich nach drei Tagen zurück?«

Obgleich sie bisher nicht über die Dauer ihres Aufenthaltes

gesprochen hatten, fühlte sie sich entsetzlich. Weggeschickt, abserviert, nicht länger willkommen. Seine Tochter kam, er hatte Wichtigeres zu tun.

»Es tut mir sehr leid, Schatz. Es war so nicht geplant. Ich dachte tatsächlich, wir könnten mindestens ein oder zwei Wochen miteinander verbringen.«

»Ehrlich gesagt dachte ich das auch.« Sie konnte nicht abreisen. Erst musste sie wissen, was mit Laura Fromacker passiert war. Doch damit brauchte sie Philipp nicht kommen.

»Kristina.« Er zog seinen Stuhl näher zu ihr und legte ihr die Hand aufs Knie. »Bitte versteh mich.«

Alles in ihr rebellierte. »Okay.« Ruckartig stand sie auf. »Ich gehe. Aber nicht erst morgen, sondern gleich.«

Philipp stand ebenfalls auf und fasste sie an den Schultern. »Du bist sauer auf mich. Aus deiner Sicht kann ich das verstehen. Bitte beruhig dich. Lass uns frühstücken, einen Spaziergang machen und später auf das Fest gehen.«

»Ganz sicher nicht.« Sie entwand sich seinem Griff.

»Man merkt, dass du keine Kinder hast.« Nun wurde er ärgerlich.

»Herzlichen Dank«, fuhr sie ihn an. »Du hast gleich alle Zeit der Welt für deine Tochter. Ich werde dir nicht im Weg stehen.«

Sie trat vom Balkon in die Küche, wobei sie beinahe über die Türschwelle gestolpert wäre, und eilte Richtung Schlafzimmer, wo ihre Reisetasche stand.

»Du reagierst komplett überempfindlich. Komm zurück und setz dich. Ich will nicht, dass wir im Streit auseinandergehen.« Philipp stand in der Balkontür.

Kristina wandte sich um, blieb jedoch in der Küche stehen. In ihrem Kopf rauschte es. So konnte er nicht mit ihr umgehen.

»Kristina, bitte.« Er sah ernst drein wie selten.

Zögerlich ging sie zurück Richtung Balkon. Vielleicht reagierte sie wirklich zu heftig. Ähnlich wie neulich, als die Anhalterin sich in ihrem Wagen versteckt hatte.

»In Ordnung. Ich gehe, aber ich nehme mir ein Zimmer. Gibt ja hier genug.«

Philipp setzte sich wieder und stützte die Ellbogen auf die Knie. »Wieso das denn?«

»Steinbrink hat mich darum gebeten, ihn bei den Ermittlungen zu unterstützen.« Jetzt würde er auch noch böse auf sie sein, weil sie ihm das nicht gleich erzählt hatte.

»Aha. Wann wolltest du mir das sagen?«

»Was weiß ich. Ich musste erst darüber nachdenken. Eigentlich darf ich hier nicht ermitteln. Ich kann ihm nur meine Meinung mitteilen«, sagte sie ausweichend.

»Zu Interna, die er dir eigentlich gar nicht geben darf. Du hast es mir verschwiegen, weil ich Journalist bin und Steinbrink Angst hat, ich könnte was in die Zeitung bringen, was noch keiner wissen soll.«

»Nein. Ich wollte –«

Philipp winkte ab. »Im Saarland sind Sommerferien, und wir wohnen hier direkt in einem Urlaubsgebiet. Was glaubst du, was im Moment am Bostalsee alles los ist, an so schönen Tagen, wie wir sie im Augenblick haben. Da stehen die Autos an den Parkplätzen Schlange bis zur Straße. Also stell dir das mit der Übernachtungsmöglichkeit nicht zu leicht vor.«

Kristina sah über die Balkonbrüstung auf die ruhige Straße, die vor dem Haus verlief, und auf die schmucken Einfamilienhäuser mit schneeweißen Fassaden und liebevoll hergerichteten Gärten. Von Urlaubern bekam man hier nicht viel mit, und am See war sie nur am Tag nach ihrer Ankunft gewesen, als die Tote gefunden worden war. Konnte sein, er hatte recht. Trotzdem wurde sie das Gefühl nicht los, es passte ihm nicht, dass sie länger bleiben wollte. Am Ende erwartete er gar nicht seine Tochter, sondern eine Frau, von der er sich etwas erhoffte? War sie nur ein Zeitvertreib für ihn und sollte jetzt das Feld räumen, weil eine andere sich angekündigt hatte? Sie warf Philipp einen schnellen Blick zu. Nein, das konnte nicht sein. Sie war verletzt und gekränkt, und nun unterstellte sie ihm etwas, was sicherlich nicht der Fall war.

»Okay, wir werden sehen«, sagte sie schließlich.

Er nickte. »Ich muss heute unbedingt in die Redaktion, außerdem einkaufen, Johannas Zimmer vorbereiten und so weiter. Ich geh jetzt duschen und kümmere mich dann ums Frühstück. Wenn du hierbleiben willst, ist das deine Entscheidung. Aber gut finde ich es nicht. Ich bin jetzt quasi gezwungen, dich vor die Tür zu setzen, um Zeit für Johanna zu haben, und du quartierst dich in irgendeiner Pension ein. Damit geht es mir nicht gut.«

Sein Redeschwall rauschte an ihr vorbei. Sie stand auf. »Ich pack zusammen und geh dann. Kümmer du dich um deine Tochter. Wir können ja schreiben.« Sie hielt ihr Handy hoch und wedelte damit.

»Kristina, bitte. Jetzt bleib wenigstens noch zum Frühstück.«

Sie wandte sich zu ihm um. »Pass auf. Ich fand die Tage mit dir sehr schön. Ich merke, du möchtest jetzt alleine sein, das ist völlig in Ordnung. Deswegen gehe ich jetzt. Ich finde bestimmt was, und dann schreib ich dir, wo ich bin.«

»Ja, gut.« Er nickte und wirkte resigniert. »Du kannst es im Landhaus Mörsdorf versuchen. Dort, wo wir neulich essen waren«, gab er ihr noch einen Tipp.

»Mach ich. Danke.«

29

Kristina schleppte ihre Reisetasche in den ersten Stock des Landhauses Mörsdorf. Tatsächlich hatte sie das letzte freie Zimmer bekommen, und das auch nur, weil am Abend zuvor jemand seine Buchung storniert hatte. Sie lief den Flur entlang, blieb bei Zimmer Nummer 7 stehen und sperrte auf.

Der Raum war sauber und ordentlich, wenn auch für ihren Geschmack ein wenig zu dunkel. Die Wände waren in einem hellen Sandton gestrichen, an den Fenstern hingen braune Verdunklungsvorhänge, und die rustikalen Holzmöbel erinnerten von der Farbe her an dunklen Honig.

In dem Zimmer standen zwei Einzelbetten, jeweils rechts

daneben ein kleiner Nachtschrank, darüber waren kugelförmige Lampen angebracht. Ein quadratisches Tischchen mit zwei Stühlen sowie ein Korbsessel mit weißem Sitzkissen rundeten die Einrichtung ab. Kristina stellte ihre Tasche auf den Boden vor den schmalen Kleiderschrank, ließ sich in den Sessel fallen und legte den Kopf in den Nacken.

Sie hatte Hunger und Kopfschmerzen und konnte die Entwicklung der Dinge nicht fassen. Niemals hätte sie damit gerechnet, dass Philipp sie quasi vor die Tür setzen würde, weil eines seiner Kinder seinen Besuch ankündigte. Sich in seine Situation hineinzuversetzen gelang ihr nicht, und sie wollte es auch gar nicht.

Zudem sah sie immer wieder Laura vor sich.

Laura, wie sie sie an der Raststätte bedrängt hatte, sie mitzunehmen.

Laura, deren Hustenanfall beinahe zu einem Unfall geführt hatte.

Laura, wie sie sie an dem einsamen Parkplatz zornig aus dem Wagen befohlen hatte. Und schließlich das letzte Bild, das sich ihr eingebrannt hatte.

Laura, tot am Strand vom Bostalsee.

Bevor sie nicht wusste, was genau geschehen war, konnte sie nicht nach Hause und zurück in ihr altes Leben, völlig unabhängig von Philipp.

Auf dem Tisch lagen ein Notizblock und ein Kugelschreiber, beides versehen mit dem Aufdruck »Landhaus Mörsdorf« in feiner, geschwungener Schrift.

Kristina notierte sich die Namen der Mädchen in der Reihenfolge ihres Verschwindens sowie Ort und Zeitpunkt, soweit bekannt. Sie versuchte sich zu konzentrieren. Was hatten die jungen Frauen gemeinsam? Sie waren alle allein unterwegs gewesen, und jede war am Rande einer Autobahn verschwunden, die in Richtung Saarland führte. Vielleicht auch nach Frankreich. Nur weil Laura Fromacker am Bostalsee gefunden worden war, musste das nicht heißen, dass die Spur hier endete.

Kristina legte den Kugelschreiber weg. Sie brauchte ein Frühstück, vorher konnte sie nicht denken. Dann musste sie zu Steinbrink, ihm die beiden Akten wiederbringen und mit ihm reden wie vereinbart.

Wenige Minuten später saß sie auf der Terrasse des Hotels.

Die Kellnerin hatte ihr ein Kännchen Kaffee gebracht und zwei Plunderteilchen mit Vanillepudding und Kirschen, die sie als »Kaffeestiggsche« bezeichnete.

Die »Kaffeestiggsche« hatte sie ihr wärmstens empfohlen, sie seien ganz frisch und ihrer Meinung nach sehr lecker. Kristina konnte ihr nur zustimmen, auch wenn sie zum Frühstück eigentlich lieber deftig aß.

Erneut versuchte sie, über den Fall nachzudenken, der gar nicht ihrer war, aber sie konnte ihre Gedanken nicht beisammenhalten. Sie kehrten zurück zu Philipp. Neben ihrer Kaffeetasse lag ihr Handy. Sie hatte versprochen, ihn zu benachrichtigen, wo sie untergekommen war. Das konnte sie jetzt tun. Sie konnte ihn aber auch noch ein wenig warten lassen. Unschlüssig betrachtete sie ihr Mobiltelefon. Nein. Es war gerade eine Stunde her, dass sie seine Wohnung verlassen hatte. Es reichte, wenn sie ihm gegen Mittag Bescheid gab. Entschlossen steckte sie das Telefon in ihre Handtasche, die sie auf den Stuhl neben ihrem gelegt hatte. Im gleichen Moment klingelte es. Ihr Herz machte einen unvernünftigen Satz. Vielleicht war es Philipp, dem sein Rausschmiss keine Ruhe ließ. Sie ließ es dreimal läuten, ehe sie es wieder aus der Tasche nahm. Auf dem Display stand »Unbekannte Nummer«. Frustriert nahm sie das Gespräch an.

»Ja, hallo?«, meldete sie sich, wie stets, wenn sie nicht wusste, wer angerufen hatte.

»Steinbrink hier. Frau Herbich?«

»Ah, Herr Steinbrink. Guten Morgen.« Kalte Enttäuschung schwappte durch ihren Magen. Sie riss sich zusammen und lehnte sich im Stuhl zurück. »Ich weiß, Sie brauchen Ihre Unterlagen zurück. Ich wollte heute Vormittag sowieso –«

»Nein, nein. Das heißt natürlich, ja, schon«, unterbrach sie der Kommissar. »Aber weswegen ich eigentlich anrufe … Es gibt einen neuen Vermisstenfall.«

»Ach«, machte Kristina. Sie fühlte sich wie gelähmt.

»Ja. Die junge Frau heißt Sara Schäffter und ist neunzehn Jahre. Sie kommt aus Saarbrücken, studiert an der Hochschule in Homburg Biologie und lebt in einer Wohngemeinschaft mit einem Moritz Amman. Der hat sie vor ein paar Stunden bei der Polizeiinspektion St. Johann als vermisst gemeldet. Der zuständige Kollege dort hat die Information an uns weitergegeben. Amman meinte, dass unsere Tote vom Bostalsee diese Sara sein könnte. Was sie aber nicht ist, wie wir ja wissen.«

Steinbrink brach ab.

»Okay«, erwiderte Kristina gedehnt. Alles, was Steinbrink ihr erzählte, wusste sie längst von Breuer. Doch das brauchte sie dem saarländischen Kommissar nicht auf die Nase zu binden.

»Amman meint, das Mädchen hätte sich per Anhalter auf den Weg zu seiner Mutter gemacht. Die Frau heißt Ulrike Schäffter und wohnt in Saarbrücken. Er war bei ihr, hat aber niemanden angetroffen. Das Handy von Sara ist ausgeschaltet. Amman hat in der Tageszeitung den Artikel zu Laura Fromacker gelesen und ist total in Panik geraten, weil er eben glaubte … aber das habe ich ja schon gesagt.«

Sekundenlang war es still in der Leitung.

»Außerdem hat ihm das Mädel Geld geklaut, sagt er. Tausend Euro. Die will er natürlich wiederhaben.«

»Verständlich«, sagte Kristina.

»Was meinet Se? Hänge de Fälle alle beisamme?«, begann Steinbrink erneut. Er klang beklommen.

»Das kann ich Ihnen nicht sagen. Mir fällt lediglich auf, dass alle Frauen sehr jung sind und auf Autobahnen verschwinden, die ins Saarland führen«, erwiderte sie. »Wobei es bei Sara nur Vermutungen zu geben scheint. Vielleicht ist sie auch bei einem Freund oder einer Freundin«, ergänzte sie.

»Ein Serienmörder, meine Se?«, fragte Steinbrink besorgt, ohne auf ihre Gedankengänge zu Sara Schäffter einzugehen.

»Nicht auszuschließen. Aber außer Laura Fromacker ist ja

keine der Frauen wiederaufgetaucht, und was mit dieser Sara ist, wissen wir noch gar nicht«, erinnerte sie ihn.

»Was halte Se denn davon, wenn ich se scho mol zur Fahndung ausschreibe lasse? Mer könne doch ned warde, bis mer de nächste Dode ham«, schlug Steinbrink vor.

Kristina spürte einen Anflug von Resignation. Der saarländische Kollege schien sich plötzlich mit seinen Ermittlungen voll auf sie zu stützen.

»Machen Sie das«, sagte sie und beschloss, nicht länger darauf hinzuweisen, dass sie in der Region keine Kompetenzen hatte. Zudem wollte sie das Telefonat beenden und stattdessen Breuer anrufen. Er selbst meldete sich nicht bei ihr. Sie wollte mit Willbrandt keinen Ärger bekommen, weil sie alles hinter sich hatte stehen und liegen lassen.

»Herr Steinbrink, ich muss jetzt Schluss machen. Ich bringe Ihnen bis Mittag die Akten vorbei.«

»Ei gudd. Dann sehe mer uns späder.«

Kristina beendete das Gespräch.

Vielleicht hatte Philipp ihr in der Zwischenzeit geschrieben? Sie fixierte das kleine grüne WhatsApp-Symbol auf dem Display des Handys, doch es war keine Nachricht eingegangen. Vielleicht sollte sie noch einmal Onkel Johan anrufen und sich Rat und Trost ob der neuen Situation holen. Oder erst Breuer? Sie war seit Tagen unterwegs, es konnte doch nicht sein, dass es keine Neuigkeiten im Fall Kamitzki gab. Wahrscheinlich wollte Breuer sie einfach in ihrem Urlaub in Ruhe lassen.

Sie rief seine Nummer auf. Breuer ging nach dem ersten Läuten ran.

»Hallo, Frau Herbich«, begrüßte er sie. »Ich habe den Eindruck, Sie schaffen es nicht, im Urlaub abzuschalten. Wie kann ich Ihnen helfen?«

»Hallo, Herr Breuer«, antwortete sie und beschloss, auf seine Frage nicht einzugehen. »Wie läuft es im Fall Kamitzki? Was gibt es Neues?«

»Es geht zäh voran. Ich wollte mich eigentlich erst bei Ihnen melden, wenn ich den Täter oder die Täterin habe. Leider bin ich noch nicht so weit. Aber immerhin hat sich die Sache mit Baldof geklärt. Der Erpresser hatte sich noch einmal gemeldet. Wir konnten über die Verbindungsdaten herausfinden, von woher die beiden Anrufe kamen, und haben einen ehemaligen Bekannten von Baldof ermittelt, mit dem er seit Langem im Clinch liegt. Der Mann heißt Christian Müller und wollte vor Jahren als Teilhaber ins Harmonie einsteigen. Baldof war damit nicht einverstanden. Jetzt hat Müller den Moment nutzen wollen, ein bisschen Geld lockerzumachen.«

»Hat der Mann tatsächlich aus dem Haus von Baldofs Großmutter angerufen?«, fragte sie.

»Nein. Es war auch gar nicht deren Rufnummer. Der Anschluss wurde seinerzeit ordnungsgemäß abgemeldet und ist bislang nicht mehr vergeben worden. Die Nummer, von der aus der Erpresser angerufen hat, ist der von Baldofs Großmutter sehr ähnlich, mit einem Zahlendreher drin. Baldof sind wohl die Nerven durchgegangen«, informierte Breuer sie.

»Okay. Und was ist mit seiner Behauptung, er wüsste, wer der Täter ist?«, fragte Kristina.

»Ich gehe davon aus, dass Müller keine Ahnung hat. Zum Tatzeitpunkt lag er jedenfalls stockbesoffen im Klinikum in Bayreuth. Er hatte versucht, mit zwei Komma acht Promille noch Fahrrad zu fahren, und war gestürzt. Aus den Medien hat er vom Tod von Kamitzki erfahren und ziemlich schnell reagiert.«

»Okay, gut gemacht, Herr Breuer.«

»Danke schön, aber das war keine Kunst. Müller hat vermutlich schon vor Langem seinen Verstand, soweit vorhanden, in Alkohol ertränkt.«

»Und der Fall Kamitzki selbst? Kommen Sie da weiter?«, fragte sie.

»Ich durchleuchte eben die Vergangenheit des Toten. Er hat nicht immer als Immobilienmakler gearbeitet, sondern ist eigentlich gelernter Bankkaufmann. Er hat bis vor fünfzehn Jahren bei der BSK gearbeitet. Bayreuther Spar- und Kreditbank«, erläuterte er. »Dort gab es einen Vorfall, der mir interessant erscheint.«

Kristina hörte das Klopfen in der Leitung, das einen eingehenden Anruf ankündigte, und wurde augenblicklich nervös. Philipp? Es drängte sie, Breuer zu unterbrechen, um erst den neuen Anruf anzunehmen. Sie konnte den Kollegen ja in einigen Minuten noch einmal …

»Frau Herbich? Sind Sie noch dran?«

»Ja, natürlich.« Was hatte Breuer eben gesagt? Sie hatte nicht mehr zugehört. Das Klopfen in der Leitung brach ab. Verdammt!

»Jedenfalls fahre ich jetzt gleich zur BSK und spreche mit der Sekretärin, die schon seit zwanzig Jahren dort arbeitet. Danach melde ich mich wieder bei Ihnen«, fuhr ihr Mitarbeiter fort. Kristina hatte keine Ahnung, was er ihr mitgeteilt hatte, während es in der Leitung gepocht hatte. Sehr unangenehm.

»Wo genau sind Sie eigentlich?«, hörte sie Breuer fragen.

»In der Nähe vom Bostalsee. Das hatte ich Ihnen doch erzählt«, antwortete sie ausweichend. Vor ihrem geistigen Auge sah sie Philipp vor sich. Zwar wusste Breuer, dass sie zu einem Bekannten ins Saarland gefahren war, dass es sich dabei um Reuter handelte, hatte sie ihm aber wohlweislich verschwiegen.

»Nein, ich meine, wohnen Sie in einem Hotel? Oder bei Ihrem Bekannten? Willbrandt hat nachgefragt.«

»Ach so, ja. Im Hotel.« Was ging das den Chef an? Sie war über ihr Handy erreichbar, das musste genügen.

»Und wann kommen Sie wieder?«, drang Breuers Stimme zu ihr.

»Ich ähm … weiß es noch nicht genau.«

»Waren Sie schon auf diesem Seefest? Dennis war vor Jahren auch schon mal dort. Muss richtig schön sein.«

»Das ist erst heute Abend. Ich schick Ihnen ein paar Bilder«, antwortete sie. »Aber nur für Sie. Nicht für Willbrandt«, fügte sie hinzu.

»Okay. Dann viel Vergnügen«, verabschiedete sich Breuer. Sie meinte ihn lächeln zu sehen.

»Danke.«

Kristina legte ihr Handy vor sich auf den Tisch. Ihr Kaffee

war inzwischen kalt. Sie fühlte sich plötzlich müde, kraftlos und traurig und entschied sich, ihren Onkel doch nicht anzurufen.

Um ihre »Kaffeestiggsche« schwirrte eine Wespe.

30

Kommissar Konrad Breuer legte nachdenklich den Hörer auf die Gabel der Telefonanlage. Seine Vorgesetzte war im Gespräch nicht wirklich bei der Sache gewesen, das hatte er deutlich gemerkt. Er kannte sie inzwischen gut genug, um zu wissen, dass sie ansonsten augenblicklich hellhörig geworden wäre bei seiner neuesten Erkenntnis.

Überhaupt hatte sich Kristina Herbich in den letzten Tagen vor ihrem Urlaub verändert. Sie war oft in Gedanken woanders gewesen, hatte pünktlich Feierabend gemacht, zweimal Lippenstift getragen, und auch an ihrer Frisur hatte er eine Veränderung festgestellt. Ihre braunen, kinnlangen Haare, denen sie sonst wenig Beachtung schenkte, waren sorgfältig geföhnt gewesen und hatten plötzlich einen kupferfarbenen Schimmer gehabt. Vermutlich hatte sie eine Tönung reingewaschen.

Alles zusammengenommen war die Kollegin möglicherweise verliebt. Und wenn er sich nicht sehr täuschte, besuchte sie ebendiese Liebschaft im Saarland. Des Weiteren konnte er sich erinnern, dass sich unter den Gästen, die zum Zeitpunkt des Mordes an Kamitzki im Harmonie gewesen waren, ein Saarländer befunden hatte.

Breuer tippte auf der Tastatur seines Computers herum, bis die Liste der damals anwesenden Gäste erschien, und scrollte sich durch die Namen und Anschriften. Er fand Reuter rasch.

Nachdenklich rieb er sich das Kinn. Möglich war es, dass sie bei ihm war, und wenn sie bei ihm war, war das nicht gut. Zwar gehörte der Mann nicht zum Kreis der Verdächtigen, aber ehe der Täter nicht gefasst war, war alles möglich.

Er stützte die Ellbogen auf den Tisch und legte grübelnd die Fingerspitzen aneinander. Glücklich hatte Frau Herbich nicht geklungen. Eher bedrückt. Nun denn. Es war nicht seine Angelegenheit. Blieb zu hoffen, dass Willbrandt nichts von Herbichs Techtelmechtel erfuhr, wenn sie denn wirklich bei Reuter war. Breuer beschloss, nicht weiter darüber nachzudenken.

Zudem wurde es Zeit, zur BSK zu fahren und mit Susanne Gerber zu sprechen, der Sekretärin des Vorstandes, die seinerzeit noch als Schreibkraft in der Kreditabteilung gearbeitet hatte.

Er erhob sich.

Ehe er das Präsidium verließ, suchte er die Toiletten am Ende des Flures im Erdgeschoss auf und überprüfte sein Äußeres im Spiegel über den Waschbecken. Vor zwei Tagen war er beim Friseur gewesen, der Seitenscheitel saß akkurat, seine dunklen Haare waren dicht und noch ohne graue Strähnen. Dass seine Haut stets leicht gebräunt wirkte, war naturgegeben, er half da nicht nach.

Das leichte weiße Hemd, fast ein wenig durchsichtig, war bügelfrei und ohne jede Falte. Die rote Krawatte, die er gern dazu getragen hätte, hatte ihm sein Lebensgefährte ausgeredet. Zu auffällig, zu overdressed.

Breuer sah an sich herunter. Die neue Jeans saß gut und betonte seine schlanke Figur, die braunen Mokassins wirkten teuer, dabei waren sie bei Deichmann im Angebot gewesen.

Er warf einen letzten nachdenklichen Blick in den Spiegel.

Dennis war vierzehn Jahre jünger als er, schlaksig, lässig, entspannt und versprühte jenen jungenhaften Charme, der ihm die Herzen zufliegen ließ.

Breuer verdrängte die Sorge, dass er ihm irgendwann untreu werden könnte. Er musste sich auf seine Arbeit konzentrieren.

Eine halbe Stunde später saß er Susanne Gerber gegenüber. Sie hatte schulterlanges braunes Haar, trug Lippenstift in einem zarten Orangeton und eine cremefarbene Bluse. Die oberen Knöpfe standen offen und gewährten einen Blick auf einen wohlgeformten Brustansatz. Ihm gefiel dieser Anblick, gleichwohl übte er keinerlei Reiz auf ihn aus.

Sie lächelte Breuer zu.

»Wie kann ich Ihnen helfen?«, fragte sie, nachdem er das Angebot eines Getränks ausgeschlagen hatte.

»Sie haben bei unserem Telefonat gestern erwähnt, dass Rainer Kamitzki bis vor fünfzehn Jahren hier in der Bank gearbeitet hat und dass es in Verbindung mit ihm einen unrühmlichen Vorfall gab. Worum ging es da?«

Susanne Gerber nickte.

»Das ist richtig. Ich kann mir aber ehrlich nicht vorstellen, dass die alte Geschichte mit Kamitzkis Tod zu tun haben soll.«

Breuer verkniff sich den Hinweis, dass sie ihm diese Entscheidung überlassen sollte. Er ging nicht gern auf Konfrontation. Mit Ruhe und Gelassenheit hatte er bessere Erfahrungen gemacht. Er gab also keine Antwort, sondern sah die Sekretärin nur aufmerksam und abwartend an.

»Also gut.« Sie beugte sich vor und stützte die Unterarme auf den Schreibtisch. »Wir hatten vor fünfzehn Jahren einen Sachbearbeiter in der Kreditabteilung. Thomas Schuberth. Der Mann war damals zweiundzwanzig Jahre und stand streng unter dem Reglement seiner Mutter.«

»Was heißt das?«, erkundigte sich Breuer.

»Das heißt, er hat zwar alleine gewohnt, aber wir hatten in der Bank den Eindruck, als würde sie ihn ständig kontrollieren. Sie hat immer wieder während der Arbeitszeiten angerufen, und ab und an stand sie zur Mittagspause oder nach Feierabend vor der Tür, um ihn abzuholen. Dem Thomas war das sehr unangenehm. Irgendwann haben die Besuche aufgehört und die Anrufe nachgelassen. Vielleicht hat er ihr gesagt, dass sie das lassen soll, ich weiß es nicht.«

Susanne Gerber schien nachzudenken. Breuer wartete ab.

»Jedenfalls, an einem Montagmorgen hat sie dennoch wieder in der Bank angerufen, auf der Durchwahl von Schuberth. Der hat sich damals das Büro mit Kamitzki geteilt, der oft im Außendienst unterwegs war, und Kamitzki hat abgehoben, weil Schuberth nicht am Platz war.«

»Und?«, fragte Breuer, weil sie schon wieder abbrach.

»Nun ja.« Sie zögerte.

Breuer übte sich in Geduld, wie üblich.

»Kamitzki hat ihr gesagt, Schuberth wäre in einer Besprechung. Er würde ihm ausrichten, dass er sie zurückrufen soll. Tatsache war aber, dass Schuberth an dem Tag gar nicht zur Arbeit erschienen ist, und das auch noch unentschuldigt. Das wusste Kamitzki nicht. Er war quasi eine Minute vor dem Anruf von einem Termin zurückgekommen und hatte, so sagte er später, in Schuberths Kalender nachgesehen, und für die fragliche Zeit war ein Besprechungstermin eingetragen gewesen. Dass die Kundschaft den Termin bereits am Freitag bei Schuberth abgesagt hatte, wusste keiner, und Schuberth hatte den Eintrag im Kalender nicht gelöscht.«

»Ehrlich gesagt, ich verstehe die Zusammenhänge nicht ganz«, gab Breuer nun zu.

»Ich bin ja auch noch nicht fertig.« Susanne Gerber lehnte sich im Stuhl zurück und legte die Arme auf die Lehnen. »Das Wichtigste kommt ja jetzt erst.«

Eine halbe Stunde später verließ Breuer die Bank. Äußerlich wirkte er ganz ruhig, doch durch seine Adern rann pures Adrenalin. Er musste eine weitere Vernehmung durchführen und danach sofort Frau Herbich verständigen. Nein, er würde zuerst die Kollegin anrufen. Er witterte die Fährte, die vor ihm lag, und er wollte wissen, ob sie seiner Meinung war. Breuer zog sein Mobiltelefon aus der Hosentasche und rief seine Vorgesetzte an.

Nach dem ersten Läuten sprang die Mailbox an.

»Frau Herbich, entschuldigen Sie die Störung, aber es gibt Neuigkeiten. Bitte rufen Sie mich kurz zurück«, sprach er auf den Nachrichtenspeicher.

Breuer steckte sein Handy ein und hoffte, seine Vorgesetzte würde sich zeitnah melden.

31

Philipp Reuter legte sein Handy auf den Küchentisch. Er war wütend und unglücklich. Soeben hatte seine Tochter angerufen und ihren angekündigten Besuch wieder abgesagt. Ihr Freund war reuig zurückgekehrt, und nun wollte sie ihrerseits ein paar Tage mit ihm wegfahren, vielleicht zum Zelten nach Südtirol, das wusste sie noch nicht genau.

Von Kristina dagegen hörte er nichts. Er wartete schon seit Stunden. Inzwischen bereute er es, sie so entschlossen weggeschickt zu haben. Er hätte einfühlsamer vorgehen müssen. Doch das war schon oft sein Problem gewesen. Er konnte noch so viele Gefühle für einen anderen Menschen haben, in entscheidenden Situationen mangelte es ihm an Empathie. Bekam er die Folgen zu spüren, begriff er meist gar nicht, was er angerichtet hatte.

Nun überlegte er, ob er, trotz anderer Vereinbarung, Kristina schreiben oder lieber weiter abwarten sollte. Wenn er ihr erzählte, dass Johanna ihren Besuch wieder abgesagt hatte, würde Kristina mit Recht denken, dass er sich nur deswegen meldete, weil er nun doch Zeit für sie hatte. Was ja im Grunde auch so war. Es war zum Haareraufen.

Er lief in seiner Wohnung hin und her. Vielleicht sollte er einfach sein Handy auf ganz laut stellen, damit er eine Nachricht von ihr nicht verpasste, und zum See gehen.

Reuter verließ seine Wohnung. Vor dem Haus lehnte sein Fahrrad an der Wand. Da ihm klar war, dass die ohnehin teuren Parkplätze am See Mangelware sein würden, beschloss er, mit dem Rad hinzufahren.

Schwungvoll setzte er sich in den Sattel. Er würde nicht mehr als zehn Minuten brauchen, bis er dort war. Es war jetzt siebzehn Uhr.

Die Sonne schien, der Tag war warm, und die Luft war mild. Es duftete nach gemähtem Gras und Blüten. Wie geschaffen für das Fest. Kristina und er hätten es so schön zusammen haben können. Er hatte es vermasselt.

Besagte zehn Minuten später stellte Reuter sein Rad neben

einer Birke ab und legte das Schloss um den Stamm und das Hinterrad.

Bereits von hier aus hörte er fröhliche, beschwingte Musik. Unter anderen Umständen hätte es ihn zügig dazu getrieben, zu tanzen. Jetzt waren seine Gedanken bei Kristina, die sich nicht meldete.

Er nahm den Fußweg zum See, den er vor ein paar Tagen zusammen mit ihr entlanggegangen war, als sein Chef ihn zwecks Fotos und einem Artikel an den Strand geschickt hatte, an dem nun gefeiert wurde, als wäre nie etwas Furchtbares geschehen.

Sein Weg führte ihn direkt zum großen Festplatz, und die Musik wurde lauter. Hier befand sich unter anderem eine der drei Bühnen, auf denen die Bands spielten.

Schon einmal war die Schlagersängerin Nicole, die 1982 den Eurovision Song Contest im englischen Harrogate gewonnen hatte, auf der Festwiese aufgetreten. Für die Grand-Prix-Siegerin ein Heimspiel, wohnte sie doch in unmittelbarer Nähe zum See.

Reuter hatte damals in Erwägung gezogen, zum Fest zu gehen, um den Auftritt mitzuerleben, doch ein Sommerinfekt hatte ihn abgehalten.

Am Ufer herrschte reges Treiben, er roch den Duft von Gegrilltem und sah in einiger Entfernung eine Gruppe von Menschen in rot-grüner Folklore-Tracht flanieren. Er vermutete, es handelte sich um eine Tanzgruppe, die auf ihren Einsatz wartete.

Auf einem Plakat überflog er das Programm für Freitag und Samstag.

Die »Bosener Mühle« lud zu einem Kunstmarkt zum Mitmachen ein, ein brasilianisches Blasorchester sollte auftreten, Gaukler wollten an der Seepromenade unterwegs sein, es wurde ein Segel-Schnupperkurs angeboten und vieles mehr. Am Sonntag, spätabends, war ein Abschlussfeuerwerk geplant.

»Ei Philipp, a do?«

Er wandte sich um und sah Magnus Schleyer, der ihn anlachte.

»Ei Magnus, unn?«, sagte er und zwang sich zu einem Grinsen.

Schleyer hatte ein Brötchen mit einer üppigen Wurst darauf in der Hand.

»Magst au a Rooschdwurschd?«, fragte Schleyer und hielt seinen Imbiss in die Höhe. Reuter schüttelte den Kopf. Ihm war nicht nach Essen, was selten vorkam. Kristina hatte immer noch nicht geschrieben. Vielleicht war sie sogar abgereist, ohne ihn zu informieren. Wenn er darüber nachdachte, konnte er es sogar verstehen.

»Aba a Bier drinke mer?«, erkundigte sich Schleyer.

»Ei jo«, stimmte er zu.

»Urpils oder Bitburger?«, fragte Schleyer und sah ihn scharf an.

Reuter zog eine Grimasse. Es war das altbekannte Thema unter Saarländern, ob Karlsberg Urpils oder Bitburger besser schmeckte. Ihm war das eigentlich egal. Frisch vom Fass war ihm am liebsten.

»Am liebste Freibier«, gab er zurück.

Schleyer lachte. »Ei gudd. Eins kann i der ausgäbe.«

»So mache mer ed«, stimmte Reuter zu.

Wenige Minuten darauf sah Reuter zu, wie Schleyer an einem Bierstand zwei Flaschen kaufte. An einen der Stehtische gelehnt, stießen sie an.

»Prost«, sagte Schleyer.

»Prost«, erwiderte Reuter. »Un dank scheen.«

Schleyer nickte und wischte sich den Schaum von der Oberlippe. »Was is los?«, fragte er. »Hascht de Flemm?«

Reuter drehte seine Bierflasche. Eigentlich hatte er gehofft, dass Schleyer ihm nicht anmerkte, dass er alles andere als guter Dinge war. Doch dafür kannten sie sich wahrscheinlich schon zu lange, auch wenn sie nie wirklich befreundet gewesen waren.

»Es ist wegen Kristina«, gab er schließlich zu.

»Ach ja. Ich wollte schon fragen, wo sie ist«, sagte Schleyer.

Reuter nahm noch einen Schluck Bier. Schließlich erzählte er in wenigen Worten, dass er Kristina gebeten hatte zu gehen, weil sich seine Tochter angekündigt hatte, die zwischenzeitlich wieder abgesagt hatte.

Schleyer seufzte. »Ich weiß schon, warum ich mich nicht binden will, und Kinder will ich auch keine. Nix wie Stress.«

Reuter gab keine Antwort. Fast bereute er schon, Schleyer von seinem Ärger erzählt zu haben.

»'ne feine Frau, diese Kristina«, sagte Schleyer versöhnlich, der wohl seine frustrierte Miene bemerkt hatte. »Wo hast du sie kennengelernt?«

»Während meiner Kur in Bad Steben. Ich bin nach Bayreuth gefahren, ins Harmonie, zum Tanzen. In dem Lokal habe ich sie das erste Mal gesehen.«

Schleyer schmunzelte. »Du hast sie aufgefordert«, sagte er.

»Zuerst nicht. Sie war nicht privat da, sondern dienstlich«, sagte Reuter und nippte an seinem Bier.

»Dienstlich? Hat sie in dem Schuppen gekellnert?«

»Nein, nein. Das war ganz anders. Die Kristina ist bei der Kripo. Ich habe sie durch ihre Arbeit kennengelernt. Du wirst es vielleicht nicht glauben, aber im Harmonie ist ein Mord passiert, während ich dort war.«

»Was?« Schleyer riss die Augen auf. »Du machst Witze.«

»Überhaupt nicht.«

Froh, die Richtung des Gespräches ändern zu können, berichtete er Schleyer von dem grauenhaften Ereignis, das dazu geführt hatte, dass er und Kristina miteinander bekannt geworden waren.

Schleyer zeigte sich ob des Mordes erschüttert. »Grauenhaft. Da geht man guter Dinge in ein Tanzlokal und wird abgestochen. Man ist nirgends mehr sicher.«

Er warf einen Blick über die Schulter, als ob er den nächsten Täter hinter sich vermutete. Reuter sah sich gleichfalls um.

Direkt neben der Bühne entdeckte er Schreez, mit der Kamera um den Hals. Der Kollege war offensichtlich beruflich unterwegs. Schreez beobachtete ihn, möglicherweise schon eine ganze Weile, zog an einer Zigarette, ließ den Glimmstängel fallen, trat darauf und sah jetzt in eine andere Richtung. Gegrüßt hatte er nicht.

Reuter wandte sich wieder seinem Bier zu.

»Und was ist jetzt mit dir und Kristina? Sie kommt aus Bayreuth, hast du gesagt, oder?«

»Ja«, erwiderte Reuter.

»Sie ist mit dem Auto zu dir gefahren?«

»Ja.« Reuter nickte.

»Ganz schöne Strecke. Du musst sie gewaltig beeindruckt haben, dass sie den Weg auf sich genommen hat. Seid ihr zusammen, oder ist es nur eine Affäre?«, fragte Schleyer.

»Ich weiß es nicht. Ich wollte schon was Festes daraus machen. Spricht halt die Entfernung dagegen, wie du schon sagst. Ständig Fahrerei. Sie hat ihren Job in Oberfranken, ich hier.«

»Ist ja auch teuer und nicht ganz ungefährlich mit der Fahrerei«, bemerkte Schleyer. »Jetzt im Sommer geht es noch. Aber im Winter, wenn es Schnee und Glatteis gibt.«

»Gefährlich. Du sagst es. Stell dir vor, was Kristina auf der Herfahrt passiert ist. Du hast doch bestimmt in der Zeitung von der Toten am See gelesen?«

»Ja, klar.«

»Die Kristina hat die gekannt. Also, eigentlich wollte die Frau mit ihr mitfahren, wie sie zu mir hierher unterwegs war.«

»Was?« Erstaunt sah Schleyer ihn an.

»Ja, ja. Also die Tote, also damals war sie ja noch nicht tot, hatte sich in Kristinas Auto versteckt.«

Reuter, der keine Lust hatte, Schleyer noch mehr von seiner Beziehung zu erzählen, war froh, das Thema zumindest teilweise von sich wegzulenken.

»Ich versteh überhaupt nichts«, sagte dieser.

»Ja, das war so«, begann Reuter und fasste zusammen, was er wusste.

»Hui«, machte Schleyer schließlich, als Reuter mit seinem Bericht fertig war, und pfiff durch die Zähne. »Das ist ja krass. Und dann hat sie das Mädel einfach aus dem Wagen geworfen?«

»So ähnlich. Am nächsten Rastplatz abgesetzt halt. Jetzt macht sie sich schlimme Vorwürfe.«

»Kann ich verstehen. Echt. Trotzdem, ich hätte wahrscheinlich genauso gehandelt. Ich nehme grundsätzlich keine Anhalter mit. Auch keine weiblichen. Man weiß nie, wen man sich da ins Auto holt.«

Reuter nickte nur. Er wurde immer unruhiger. Das Handy in seiner Hosentasche verhielt sich absolut still. Kristina meldete sich nicht. Er trank sein Bier aus.

»Magnus, ich mach weiter. Wir sehen uns«, verabschiedete er sich.

Schleyer nickte.

»Wird schon wieder. Frauen zicken halt mal rum«, gab er ihm noch mit auf den Weg.

Reuter zwang sich zu einem Grinsen. Er beschloss, sich irgendwo einen Platz im Schatten zu suchen und Kristina nun doch von sich aus eine Nachricht zu schreiben.

32

Der Abend war warm, und die Sonne schien. Es war kurz vor achtzehn Uhr. Kristina verließ das Landhaus Mörsdorf.

Sie hatte geduscht und sich die Haare gewaschen. Sie trug die neue weiße Jeans, eine blaue Sommerbluse und rote Ballerinas. Über ihrer Schulter hing die goldene Gliederkette einer schmalen roten Handtasche. Sie hatte einen Augenbrauenstift verwendet, einen pudrigen Lidstrich gezogen, sich die Wimpern getuscht und ein wenig hellroten Lippenstift aufgetragen.

Für ihre Verhältnisse hatte sie sich sehr viel Mühe mit ihrem Äußeren gegeben.

Alles, um sich selbstsicher und gut zu fühlen. Oder zumindest besser. Geholfen hatte es nicht.

Gegen Mittag hatte sie Steinbrink die Akten zurückgebracht und auf seinen Wunsch noch einmal mit ihm nach Zusammenhängen zwischen den verschwundenen jungen Frauen gesucht, jedoch waren sie auf keine neuen Erkenntnisse gestoßen.

Die Fahndung nach Sara Schäffter lief.

Kristina hatte dem saarländischen Kommissar gegenüber zu bedenken gegeben, dass Moritz Amman schlichtweg sein Geld wiederhaben wollte und deswegen vielleicht vorgegeben hatte, seine Mitbewohnerin könnte einem mutmaßlichen Autobahnmörder als Tramperin in die Hände gefallen sein. Steinbrink hatte ihr nach kurzem Überlegen zugestimmt.

Der Anrufer, der ihr Telefonat mit Breuer am Vormittag gestört hatte, war ihr Vermieter gewesen. Wenige Minuten nach Beendigung des Gesprächs mit Breuer hatte sie per SMS eine Benachrichtigung bekommen, wer versucht hatte, sie zu erreichen, jedoch darauf verzichtet, zurückzurufen.

Ihr Vermieter, von Natur aus ein ungeduldiger Mann, hatte es kurz darauf erneut probiert und ihr mitgeteilt, dass ein Päckchen für sie bei ihm abgegeben worden war, das ihm nun im Flur herumlag.

Sie hatte ihn gebeten, es vor ihre Wohnungstür ein Stockwerk höher zu legen. Schließlich hatte sie noch keine Entscheidung getroffen, wann sie zurück nach Bayreuth fahren wollte. Bei dem Inhalt des Päckchens konnte es sich nur um das rote Kleid handeln. Egal, sie würde es zurückschicken.

Langsam ging Kristina zu ihrem Wagen, den sie am Straßenrand vor dem Hotel geparkt hatte. Sie sah Philipp vor sich, wie er ihr mitgeteilt hatte, dass seine Tochter zu Besuch kam und seine ganze Aufmerksamkeit brauchte. Sie spürte erneut die Enttäuschung und Kränkung, weil sie verstanden hatte, dass sie gehen sollte. Philipp hatte recht. Sie hatte keine Kinder und konnte sich seine Situation nur bedingt vorstellen. Vermutlich war sie überempfindlich. Schließlich kam Johanna nicht einfach nur so zu Besuch, sondern weil sie Kummer hatte. Dass sie diesen nicht vor ihr, einer völlig fremden Frau, ausbreiten wollte, war klar. Ebenso war klar, dass Philipp nunmehr in Bedrängnis war.

Kristina sperrte ihren Wagen auf und setzte sich hinters Steuer. Sie konnte sich nicht überwinden, ihm eine Nachricht zu schreiben, dass sie tatsächlich im Hotel noch ein Zimmer bekommen hatte.

Stattdessen würde sie jetzt zum See fahren. Irgendetwas musste sie ja mit dem Abend anfangen. Bei Philipp konnte sie sich auch morgen noch melden. Und vielleicht traf sie ihn ja zufällig.

Sie hielt sich am Riemen ihrer Handtasche fest. Es war unglaublich viel Betrieb am See, was sicher auch dem herrlichen Sommerabend geschuldet war. Der Duft nach Gegrilltem stieg ihr in die Nase, dennoch war sie sicher, nichts essen zu wollen. Sie suchte die Menge der Festbesucher nach Philipp ab, doch von ihm war nichts zu sehen. Sicher war es besser so, denn wenn er da war, dann bestimmt mit seiner Tochter. Die Situation würde unangenehm sein.

Kristina hatte das Gefühl, beobachtet zu werden, und wandte sich um.

Sie erblickte eine kleine, dunkel gekleidete Gestalt, nur wenige Schritte entfernt. Fettige graue Haare hingen dem Mann bis zum Kinn, seine schmalen Lippen waren rissig, und mit seinen klauenartigen Fingern hielt er eine Kamera umklammert. Mit kleinen kohlschwarzen Augen fixierte er sie, ohne eine Miene zu verziehen. Sie erinnerte sich. Es war dieser Reporter, dieser Gunnar Schreez, der für eine andere Zeitung schrieb als Philipp. Der Kerl war ihr unangenehm.

Sie ging ein paar Schritte von ihm weg, zu den Bierständen.

Ein Mann lächelte ihr zu. Kristina lächelte automatisch zurück.

»Hey«, grüßte er und näherte sich ihr. »Du bist die Freundin von Philipp, nicht wahr? Wo ist er denn?«

»Hey«, antwortete sie, bemüht, freundlich zu sein. Woher kannte sie den Mann? Es konnte sich nur um einen von Philipps Bekannten handeln.

»Du weißt nicht mehr, wer ich bin, nicht wahr?«, fragte der Mann.

Sie zwang sich zu einem Lachen und merkte, wie unsicher es klang.

»Stimmt. Philipp kennt so viele Leute«, antwortete sie.

»Klar. Er ist ja auch ständig unterwegs. Ich bin Gunter. Wir kennen uns aus der Pyramide. Wobei mir einfällt, du bist mir noch einen Tanz schuldig. Ihr wart an dem Abend plötzlich verschwunden.«

»Stimmt«, wiederholte sie. »Aber ich kann nicht gut tanzen. Und auf dem Schotterplatz wahrscheinlich gar nicht.« Sie machte eine Kopfbewegung zu der für ihre Begriffe provisorischen Tanzfläche vor der Bühne, auf der eine Band Rock 'n' Roll spielte. »Und Rock 'n' Roll kann ich schon gar nicht«, ergänzte sie.

»Wo steckt denn nun Philipp?«, fragte Gunter erneut.

»Ehrlich gesagt, keine Ahnung«, gab Kristina zu.

»Okay. Wollen wir ein paar Schritte spazieren gehen? Am See entlang? Oder darf ich dich zu was einladen?«

Sie betrachtete den Mann. Er war athletisch gebaut und hatte vermutlich kein Gramm Fett zu viel. Seine dunklen Haare glänzten in der Abendsonne. Sein Lächeln war offen und sympathisch, seine Züge ebenmäßig. Dieser Gunter war zweifellos ein attraktiver Mann.

»Ich nehme den Spaziergang«, entschied sich Kristina.

»Schön. Dann lass uns da runtergehen«, schlug Gunter vor und zeigte auf einen Spazierweg, der direkt zum Wasser führte.

Alles besser, als sich wieder beim Tanzen zu blamieren, dachte Kristina. Und auch besser, als hilflos allein in der Menge zu stehen und darauf zu hoffen, dass Philipp auftauchte, ohne seine Tochter, und dass sie einander wieder einig wurden. Wenn sie ehrlich war, war sie todunglücklich.

33

Reuter hatte das Festgelände verlassen und saß auf einem Baumstumpf am Waldrand, das Handy in der Hand. Seine Nachricht an Kristina war ihr um siebzehn Uhr fünfzig überstellt worden. Gelesen hatte sie sie noch nicht. Online war sie zuletzt um siebzehn Uhr siebenunddreißig gewesen. Damit wusste er nach wie vor nicht, wo sie sich im Augenblick aufhielt.

Er konnte im Landhotel Mörsdorf anrufen und nach ihr fragen. Dann wusste er zumindest, ob sie dort untergekommen war. Oder er fuhr direkt vorbei. Vielleicht stand ihr Wagen dort.

Er erhob sich von seinem Platz und machte sich auf den Weg zu seinem Fahrrad.

Vierzig Minuten später verließ Reuter das Landhotel. Auf dem Parkplatz direkt am Haus stand Kristinas Auto nicht. Am Empfang hatte man ihm die Auskunft gegeben, dass sie tatsächlich im Hotel ein Zimmer bekommen hatte. Wo sie im Moment war, konnte man ihm nicht sagen.

Immerhin, sie war noch nicht abgereist. Ihm blieb nichts anderes übrig, als zu warten, bis sie auf seine Nachricht reagierte.

***

Johan Kunze saß in seinem Ohrensessel und streichelte Dackel Arno, der sich auf seinem Schoß zusammengerollt hatte, nachdenklich über das Köpfchen. Der Hund stieß einen wohligen Seufzer aus und schmatzte behaglich.

Kunze dagegen war alles andere als behaglich zumute.

Hatte er sich zu Beginn des Telefonats mit seiner Nichte noch sehr über ihren Anruf und sämtliche Neuigkeiten gefreut, so machte er sich nun die größten Sorgen.

Er kannte Kristina gut genug, um zu wissen, wie sehr sie sich wegen des entsetzlichen Vorfalls mit der Anhalterin quälen würde. Egal, wie die saarländischen Ermittlungen ausgingen, sie würde sich den Rest ihres Lebens zumindest einen Teil der Schuld geben.

Der Fall Laura Fromacker hatte auch im Nordbayerischen Kurier gestanden, schließlich war die junge Frau aus Oberfranken gekommen. Ihm war klar, dass Kristina total erschüttert sein musste und unter den Umständen ihre freien Tage und die Zeit mit diesem Philipp nicht so genießen konnte wie erhofft.

Kunze rutschte in seinem Sessel von einer Pobacke auf die

andere, und Arno, der offenbar eben eingedöst war, brummelte vorwurfsvoll.

Helfen konnte er Kristina nicht, das war ihm klar. Aber jetzt, Stunden nach dem Telefonat, drängte es ihn, ein weiteres Mal mit ihr zu reden. Einfach nur, um anhand ihrer Stimme auf ihren Gemütszustand zu schließen. Gab er das ihr gegenüber zu, würde es ihr möglicherweise noch elender gehen. Wenn er sie dagegen um einen Gefallen bat, zog sie vielleicht nicht die richtigen Schlüsse. Er würde sie bitten, ihm etwas aus dem Saarland mitzubringen. Vielleicht diese Gewürzmischung für das typisch saarländische Kartoffelgericht, an dessen eigentümlichen Namen er sich nicht mehr erinnern konnte. Lauch war drin gewesen und Speck. Köstlich. Bei dem Gedanken daran bekam er Appetit, der ihm sofort wieder verging, wenn er an Kristinas Erlebnis mit der Anhalterin dachte.

Kunze hangelte nach dem Telefon, das auf dem Couchtisch neben dem Sessel lag, und wählte die Handynummer seiner Nichte.

Nach dem ersten Läuten sprang die Mailbox an.

Es war neunzehn Uhr dreißig.

***

Reuter, der unter den gegebenen Umständen nichts mit sich anzufangen wusste, fuhr zurück zum See. Musik schallte ihm entgegen, als er Richtung Festgelände ging, noch immer roch es nach Gegrilltem, und es herrschte Hochbetrieb.

War Kristina ohne ihn zum Fest gegangen, was er nicht ernsthaft in Betracht zog, würde es Zufall sein, wenn sie sich begegneten.

Er überlegte, ob er noch ein Bier trinken und ein paar Frauen zum Tanz auffordern sollte, um sich abzulenken. Unschlüssig ließ er sich von der Menge schieben. Im Grunde war ihm nicht nach Tanzen, was kaum je vorkam.

Reuter grüßte hier und da und wechselte ab und an ein paar belanglose Worte.

Er gab vor, guter Dinge zu sein und sich zu amüsieren. Nebenher beschäftigte ihn die Frage, was er sagen sollte, wenn ihn noch jemand nach Kristina fragte. Der eine oder andere aus seinem Umfeld wusste ja bereits von ihr, und Reuter hatte keine Lust, schon wieder jemandem von ihrem Zerwürfnis zu erzählen. Reichte ihm doch das Gespräch mit Schleyer.

Reuter beschloss, statt zu tanzen noch ein Bier zu trinken. Oder zwei.

Allmählich schlug sein Frust in Ärger um. Warum meldete sie sich nicht?

Lieber Himmel! Er hatte Zeit für seine Tochter gebraucht, nicht für eine andere Frau. Oder doch, natürlich für eine andere Frau. Aus seiner Sicht kein Grund, eingeschnappt zu sein. Gut, vielleicht war er ungeschickt vorgegangen, manchmal fehlte ihm das Einfühlungsvermögen für die Befindlichkeiten anderer Menschen. Oder Frauen?

Reuter bestellte ein Bier und einen Schnaps dazu. Inzwischen hatte er wirklich schlechte Laune.

Um einundzwanzig Uhr war er angetrunken. Die Dämmerung brach über dem See herein. Kristina hatte seine Nachricht noch immer nicht gelesen.

Mit unsicheren Schritten verließ er den Festplatz. Am Parkplatz angekommen, wo sein Fahrrad an einer Birke stand, entschied er, Kristina anzurufen.

Zu Kreuze würde er nicht kriechen, aber jetzt hatte er genug von ihrem Schweigen. Reuter wählte die eingespeicherte Nummer. Nach dem ersten Läuten sprang die Mailbox an.

Es war einundzwanzig Uhr dreiundzwanzig.

34

Kristina lag ganz still und versuchte, ihr Gehirn in Gang zu bekommen.

Der Boden unter ihr war hart und kalt und feucht, und er fühlte sich rau an. Uneben. Eigentlich so, als läge sie auf Erde und Steinchen unterschiedlicher Größe. Von irgendwoher kam ein schwaches Licht, ansonsten war es dunkel um sie herum. Ihr Mund war trocken, ihre Kehle brannte, und sie hatte wahnsinnige Kopfschmerzen. Außerdem saß ein seltsames Gefühl in ihren Armen, eine Art Spannung. Spannung? Bei dem Wort kam eine Erinnerung hoch, doch sie konnte sie nicht einsortieren.

Sie wollte sich aufsetzen, aber es gelang nicht. Wo war sie? Was machte sie hier?

Ein paar Synapsen in ihrem Hirn verbanden sich. Sie hatte Urlaub. Jetzt wusste sie es wieder. Und sie war im Saarland. Philipp! Sie hatten sich gestritten. In Bruchstücken fand sie in ihrem Kopf, was sie suchte. Da war ein Fest gewesen. Und dann war dieser Mann gekommen.

Mit einem Donnerhall überflutete sie die Erinnerung.

Sie war zum Fest am Bostalsee gefahren. Sie hatte sich an ihrer Tasche festgeklammert und sich gefragt, was sie hier sollte. Dann war jemand aufgetaucht, den sie flüchtig kannte. Ein Mann. Er hatte ihr einen Spaziergang vorgeschlagen. Sie war mit diesem Mann mitgegangen, und irgendwann danach brach ihr Wissen ab. Da war noch etwas. Etwas Großes, Wichtiges. Sie wusste aber nicht mehr, was. Ein Kälteschauer durchlief sie, und etwas schnürte ihr die trockene Kehle zu.

Die nächste Erkenntnis durchzuckte wie ein grellgelber Blitz ihren vor Schmerzen hämmernden Kopf. Sie war gefesselt, vermutlich auch eingesperrt und mit Sicherheit in großer Gefahr. Sie musste hier raus.

Sie lauschte, doch hier in diesem Raum, der vielleicht ein Keller war, war es grabesstill.

Kristina schnupperte. Die Luft roch abgestanden, kalt, modrig. Allmählich gewöhnten sich ihre Augen an die Dunkelheit. Ihr gegenüber, geschätzte zwei Meter von ihren Füßen entfernt, mochte eine Tür sein. Links daneben, in einer Ecke, stand oder lag ein dunkles Gebilde, vielleicht ein kleiner Sack oder ein Haufen Kleidung.

Etwas pikte in ihre Schulter. Sie bewegte sie vorsichtig, und das Piken verlagerte sich um ein paar Zentimeter. Unvermittelt konnte sie die Spannung in ihren Armen deuten. Sie war mit den Händen über dem Kopf gefesselt.

Kristina konzentrierte sich. War sie irgendwo angebunden? Vorsichtig bewegte sie ihre Hände. Nein. Sie lag frei im Raum, soweit sie die Situation jetzt einschätzen konnte.

Langsam rollte sie sich auf die Seite, zog die Beine an und schaffte es in eine sitzende Position. Zwar waren ihre Gelenke unerträglich steif, doch es gelang ihr, behutsam ihre Arme vor den Bauch zu senken. Als sie versuchen wollte aufzustehen, merkte sie, dass auch um ihre Fußgelenke etwas geschnürt war. Was es war, konnte sie nicht sehen, aber so wie es in die Haut schnitt, rau und kratzig, mochte es eine Schnur sein. Vielleicht ein Paketband.

Kristina ließ den Kopf auf die Knie sinken. Ihr Herz pochte hart, und sie hatte schreckliche Angst.

Plötzlich vernahm sie ein Geräusch. Schritte. Jemand näherte sich der Tür, unter der ein dünner bläulicher Lichtstrahl erschien. Ihr Puls beschleunigte sich. Sollte sie sich wieder hinlegen? So tun, als wäre sie noch bewusstlos? Aber sie wollte hier raus! Sie wollte ihren Peiniger sehen und mit ihm reden. Sie wollte wissen, warum er sie betäubt und hierher verschleppt hatte und was er mit ihr vorhatte. Ein hysterisches Zittern durchlief sie. Die Frage, was er mit ihr vorhatte, stellte sich nicht. Selbst wenn sie keine Kommissarin gewesen wäre, hätte sie gewusst, dass der Mann sie töten wollte. Warum hatte er es nicht sofort erledigt?

Sie hörte, wie sich ein Schlüssel im Schloss bewegte. Kalter Schweiß brach ihr aus allen Poren. Wie gelähmt blieb sie sitzen.

Ihr war, als öffnete sich die Tür in Zeitlupe, doch es waren wohl nur ihre Nerven, die ihr einen Streich spielten. Über ihr flammte Licht auf, weiß und blendend, und traf ihre Augen schmerzhaft. Hastig schloss sie die Lider.

»Du bist ja schon wach, du kleines Miststück.« Er hatte eine total angenehme Stimme, weich und tief. Welch ein Hohn.

Mühsam öffnete sie die Augen wieder.

Gerade aufgerichtet stand der Mann unter der Tür, die so niedrig war, dass sein Scheitel den oberen Rahmen berührte. Locker lag seine rechte Hand auf der Klinke.

»Was hast du mit mir gemacht? Warum bin ich hier?« Ihre Stimme klang rau, ihre Zähne klapperten beim Reden aufeinander.

Er betrat den Raum und schloss die Tür hinter sich. An der Wand lehnte ein zusammengeklappter Hocker, mickrig und instabil, wahrscheinlich für Kinder gedacht. Er öffnete ihn und setzte sich darauf, die Ellbogen stützte er auf die Knie. Aufmerksam betrachtete er sie.

»Ich habe dir ein bisschen was zur Beruhigung in den Wein gegeben. Wer konnte denn ahnen, dass du so gar nichts verträgst und gleich schlappmachst?«

Er lächelte ihr zu. Schlagartig verstärkte sich das Pochen und Hämmern in ihrem Schädel wieder, das, ohne dass es ihr klar gewesen war, nachgelassen hatte. Sie hatte also Wein getrunken. Dunkel kroch eine Erinnerung in ihr hoch.

»Warum bin ich hier?«, wiederholte sie. Ihr Mund und ihre Kehle waren so trocken, dass sie kaum sprechen konnte.

»Ganz einfach.« Wieder lächelte er. »Du weißt zu viel, und du hast zu viel gesehen, auch wenn dir das vielleicht noch gar nicht klar ist. Aber irgendwann hättest du es gemerkt.«

»Was gemerkt?« Sie fühlte sich entsetzlich. Klein, schwach, elend und vor allem entsetzlich dumm. Wovon sprach er?

Der Mann lehnte sich an die weiß gekalkte Wand. Er saß breitbeinig, seine Hände baumelten zwischen seinen Oberschenkeln, und Kristina dachte, dass der Hocker jeden Augenblick unter ihm zusammenbrechen würde.

»Pass auf, Süße. Ich frage mich schon die ganze Zeit, was ich mit dir mache. Ich glaube, ich weiß es jetzt. Ich erzähle dir, warum du hier bist. Danach kann ich dich leider nicht mehr gehen lassen, aber das ist dir ohnehin klar, oder?«

Sie bekam keine Luft mehr.

»Mach die Fesseln weg!«, stieß sie hervor. Ihre Zähne schlugen aufeinander.

»Nein. Ich bin doch nicht bescheuert. Wahrscheinlich hast du irgendeinen Polizeigriff drauf, und dann schau ich blöd. Blöd schauen ist dein Part.«

»Bitte!« Sie hasste sich dafür, zu betteln, aber es ging nur noch ums Überleben.

»Hast du Hunger?«, fragte er plötzlich.

»Durst«, gab sie zu. Ihre Kehle brannte, ihre Zunge fühlte sich hart an, so trocken war sie.

»Ich hol dir was.«

Er stand auf und verließ den Raum. Sie lauschte auf seine Schritte, die sich entfernten. Jetzt, wo grelles Licht den Keller ausleuchtete, sah sie sich rasch um. Das sackartige Gebilde in der Ecke links von ihr war ein schwarzer Rucksack. In der Wand zu ihrer rechten Seite sah sie eine große Holztruhe. Vorsichtig drehte Kristina den Kopf. Hinter ihr stand ein Metallregal, am Boden schräg dahinter entdeckte sie einen rechteckigen Metalldeckel, etwa einen Meter im Quadrat, angerostet und mit einem Eisenring in der Mitte. Ein winziger roter Faden hing am Rand des Deckels.

»Schau dich ruhig um«, sagte der Mann freundlich.

Kristina fuhr erschrocken herum. Sie hatte nicht gemerkt, dass er den Raum wieder betreten hatte. Er hatte ein Glas Wasser in der Hand, kam zu ihr und hielt es ihr an den Mund. Gierig trank sie, wobei ein Teil der Flüssigkeit danebenging und aus ihren Mundwinkeln lief.

»So, Süße.« Er nahm das Glas von ihren Lippen, musterte sie und schüttelte den Kopf. »Ich rede Unsinn. Süß bist du wirklich nicht. Außerdem bist du zu alt, das ist schade. Okay, es ist nicht zu ändern. Ich muss jetzt weg, ich kann ja nicht stundenlang mit dir plaudern. Wenn du ein braves Mädchen bist, erzähle ich dir später, warum du hier bist. Verhalte dich ruhig. Wenn du Lärm machst, bekommen wir beide Ärger miteinander.«

Er hob die Hand zum Lichtschalter. »Bis dann.«

Es gab ein klackendes Geräusch, und es wurde finster. Die Tür schnappte ins Schloss, der Schlüssel wurde umgedreht. Unter der Tür schimmerte wieder der dünne Lichtstrahl.

Kristina wartete, bis seine Schritte verklungen waren. Obwohl das Glas Wasser, das er ihr gebracht hatte, bei Weitem nicht ausgereicht hatte, um ihren Durst zu stillen, wurden ihre Kopfschmerzen besser.

Der Lichtstrahl verlosch.

Nachdem sie sicher war, zunächst von ihrem Peiniger nichts mehr zu hören, robbte sie in sitzender Haltung zur Tür. Mit dem Rücken an die Wand gelehnt, schaffte sie es, sich aufzurichten, sodass sie an den Lichtschalter kam. Kristina drückte mit der Schulter darauf, und augenblicklich flackerte das Licht auf. Ihr Blick ging zur Decke des Raumes. Dort war eine Röhrenlampe befestigt. Sie richtete ihre Aufmerksamkeit wieder auf den Keller. Irgendwie musste sie die Fesseln loswerden. Vielleicht hatte sie dann eine Chance, den Mann zu überrumpeln und zu fliehen.

Sie betrachtete die Paketschnur, die er um ihre Handgelenke geschlungen hatte. Den ersten Gedanken, es mit den Zähnen zu versuchen, ließ sie wieder fallen. Der Knoten war mehrfach gebunden, die Schnur x-mal um ihre Gelenke gezurrt. Es tat weh, es scheuerte, und es drückte die Blutzufuhr herunter. Vielleicht fand sie in dem Rucksack etwas.

Kristina ließ sich wieder in eine sitzende Position gleiten und robbte zu dem Gepäckstück. Es gelang ihr, obwohl sie ihre Hände kaum bewegen konnte, die Frontlasche zurückzuklappen, die nur mit einem Klettverschluss gesichert war. Die Innentasche war mit einer Kordel zusammengezogen. Diese aufzubekommen war schon schwieriger. Nachdem sie sich eine Weile vergeblich abgemüht hatte, öffnete sie den Reißverschluss einer der beiden Seitentaschen. Darin steckte ein Ausweis. Irgendwie gelang es ihr, diesen herauszuziehen. Sie warf einen Blick darauf, und in letzter Sekunde konnte sie einen schockierten Aufschrei unterdrücken.

35

Reuter erwachte mit Kopfschmerzen und dem widerlich schalen Geschmack abgestandenen Bieres im Mund. Er merkte, dass er komplett angezogen war und quer auf seinem Bett lag. Er brauchte einige Sekunden, um seine Gedanken zu sortieren. Er war auf dem Seefest gewesen und hatte sich betrunken, weil Kristina sich nicht meldete.

Schlagartig sprangen seine Lebensgeister an, und er setzte sich auf. Das Hämmern in seinem Kopf bestrafte ihn sogleich für die übereilte Reaktion.

Reuter fand sein Handy im Flur auf dem Boden. Möglicherweise war es ihm beim Heimkommen, an das er sich nur düster erinnerte, zu Boden gefallen.

Er wollte es einschalten und merkte, dass der Akku leer war. Verdammt! Er ballte die Fäuste. Es hatte sich wohl alles gegen ihn verschworen. Er brauchte zehn Minuten, bis er das Ladekabel gefunden hatte. Nun würde es eine Weile, die er nicht wirklich einschätzen konnte, dauern, ehe das Gerät sich wieder einschalten ließ.

Die Uhr in der Küche zeigte elf Uhr vormittags.

Er löffelte Kaffeepulver in die Maschine und ging Zähne putzen und duschen, während der Kaffee durchlief.

Zwanzig Minuten später war sein Mobiltelefon so weit aufgeladen, dass er seine Nachrichten überprüfen konnte. Er sah zwei kleine graue Häkchen hinter seiner letzten WhatsApp an Kristina. Über ihrem Chatverlauf stand: »Kristina, zuletzt online gestern, siebzehn Uhr siebenunddreißig«.

Reuter überfiel eine lähmende Ruhe. Hier stimmte etwas nicht. Sein erster Impuls war, Kristina als vermisst zu melden. Dann überlegte er, erst zum Landhotel zu fahren, um nachzusehen, ob sie doch mittlerweile dorthin zurückgekehrt war oder inzwischen ausgecheckt hatte. Vielleicht wollte sie nicht erreichbar sein und hatte ihr Mobiltelefon ausgeschaltet.

Wirklich fahrfähig fühlte er sich nicht, zudem fürchtete er, noch eine Fahne zu haben. Er beschloss, im Landhotel anzurufen.

Drei Minuten später wusste er, dass Kristina nicht ausgecheckt hatte. Auf ihrem Zimmer war sie nicht. Leider war die Servicekraft am Empfang nicht bereit gewesen, nach Kristinas Wagen Ausschau zu halten, zumal er nicht mit dem vollständigen Kennzeichen dienen konnte. Sie konnte ihm aber sagen, dass Frau Herbich nicht zum Frühstück erschienen war. Es gab hierzu keinen Eintrag in der Gästeliste.

Reuter trank im Eiltempo eine Tasse Kaffee, stark und schwarz und bitter, und nahm eine Kopfschmerztablette.

Dann rief er Steinbrink an.

***

Aufgebracht legte Reuter sein Handy auf den Küchentisch. Steinbrink, der schwerfällige, träge Sack, hatte ihn überhaupt nicht ernst genommen und darauf verwiesen, dass Kristina ob der Umstände einfach den Kontakt verweigerte. Einen Grund, eine Vermisstenmeldung aufzunehmen, sah er wahrhaftig nicht.

In hilflosem Zorn rannte Reuter in seiner Wohnung auf und ab. Er war sicher, es musste etwas unternommen werden, und er hatte nicht die geringste Ahnung, was er tun konnte.

Die nutzlose Herumrennerei in seiner Wohnung erschöpfte ihn. Er hockte sich an seinen Küchentisch und schob das Handy auf der Platte hin und her. Wo war Kristina?

Er hätte die Finger von dieser Liaison lassen sollen. Aber sie hatte ihm einfach zu gut gefallen, damals im Harmonie, so ungünstig die Umstände auch gewesen waren. Und nun war sie verschwunden, und im schlimmsten Fall war ihr etwas zugestoßen. Dann war es seine Schuld, im weitesten Sinne.

Reuter ging ein neuer Gedanke durch den Kopf, und er hatte das Gefühl, einen Hieb in den Magen zu bekommen. Hatte sie sich etwas angetan?

Eiskalt überlief es ihn vor Entsetzen. Am Ende hatte er sie mit seinem Verhalten in abgrundtiefe Verzweiflung gestürzt. Auf die Idee war er bisher gar nicht gekommen. So gut kannte er

Kristina noch nicht, dass er die Lage in der Hinsicht einschätzen konnte.

Hastig griff er nach seinem Telefon, in dem neuen Drang, Steinbrink anzurufen. Gerade noch hielt er sich zurück. Er würde nicht tätig werden, sondern ihm höchstens mit dummen Sprüchen kommen, dass er als sitzen gelassener Liebhaber nun verrücktspielte.

Es war nicht zum Aushalten. Eine weitere Überlegung ging Reuter durch den Kopf. Viel versprach er sich nicht davon, aber vielleicht war es eine Möglichkeit. Die einzige, die ihm noch einfiel. Er googelte nach der Telefonnummer des Polizeipräsidiums in Bayreuth.

Zwei Minuten später ließ er sich mit Kommissar Konrad Breuer verbinden.

***

Kommissar Konrad Breuer hatte sich während des Gespräches mit Philipp Reuter einige Notizen gemacht. Im Gegensatz zu seinem saarländischen Kollegen Karsten Steinbrink nahm er die Sorgen von Reuter durchaus ernst.

Zum einen meinte er, seine Vorgesetzte gut genug zu kennen, um zu wissen, dass es nicht ihre Art war, nach einer Auseinandersetzung keine Reaktion mehr zu zeigen, zum anderen hatte sie ihn gestern Abend auch nicht mehr zurückgerufen.

Nun hätte er unter anderen Umständen vermutet, dass sie gut mit ihrer Liebschaft beschäftigt war und sich die Arbeit aus Bayreuth fernhalten wollte. Doch nach Reuters Anruf sah er das anders.

Er überlegte, ob er Willbrandt informieren sollte oder ob er lieber erst mit diesem Kommissar Steinbrink Kontakt aufnehmen und ihm ins Gewissen reden sollte.

Breuer entschied sich für Letzteres.

***

Pfarrer Johan Kunze stand vor seinem kleinen Häuschen neben der steinernen Bank, auf der ein Körbchen mit Geranien stand, und wartete, dass Dackel Arno sein Geschäft erledigte. Wie üblich schnüffelte der Hund hier und da und ließ sich alle Zeit der Welt. Die Sonne schien, der Tag war warm, und der Rosenbusch, der an der Regenrinne des alten Pfarrhäuschens emporrankte, blühte in seiner ganzen Pracht.

Es wäre besser gewesen, er hätte mit Arno einen Spaziergang gemacht, doch ihm fehlte die Ruhe. Es war jetzt gleich Mittag, und Kristina hatte ihn nicht zurückgerufen. Gut, er hatte ihr keine Nachricht auf die Mailbox gesprochen und auch keine WhatsApp-Nachricht geschickt. Aber er wusste, dass sie ihn immer zurückrief, wenn sie einen verpassten Anruf von ihm sah. Zuletzt online gewesen war sie am gestrigen Abend um siebzehn Uhr siebenunddreißig gewesen, das hatte er überprüft. Auch das war ungewöhnlich. Kristina sah oft auf ihr Handy. Eine Unterbrechung von mehreren Stunden gab es meist nur über Nacht.

Eine gewisse Hoffnung hegte er, dass sie durch die gemeinsame Zeit mit ihrer neuen Bekanntschaft schlichtweg anderweitig beschäftigt war. Und trotzdem … ihn plagte die Unruhe.

Endlich hob Arno die Hinterpfote. Ungeduldig wartete Kunze, bis der Hund fertig war. Der Dackel ließ den Lauf wieder sinken, schnupperte an dem, was er produziert hatte, und schabte dann eifrig mit den Pfoten, sodass der betagte Pfarrer von ein wenig sandiger Erde getroffen wurde, die sich am Straßenrand befand.

»Arno, aus!«, sagte er ärgerlich.

Arno hörte auf zu schaben und schüttelte sich. Seinem Herrn gönnte er keinen Blick.

»Komm, wir gehen rein. Ich ruf Tinchen noch mal an«, informierte Kunze seinen Hund. Bedächtig folgte ihm das Tier.

Es war jetzt zwölf Uhr dreißig. Kunze tippte unter dem eingespeicherten Kontakt seiner Nichte auf »Anrufen«.

Nach dem ersten Läuten sprang die Mailbox an.

Kunze wurde es ganz schwach. Natürlich, ja, vielleicht überreagierte er. Vielleicht machte er sich zu viele Sorgen. Vielleicht war alles ganz harmlos. Dennoch … er bekam es mit der Angst zu tun.

Was war das überhaupt für ein Kerl, bei dem sie war? Er hieß Philipp, das wusste er noch. Sie hatte ihn im Zuge einer Mordermittlung kennengelernt, als Gast im Tanzlokal Harmonie, in dem ein Mann erstochen worden war. Mord und Totschlag überall. Es war entsetzlich.

Soweit Kunze wusste, war der Täter noch nicht gefasst worden. Kristinas Kollege Breuer ermittelte allein, während sie im Urlaub war. Mit einem Gast, der zum bewussten Zeitpunkt … Kunze bekam ein flaues Gefühl im Magen. Im schlimmsten Fall … Es kam ja wohl nahezu jeder Gast im Harmonie als Täter in Frage, der während des Verbrechens dort gewesen war, oder? Was, wenn der Typ, auf den sie sich eingelassen hatte, derjenige war?

Kunze wurden die Knie weich. Er musste sich setzen. Aufmerksam beobachtete Arno seinen Herrn, kam zu ihm und stupste ihn gegen das Schienbein. Geistesabwesend streichelte er das Tier.

Andererseits, so versuchte Kunze sich zu beruhigen, konnte auch alles ganz harmlos sein. Möglicherweise hatte sie ihr Handy verloren? Nein, gab er sich sofort die Antwort. Dann hätte sie ihn anderweitig verständigt, damit er wusste, dass sie vorübergehend nicht erreichbar war. Wahrscheinlich hätte sie sich sogar auf die Schnelle einen Ersatz besorgt und ihn längst informiert.

Blieb die Möglichkeit, sie hatte einen Unfall gehabt. Schlimmstenfalls war sie gar nicht ansprechbar. Und dieser Philipp kam nicht auf die Idee, ihn als einzigen Angehörigen zu verständigen. Vielleicht wusste der Mann auch gar nichts von seiner Existenz, dann konnte man ihm nicht einmal einen Vorwurf machen.

Kunze rutschte auf seinem Sessel hin und her. Er musste etwas unternehmen. Er konnte nicht länger abwarten.

Vielleicht war Tinchen auch in Gefahr. Ein Frösteln durchlief ihn.

»Wuff«, machte Arno und sah zu ihm auf.

»Es ist was passiert, nicht wahr, mein Junge?«, fragte er mit rauer Stimme seinen Gefährten.

»Wuff«, machte der Hund wieder.

»Okay, du hast recht. Ich ruf Breuer an. Der ist schließlich auch bei der Polizei. Der muss sich kümmern.«

***

Kommissar Konrad Breuer saß hinter seinem Schreibtisch und dachte nach. Alle seine Sinne waren auf Alarm geschaltet, doch noch versuchte er, sachlich zu denken und zu handeln.

Punkt eins: Er erreichte seine Vorgesetzte nicht.

Punkt zwei: Dieser Reuter hatte ihn angerufen und um Unterstützung gebeten, weil Kristina Herbich abgängig und nicht erreichbar war.

Punkt drei: Ihren betagten Onkel plagten ärgste Bedenken, weil er seine Nichte ebenfalls nicht erreichte. Gleichwohl hatte der Pfarrer sich zwar hin und her gewunden, jedoch auch die Überlegung geäußert, dass der Mann, bei dem sie sich aufhielt, eventuell in ihr Verschwinden involviert war.

Durch Kunzes Anruf wusste Breuer nun sicher, dass Kristina Herbich wohl ein Techtelmechtel mit Philipp Reuter hatte.

Nun hatte Breuer für diesen Samstag eingeplant, weiter im Fall Kamitzki zu ermitteln. Der Hinweis, den ihm Susanne Gerber gestern gegeben hatte, musste noch überprüft werden. Dazu hatte er eine Adresse herausgefunden, die er am Vortag vergeblich aufgesucht hatte. Es hatte ihm niemand geöffnet. Eigentlich hatte er heute einen neuen Versuch machen wollen. Doch jetzt schien ihm etwas anderes dringlicher. Viel dringlicher. Wenn er an seine Vorgesetzte dachte, nunmehr mit dem Wissen, mit wem sie ihre Zeit verbrachte, hatte er ein ganz ungutes Gefühl.

Am liebsten hätte er sich auf den Weg ins Saarland gemacht, doch das war erstens nahezu unmöglich wegen der Entfernung und zweitens nicht sehr vielversprechend. Was hätte er vor Ort unternehmen sollen? Er hatte dort keine Befugnisse, er hätte höchstens auf eigene Faust versuchen können, Herbichs Spur aufzunehmen. Dafür hätte er seinerseits ein paar Tage Urlaub gebraucht, die Willbrandt niemals genehmigen würde. Stellte sich letzten Endes alles als harmlos heraus, bekam die Herbich sicher Ärger, wegen ihrer Liaison mit diesem Saarländer.

Breuer beschloss, Steinbrink anzurufen. Eventuell konnte er ihn von Kollege zu Kollege überzeugen, tätig zu werden. Ein Aufruf in den Medien war rasch umzusetzen und wäre schon mal ein Anfang.

Vielleicht meldete sich Kristina Herbich auch von selbst, wenn sie mitbekam, dass sie vermisst wurde. Reuter hatte einen kleinen Disput erwähnt, den sie gehabt hatten. Vielleicht wollte sie ihn im Moment einfach nicht sehen.

Breuer fegte seine letzten Gedanken beiseite. Dann hätte sie sich trotzdem sowohl bei ihm als auch bei ihrem Onkel gemeldet.

Er googelte die Telefonnummer des Präsidiums in Neunkirchen.

36

Kommissar Karsten Steinbrink brühte sich einen Kaffee. Er war hochgradig verärgert, weil er nach einem viertelstündigen Telefonat mit diesem oberfränkischen Kollegen Breuer dessen nachdrücklich vorgebrachter Bitte, eine Suchmeldung nach Kristina Herbich herauszugeben, entsprochen hatte.

Vor einer halben Stunde, in den Vierzehn-Uhr-Nachrichten, war die Meldung zum ersten Mal gekommen. Ab jetzt sollte sie stündlich durchgehen, im Fernsehen mit einem Foto verbunden.

Völlig überzogen seiner Meinung nach.

Ganz wohl war Steinbrink nicht. Nachdem die Herbich im weitesten Sinn in den Fall Laura Fromacker involviert war und er ihren Rat in Sachen Gerstner und Jakob erbeten hatte, trieb ihn die Vorstellung um, sie könnte auf eigene Faust ermittelt haben, ohne ihn zu informieren. Im schlimmsten Fall hatte sie etwas herausgefunden und sich dabei in Gefahr begeben.

Diese Befürchtung hatte ihn schließlich bewogen, Breuers Wunsch nachzugeben.

Steinbrink balancierte seinen randvollen Kaffeetopf zum Schreibtisch. Er hatte den Weg dorthin schon fast geschafft, als es klopfte. Er erschrak und verkleckerte das heiße Gebräu. Ein paar Tropfen rannen ihm über die Hand, einer traf seine cremefarbene Hose, und auf dem hellen PVC-Boden breitete sich ein braunes Pfützchen aus.

»Ja!«, fauchte er ungehalten und schob seinen Kaffeepott an den Rand des Schreibtisches.

Die Tür ging einen Spalt auf, und ein kleines Männchen, ganz in Schwarz gekleidet und mit fettigen grauen Haarsträhnen, glitt in Steinbrinks Bürostube. Gunnar Schreez. Der Reporter von dem kleinen Schmierblatt, dem Blickpunkt Sankt Wendel. Der hatte ihm gerade noch gefehlt.

»Ich hab was für dich«, nuschelte Schreez ohne Gruß, wobei er kaum die dünnen Lippen auseinanderbrachte. Um seinen faltigen Hals baumelte der Riemen seiner unvermeidlichen Kamera.

»Ach ja?« Steinbrink zerrte ein Papiertuch aus seiner Hosentasche, trocknete sich damit die Hand und wischte den Kaffeefleck vom Boden. Das Tuch war schnell durchweicht und der Boden noch immer nicht trocken. Er warf das vollgesogene Papier in den Müll und suchte vergeblich nach einem zweiten.

»Weil's vorhin im Radio kam. Jetzt schau her. Ich hab nicht viel Zeit«, nörgelte Schreez und hantierte an seiner Kamera, ohne sie vom Hals zu nehmen.

Steinbrink trat neben ihn und hielt die Luft an. Der Zwerg stank aus allen Poren nach Rauch.

»Hier.« Das Display der Kamera leuchtete auf, und ein Foto erschien. Steinbrink erkannte zwischen etlichen Leuten Kristina Herbich, die mit einem dunkelhaarigen Mann beisammenstand. Im Hintergrund glitzerte der Bostalsee, ein Teil eines Getränkeausschanks war auch auf dem Bild zu sehen.

Unten rechts standen in winzigen weißen Buchstaben das gestrige Datum sowie die Uhrzeit. 18:44 Uhr.

»Hast du gesehen?«, nuschelte Schreez und schielte zu Steinbrink.

Der nickte bedächtig.

»Mit dem isse wech. Sah aus, als wolle se spaziere gehe.«

»Ah«, machte Steinbrink. Ohne es begründen zu können, fühlte er sich gerade recht dumm.

»Hast du noch mehr Bilder?«, fragte er, nur um überhaupt etwas zu sagen.

»Keine, die dir weiterhelfen. Aber ich kann dir sagen, wie der Mann heißt. Gunter Baumann. Der macht viel Sport. Reiten und Schwimmen und so. Ich habe vor ein paar Wochen ein Interview mit ihm gemacht, weil er beim Reitverein in Dudweiler bei einem Turnier den ersten Platz gemacht hat.«

In Steinbrink brodelte der Ärger. Dass ausgerechnet Schreez eventuell nützliche Hinweise lieferte, passte ihm überhaupt nicht.

Der Reporter fummelte mit seinen knochigen Fingern, mit den vom Rauchen gelben Nägeln, an seiner Kamera und hielt Steinbrink die Speicherkarte hin. »Kannst dir das Foto runterladen, wenn du willst.«

Mit heißem Kopf und spitzen Fingern nahm er ihm die Karte ab.

Eine halbe Stunde später machte sich Steinbrink auf den Weg zu Gunter Baumann, dessen Adresse er ganz banal im Telefonverzeichnis im Internet gefunden hatte.

Baumann, der in St. Ingbert in der Innenstadt eine Altbauwohnung hatte, war nicht zu Hause. Eine Nachbarin, die sich sehr ausgiebig mit einem Putzlappen im Hausflur beschäftigte, teilte Steinbrink mit, dass Baumann gestern auf das Seefest gewollt hatte und seither nicht zurückgekommen war. Dessen war sie sicher, man würde im Haus jeden kommen und gehen hören aufgrund der hellhörigen Wände und der knarzenden alten Holzstufen.

Steinbrink überlegte, ob er Baumann in die Fahndung geben

sollte, doch das schien ihm überzogen. Stattdessen notierte er auf der Rückseite seiner Visitenkarte die dringende Bitte, ihn umgehend wegen einer Zeugenaussage zu kontaktieren.

Nur mäßig zufrieden mit sich verließ er den Altbau und machte sich auf den Rückweg ins Präsidium nach Neunkirchen.

Während der Fahrt dorthin rief er über die Freisprechanlage seinen Kollegen Breuer an, der so rasch ans Telefon ging, als hätte er den Hörer schon in der Hand gehalten.

Steinbrink brachte ihn auf den neuesten Stand der Dinge. Breuer hörte zu, ohne seine Ausführungen zu unterbrechen, bis Steinbrink fertig berichtet hatte.

»Zusammenfassend würde ich sagen, dass dieser Baumann möglicherweise der Letzte war, der Frau Herbich gesehen hat«, hörte Steinbrink die sonore Stimme seines oberfränkischen Kollegen durch die Leitung dringen. Er rollte mit den Augen, wobei er beinahe einen Radfahrer übersehen hätte. Gerade noch konnte er ausweichen.

»Wenn ich etwas vorschlagen dürfte«, fuhr Breuer fort, und Steinbrink dachte sofort, dass es, egal, was es war, nicht in Frage kam. »Wir brauchen diesen Baumann. Ich gehe nicht zwangsläufig davon aus, dass er mit dem Verschwinden von Frau Herbich etwas zu tun hat, aber eventuell kann er uns einen wertvollen Hinweis geben. Lassen Sie ihn suchen. Als Zeugen.«

»Aber ich habe doch schon –«, protestierte Steinbrink.

»Ja, auf Ihrer Visitenkarte. Aber gehen wir davon aus, dass Baumann ein paar Tage nicht nach Hause kommt, warum auch immer. Es geht im schlimmsten Fall kostbare Zeit verloren.«

Steinbrink musste an einer roten Ampel halten. Er massierte sich mit der rechten Hand die Schläfe. Noch eine Suchmeldung! Außerdem kam er sich vor wie ein Befehlsempfänger. Nun hatte dieser Breuer schon dafür gesorgt, dass er nach der Herbich suchen ließ, und prompt tauchte der kauzige Schreez auf und wusste etwas. Jetzt sollte er auch noch mit Hilfe der Öffentlichkeit Baumann ausfindig machen. Wer war er denn, dass er sich von einem Kollegen am anderen Ende von Deutschland Anweisungen geben ließ?

»Herr Steinbrink?«, hörte er Breuers Stimme.

Der Typ sprach perfektes Hochdeutsch und klang, als würde er nur in Anzug und Krawatte herumlaufen und hätte mindestens einen Doktortitel. Außerdem war er sicher sportlich, schlank und durchtrainiert und elegant gekleidet. Steinbrink sah auf seinen Bauch, der sich unter dem Hemd und über dem Hosenbund wölbte.

»Aba nur, weil's um Ihr Kollächin geht«, maulte er und beschloss, den Stenzen so rasch nicht mehr anzurufen. Gut, dass Oberfranken so weit weg war. Ansonsten hätte er den Klugscheißer wahrscheinlich schon in seinem Büro sitzen gehabt.

37

Gonnesweiler, Saarland

Die Nachmittagssonne schickte ihre Strahlen ins Zimmer und blendete auf dem Bildschirm des Fernsehers.

Anneliese Grumbich wollte die Nachrichten ansehen. Es war noch ein wenig Zeit, bis der Junge kam. Um sechzehn Uhr, hatte er gesagt.

Vielleicht gab es Neuigkeiten zu der Toten am See. In der Zeitung hatte ja so dies und das gestanden, unter anderem, dass die junge Frau als Anhalterin unterwegs gewesen war. Sehr unvernünftig. Man wusste doch, wie gefährlich es war, zu Fremden ins Auto zu steigen.

Der Junge hatte sie neulich tatsächlich zurückgerufen, nachdem sie es ihrerseits probiert, ihn aber nicht erreicht hatte. Sie hatte ihm eine Nachricht auf Band gesprochen. Er sollte nur nicht denken, dass sie erschrocken auflegte, wenn sich statt ihm selbst der Anrufbeantworter meldete.

Leider hatte er ihr auch nicht viel zu dem entsetzlichen Vorkommnis sagen können. Aber er hatte ihr versprochen, sie anlässlich des Seefestes am heutigen Sonntag abzuholen und mit ihr ein paar Stunden zu verbringen.

Das Foto einer Frau erschien auf dem Bildschirm. Sie hatte kinnlanges braunes Haar, ein rundes Gesicht und mochte etwa vierzig Jahre alt sein.

»Und hier eine Suchmeldung der Polizei. Seit gestern Abend wird die oberfränkische Kriminalhauptkommissarin Kristina Herbich vermisst. Herbich verbringt einige Tage Urlaub im Saarland. Zuletzt gesehen wurde sie in Begleitung eines bisher unbekannten Mannes gestern Abend gegen achtzehn Uhr fünfundvierzig auf dem Seefest am Bostalsee. Herbich konnte zum Fall der vor wenigen Tagen am See tot aufgefundenen Laura Fromacker der Polizei den Hinweis geben, dass das Mädchen als Anhalterin unterwegs war. Die Polizei schließt ein Gewaltverbrechen nicht aus. Sachdienliche Hinweise bitte an die Polizeidienststelle in Neunkirchen oder jede andere polizeiliche Dienststelle. Und nun zum Wetter …«

Anneliese schaltete den Fernseher aus. Sie war beunruhigt. Zeit ihres Lebens war im Saarland nicht viel passiert, zumindest soweit sie sich erinnern konnte. Vielleicht hatte sie es ja auch nur nicht mitbekommen, wer hatte denn schon Zeit, ständig vor dem Fernseher zu sitzen, und die Tageszeitung hatte sie früher nicht gelesen – irgendworan musste man schließlich sparen.

Sicher war jedenfalls, bisher war die Region um den Bostalsee eine beschauliche Gegend gewesen. Was in ihrem direkten Umfeld passierte, das hatte sie noch immer mitbekommen. Und jetzt? Mord und Totschlag überall. Na gut, was mit der Kommissarin war, wusste man noch nicht. Allerweil war sie verschwunden. Wer verschwand denn schon in seinem Urlaub freiwillig?

Anneliese stützte sich auf ihren Stock, stand auf und ging zum Fenster. Der See glitzerte in der Sonne und rundum herrschte, soweit sie sehen konnte, fröhliches Treiben. Dafür brauchte sie nicht einmal ihr Fernglas.

Dennoch. Sicherheit ging vor.

Sie würde dem Jungen sagen, dass sie nicht mehr auf das Fest wollte. Stattdessen sollte er mit ihr nach Sankt Wendel fahren, in die Stadt. Da war sie auch schon lange nicht mehr gewesen.

38

Gunter Baumanns Gesicht war hochrot. Er saß auf dem Besucherstuhl neben Steinbrinks staubigem Schreibtisch. Er trug ein durchgeschwitztes T-Shirt, eine kurze Hose und Sportschuhe.

»Verdammt! Nun nehmen Sie mir endlich die Handschellen ab. Ich hab nix verbrochen«, regte er sich auf.

Steinbrink gab der jungen Polizistin, die abwartend hinter Baumanns Stuhl stand, ein Zeichen.

Ungehalten massierte sich Baumann die Handgelenke, nachdem er endlich von seiner Fessel befreit war.

»Das hat Konsequenzen, Kommissar!«, empörte sich Baumann und ließ die korrekte Anrede weg.

Steinbrink beugte sich vor. »Bevor wir von Konsequenzen für mich reden, möchte ich wissen, was Sie gestern Abend gemacht haben. Sagen wir, ab achtzehn Uhr.«

»Das geht Sie überhaupt nichts an. Oder brauche ich für irgendwas ein Alibi? Dann will ich erst wissen, was Sie mir vorwerfen.«

Steinbrink musterte den Sportler, wie er hoffte, furchteinflößend. Baumann erwiderte den Blick unbeeindruckt.

»Sagt Ihnen der Name Kristina Herbich etwas?«

»Nein. Wer soll das sein?«

Steinbrink schob ihm das Foto, mit dem nach Kristina gesucht wurde, über den Tisch.

»Hier. Schon mal gesehen?«

»Ach ja, klar. Das ist die Freundin von Reuter.«

»Gut. Wann und wo haben Sie sie zuletzt gesehen?«, fuhr Steinbrink fort und ließ Baumann nicht aus den Augen. Entweder er hatte nichts zu verbergen, oder er war ein schlauer Hund. Nervös war er jedenfalls nicht, aber wütend.

Kein Wunder, hatten ihn doch zwei Kollegen von der Streife quasi vor dem Altbau, in dem er seine Wohnung hatte, verhaftet. Dabei war von Verhaftung gar keine Rede gewesen. Er musste später mit den Einsatzkräften reden. Hier war jemand übereifrig gewesen. Die Bitte mitzukommen hätte völlig gereicht.

»Gestern Abend. Am Seefest«, erwiderte Baumann knapp.

»Wie lange? Was haben Sie mit ihr gemacht?«

»Ich habe überhaupt nichts ›mit ihr gemacht‹!«, regte Baumann sich auf. »Wir haben ein paar Worte gewechselt und sind dann ein Stück am See spazieren gegangen. Ich hatte den Eindruck, sie wusste nicht recht, wohin mit sich. Reuter war nicht bei ihr, und meine Frage, wo er steckt, hat sie nicht beantwortet. Was weiß ich, vielleicht hatten die beiden Stress.«

»Sie sind also spazieren gegangen. Wie lange?«, erkundigte sich Steinbrink.

»Nicht lange. Ungefähr eine Viertelstunde. Dann habe ich einen Anruf bekommen. Es hat mir leidgetan für die Frau, ich musste sie quasi stehen lassen.«

»Warum?«

»Warum was?«

»Warum mussten Sie sie stehen lassen?«

»Das kann ich Ihnen nicht sagen«, erwiderte Baumann.

Steinbrink schüttelte den Kopf. »Hören Sie, Frau Herbich ist verschwunden. Mehrere Personen aus ihrem engsten Umfeld haben unabhängig voneinander ausgesagt, dass sie seit gestern Abend, etwa ab achtzehn Uhr, kein Lebenszeichen mehr von ihr bekommen haben, was wohl sehr ungewöhnlich ist. Vielleicht hatte sie einen Unfall, vielleicht hat ihr jemand etwas angetan. Eventuell derjenige, der zuletzt mit ihr zusammen, ähm, gesehen wurde.«

»Eine bodenlose Unterstellung«, unterbrach Baumann ihn aufgebracht. »Okay. Unter diesen Umständen sage ich Ihnen, wo ich war. Um Diskretion brauche ich wohl nicht bitten, Sie haben meinen Ruf wahrscheinlich ohnehin schon gewaltig geschädigt, mit der Aktion vor meinem Haus.«

Steinbrink verschluckte eine Antwort.

»Ich arbeite für die Anonymen Alkoholiker. Während ich mit Philipps Freundin ein paar Schritte gegangen bin, habe ich einen Anruf bekommen, ob ich während einer Gruppensitzung für einen Kollegen einspringen kann, der krank geworden ist. Ich habe zugesagt. Deswegen musste ich umgehend weg.« Baumanns Miene war unbewegt.

»Sie arbeiten für die Anonymen Alkoholiker?«, vergewisserte sich Steinbrink stirnrunzelnd und musterte den sportlichen, gesund aussehenden Mann.

»Ja«, antwortete dieser kurz angebunden.

»Das heißt, Sie sind selbst …?« Misstrauisch betrachtete der Kommissar sein Gegenüber.

»Ja. Ich bin seit zehn Jahren trocken.«

»Okay.« Steinbrink war derart frustriert, dass er nicht in der Lage war, dies zu verbergen. Gleichzeitig überlegte er, das Alibi zu überprüfen. Andererseits war noch längst nicht sicher, dass Kristina Herbich einem Verbrechen zum Opfer gefallen war. Und wo kein Verbrechen stattgefunden hatte, war auch kein Alibi nötig.

»Okay«, wiederholte er. »Sie können gehen, halten sich aber bitte zur Verfügung.«

Baumann nickte nur. Er erhob sich und verließ, in sehr gerader Haltung, grußlos den Raum.

39

Der Schweiß lief ihr in Strömen über den Rücken, vom Haaransatz ins Gesicht und unter den Armen hervor.

Kristina kauerte auf Knien am Boden und versuchte verzweifelt und mit aller ihr zur Verfügung stehenden Energie, die

Handfesseln an einer rostigen Kante an dem Metallregal aufzuscheuern. Anfangs hatte sie schreckliche Angst gehabt, das Regal würde bei ihren Bemühungen umstürzen, auf sie drauffallen, sie erschlagen oder schwer verletzen. Und überhaupt würde es einen Höllenlärm geben, wenn es kippte, egal, ob sie ausweichen konnte oder nicht.

War der Kerl irgendwo in der Nähe, würde er es hören und wiederkommen und keine Gnade walten lassen.

Der unebene, raue Boden, den sie mittlerweile als dilettantisch verputzten Estrich erkannt hatte, drückte schmerzhaft in ihre Knie.

Verbissen scheuerte sie weiter. Mehrfach war sie bei ihrer Aktion schon abgerutscht und hatte sich an dem rostigen Eisen die Haut aufgeschürft. Blut lief ihr über die Hand. Doch über diese Blessuren konnte sie sich jetzt keine Gedanken machen. Plötzlich ging ein Ruck durch die Schnur. Im ersten Moment glaubte sie, sich getäuscht zu haben, doch dann sah sie, dass sie es tatsächlich geschafft hatte. Das Paketband war durch. Dennoch brauchte sie unverhältnismäßig lange, bis sie ihre Handgelenke ganz befreit hatte.

Es prickelte und stach in ihren Händen, als die Blutzufuhr sich wieder normalisierte. Wie betäubt hockte Kristina am Boden und versuchte die Finger zu bewegen, um auch die Fußfesseln lösen zu können. Hoffentlich ließ sich der Kerl noch Zeit. Sie musste diesen elenden Rucksack durchsuchen. Vielleicht fand sie etwas, womit sie sich gegen ihn zur Wehr setzen konnte. Es musste schnell gehen, wenn er wiederkam. Er durfte keine Zeit zum Nachdenken haben, er durfte nicht einmal erfassen, dass sie ihre Fesseln gelöst hatte. Er war ein Monster. Ein Monster hinter einer schönen Fassade, von der sich sicher viele Frauen blenden ließen. Mindestens eine Frau hatte das das Leben gekostet. Laura Fromacker, deren Ausweis sie in dem schwarzen Rucksack gefunden hatte.

Mittlerweile glaubte sie sogar, das Gepäckstück wiederzuerkennen.

Kristina hatte die Paketschnur von ihren Fußgelenken entfernt. Sie kroch zu dem Rucksack und öffnete ihn. Es war nicht leicht. Nach wie vor wollten ihre Hände noch nicht richtig funktionieren.

Es drängte sie, den Inhalt des Tornisters auf den Boden zu kippen und eilig zu durchsuchen. Doch im Fall des Falles würde es ihr nicht gelingen, alles zurückzustopfen, sodass der Kerl sofort bemerken würde, dass sie nicht länger gefesselt war. Das Licht! Sie musste das Licht ausmachen, ehe er kam.

Für einen Augenblick packte sie die Hysterie. Sie würde es nicht schaffen, ihn zu überwältigen. Da nützten ihr weder ihre Ausbildung etwas noch ihr gesunder Menschenverstand. Sie war in nackter Panik.

Ganz ruhig. Sie musste messerscharf denken und handeln. Einen hysterischen Zusammenbruch konnte sie später bekommen. Später, wenn sie diesen Sadisten bezwungen hatte.

Kristina ertastete eine Spraydose im Inneren des Rucksacks und zog sie heraus. Es handelte sich um ein Deo in Handtaschengröße. Dem Gewicht nach zu urteilen mochte es noch nicht oft verwendet worden sein.

Den Hauch einer Chance sah sie.

Sie musste schnell sein. Wenn sie sich neben der Tür an die Wand drückte, natürlich im Dunkeln, und sofort in die Richtung sprühte, in der sie sein Gesicht vermutete, konnte es funktionieren.

Eine Brille, die seine Augen schützen konnte, trug er nicht.

Dennoch, es war ein Risiko. Ein richtig großes Risiko. Wenn sie Pech hatte und nur seinen Hals erwischte oder er sein Gesicht abwandte oder auch das Deo nicht den gewünschten Zweck erfüllte, war sie verloren.

Wenn er derjenige war, der die junge Anhalterin so grausam zugerichtet hatte, und davon ging sie aus, würde er kein Erbarmen kennen.

Andererseits war sie sowieso verloren.

Ihr Blick fiel auf den Metalldeckel mit dem Eisenring und saugte sich an dem winzigen roten Faden fest, der am Rand hing. Auf allen vieren kroch sie zu der Stelle und betrachtete, was ihre Aufmerksamkeit auf sich gezogen hatte. Es war kein Faden. Es war ein winziges Stück Stoff. Mit spitzen Fingern berührte sie es. Der Stoff klemmte unter dem Deckel. Sie zog daran, doch das Gewebe saß fest. Noch einmal, diesmal unter Zuhilfenahme ihrer Fingernägel, zerrte sie daran. Es gab ein ratschendes Geräusch, und plötzlich hielt sie einen schmalen Streifen Stoff zwischen den Fingern. Er war an dem Teil, welcher unter dem Deckel geklemmt hatte, feucht und braunschwarz verfärbt. Gleichzeitig stieg ihr ein nur allzu bekannter, unerträglicher Geruch in die Nase. Panisch ließ sie den Fetzen fallen, und gleichzeitig überfiel sie pure Hysterie. Unter diesem Deckel lag etwas, und dieses Etwas war dabei, zu verwesen. Sie würgte und war kurz davor, sich zu übergeben. Rückwärts, und noch immer auf den Knien, entfernte sie sich von dem Metalldeckel. Ihre Füße stießen an die Wand neben der Tür, ihre Hände waren schweißnass.

In dem Moment hörte sie Schritte. Ihr Herz raste, ihre Hände bebten, ihre Beine verweigerten ihr den Dienst. Sie schaffte es nicht, aufzustehen.

Die Schritte verhielten, entfernten sich wieder. Sie keuchte, stemmte sich mit eiserner Willenskraft vom Boden hoch. Das Deo hielt sie fest umklammert. Sie presste sich neben der Tür an die Wand, die Hand auf die Höhe erhoben, von der sie hoffte, es wäre die richtige, um seine Augen zu treffen. Mit der freien Hand löschte sie das Licht. Die Panik drückte ihr die Luft ab. Wenn sie jetzt kollabierte, würde sie im besten Fall gar nicht mehr mitbekommen, wenn er sie tötete.

Aber dann würde sie nie erfahren, was genau Laura Fromacker zugestoßen war.

Die Schritte des Mannes kamen wieder. Gleichmäßig, ohne Eile, entspannt. Der Lichtschimmer erschien unter der Tür. In Kristinas Ohren rauschte das Blut. Sie war nicht groß genug. Traf sie tatsächlich seine Augen, so war es Zufall. Und wenn nicht …

Der Mann blieb vor der Tür stehen. Es war keine Zeit mehr zum Nachdenken. Der Schlüssel drehte sich im Schloss, und die

Tür ging auf. Im trüben Licht erschien die große Gestalt ihres Entführers.

Kristina reckte sich in die Höhe und drückte mit aller Kraft auf den Druckknopf, spürte den weichen Widerstand seines Gesichtes und hörte den Mann aufschreien. Er griff nach ihr, grob packten seine Hände zu. Kristina wehrte sich nicht. Sie brauchte all ihre Kraft zum Sprühen. Sie fühlte seine Nase, seine Wange und etwas Feuchtes an ihren Fingern, und der inzwischen beißende Geruch des Deodorants stieg ihr in die Nase, brannte auch in ihren Augen und löste einen heftigen Hustenreiz aus.

Der Mann brüllte wie ein Tier, ließ sie los, wand sich und ging vor ihr in die Knie. Die Flasche war leer. Es kam nur noch Luft, das war zu hören. Kristina ließ das Deo fallen, wollte aus dem Keller rennen, stolperte über die Beine des Entführers und fiel der Länge nach hin. Hart prallte ihr Kinn auf dem Boden auf. Sie rappelte sich hoch, schlug die Tür zum Keller zu und drehte den Schlüssel um. Einer plötzlichen Eingebung folgend, zog sie ihn aus dem Schloss, ehe sie den schmalen Gang entlangrannte, der zu einer Treppe führte.

Die Schreie des Entführers verfolgten sie.

Die Stufen waren ausgetreten, das Geländer an der Wand wackelte. Erneut stolperte sie, fing sich aber wieder und jagte weiter nach oben.

Am Ende der Treppe befand sich die nächste Tür. Kristina stieß sie auf und stand in einem engen düsteren Flur, von dem mehrere Räume abgingen. Über einer Tür war ein Glaseinsatz. Sie vermutete, diese führte nach draußen.

40

Kristina taumelte ins Freie. Es war Nacht, und es war warm. Eine silberne Mondsichel stand am sternenklaren Himmel, der durch die Wipfel unzähliger Bäume schien. Aus weiter Ferne hörte sie Musik. Kam diese vom Seefest? War überhaupt noch Seefest? Sie hatte keinerlei Zeitgefühl mehr, wusste weder, wie spät es war, noch, wie lange sie eingesperrt gewesen war. Einen Tag, eine Nacht? Oder viel länger? Oder nur wenige Stunden?

Sie versuchte sich zu orientieren, doch das Mondlicht drang nur spärlich bis zum Boden. Das Haus, aus dem sie geflohen war, erinnerte sie an eine Hütte, vermutlich nicht in bestem Zustand. Sie erkannte einen schief hängenden Fensterladen, und durch eine Scheibe zog sich ein Sprung.

Wo war ihre Tasche? Sie hätte ihr Handy gebraucht, um Hilfe zu holen.

Breuer, Philipp, Steinbrink. Sie musste jemanden anrufen. In ihrer Brust stach es, ihr Körper war bedeckt von kaltem Schweiß, sie fror und schwitzte gleichzeitig. Ihre wund gescheuerten Hände brannten. Sie musste hier weg, ehe es dem Kerl gelang, irgendwie aus dem Keller zu kommen.

Sie stolperte voran, blindlings, sah keinen Weg vor sich und zitterte so, dass ihre Beine mehrfach einknickten. Sie musste der Musik folgen. Wurde sie lauter, war sie bald gerettet. Am See gab es ein Fest mit vielen Menschen. Irgendwer würde ihr helfen.

Kristina taumelte vorwärts.

»Hilmar!«, kreischte eine Frauenstimme. »Guck e mol! Da liegt ewwer äne!«

Schrill, beinahe schmerzhaft drangen die Worte in ihre Ohren.

Ihr war schwindelig und entsetzlich kalt. Etwas Feuchtes, Kühles drückte sich an ihre Hand, schnupperte und leckte an ihr. Ein Hund.

»Hilmar!«

»Ei jo, i kumm«, antwortete ein Mann, hörbar ohne Eile.

»Guck e mol, was de Waldi gfunne had!«, hörte sie die aufgeregte Frauenstimme.

Waldis Schnauze entfernte sich. Offenbar hatte die Frau ihn zurückgezogen.

»Um Goddes wille! Des muss de Frau sei, di wo im Fernsähe gsucht worde isch. Mer müsse de Polizei rufe unne Doktor.« Nun schien der Mann doch aufgeschreckt. Kristina versuchte, einen stummen Dank zum Himmel zu schicken. Warme Finger berührten ihren Hals.

»Puls hat se no«, sagte der Mann, der wahrscheinlich Hilmar war.

Kristina konnte die Augen nicht öffnen, stattdessen schien die Dunkelheit um sie zuzunehmen, und sämtliche Geräusche entfernten sich, als würde sie in einer dicken Schicht Watte versinken.

Das Nächste, was sie spürte, war ein Einstich in der linken Armbeuge.

»Sie wacht auf«, sagte eine Frau.

Kristina blinzelte. Das Licht einer Taschenlampe blendete sie.

»Hallo? Verstehen Sie mich?«, fragte die Frau.

Kristina zwang sich zu einem Nicken. Ob es sichtbar gewesen war, wusste sie nicht.

»Ich bin Dr. Künzel. Haben Sie Schmerzen? Können Sie mir sagen, was passiert ist?«

»Ich bin Kristina Herbich«, würgte Kristina hervor. »Ich bin entführt worden. Ich muss Kommissar Steinbrink sprechen. Sofort!«

41

Steinbrink stand vor den offenen Flügeltüren eines Rettungswagens und massierte sich den Nacken.

Im Wagen saß Kristina Herbich mit einer Decke um die Schultern. Sie hatte eine Spritze bekommen und nippte an einem heißen Tee.

Außer ihr waren die Ärztin, zwei Sanitäter, sein Kollege

Forster und diverse Polizeibeamte vor Ort. Eine Tatortlampe leuchtete den Platz aus, an dem die oberfränkische Kollegin gefunden worden war.

Auch das ältere Ehepaar, das seinen Mischlingshund Waldi zu nachtschlafender Stunde Gassi geführt hatte, war noch da.

Am Horizont zeigte sich ein schmaler Streifen Tageslicht. Steinbrink überlegte, wie er jetzt weitermachen sollte.

»Ich bin sicher, dass der Kerl Laura Fromacker auf dem Gewissen hat und vielleicht auch noch mehr Mädchen. Eventuell ist er derjenige, den Sie schon die ganze Zeit suchen«, unterbrach Kristina Herbich seine Gedanken. Sie redete schnell. »In dem Keller hat sich nicht nur ihr Rucksack befunden, sondern da war auch noch so ein Metalldeckel.«

Steinbrink erfuhr von dem widerlich stinkenden Streifen Stoff, der vermuten ließ, dass sich in dem Schacht unter dem Deckel etwas Grauenhaftes befand.

»Wir müssen diese Hütte finden, und zwar umgehend. Nicht dass es ihm gelingt, sich zu befreien«, sprach die Kommissarin weiter.

Verärgert trat Steinbrink von einem Fuß auf den anderen. Einerseits war er froh, die Kollegin halbwegs wohlauf zu sehen, andererseits hatte er das Gefühl, ihm würden von ihr sämtliche Geschicke aus der Hand genommen. Er fungierte gerade nicht mehr als eigenständiger Kommissar, sondern als ihr Weisungsempfänger. Dieses Empfinden hatte ihm schon ihr Kollege Breuer vermittelt.

Waren die Oberfranken alle so autoritär? Zu gern hätte er die Herbich energisch darauf hingewiesen, dass er durchaus allein entscheiden konnte, was zu tun war, und sämtliche Vorgehensweisen in seiner Hand lagen. Indessen … Wie stand er da, wenn er wie ein trotziger Schuljunge bei den Ermittlungen in die entgegensetzte und damit verkehrte Richtung rannte, nur um sich von ihr nichts sagen zu lassen?

Sie hatte natürlich recht. Sie mussten die Hütte finden. Gut möglich, sie lieferte ihm eben einen lang gesuchten perfiden Täter und seine Opfer dazu.

»Sie ist hier in der Gegend, im Wald. Ich weiß nicht, von woher ich gekommen bin, aber anfangs habe ich noch die Musik vom Seefest gehört«, fuhr sie fort.

»Ich habe schon ein paar Einsatzkräfte geordert. Die schicke ich los, sowie sie hier sind«, antwortete Steinbrink widerwillig und straffte die Schultern.

Kristina Herbich fasste in ihre Hosentasche und zog einen Schlüssel hervor, den sie mitgenommen hatte.

»Hier. Das ist der Schlüssel zu dem Keller, in dem ich eingesperrt war und in dem der Kerl hoffentlich noch liegt.«

Steinbrinks Sprechfunkgerät rauschte und gab ein Signal von sich. Er zog es aus der Gürtelschlaufe.

»Ja?«, sprach er energisch in das Mikrofon und trat gleichzeitig ein paar Schritte zur Seite. Nach einem kurzen Wortwechsel hängte er das Funkgerät wieder in seinen Gürtel.

»Ein Suchtrupp ist unterwegs«, informierte er sie.

Kristina Herbich nickte nur.

Steinbrink sehnte sich nach einem Kaffee und einem Kaffeestückchen. Ganz langsam wurde es hell. Die Oberfläche des Bostalsees schimmerte im anbrechenden Tageslicht.

Zwanzig Minuten später trat Forster zu ihm und nuschelte ihm etwas ins Ohr. Steinbrink nickte und wandte sich Kristina Herbich zu.

»Die Kollegen haben eine Hütte gefunden, die zu Ihrer Beschreibung passt«, informierte er sie. »Sehen Sie sich in der Lage, uns zu begleiten?«

Sei es drum. Letzten Endes waren es trotzdem seine Ermittlungen. *Er* würde den Täter verhaften, nicht die couragierte Oberfränkin.

»Natürlich.« Sie stellte den Teebecher auf den Boden des Rettungswagens und streifte die Decke von den Schultern.

***

Eine Viertelstunde später standen sie vor der Hütte. Inzwischen war es hell geworden. Seit der Spritze, die ihr die Ärztin gegeben hatte, und dem Tee waren Kristinas Kopfschmerzen besser. Der Morgen war warm, und erste Sonnenstrahlen drängten durch die Zweige der Bäume.

Sie erkannte das zersprungene Fenster und den schief hängenden Fensterladen.

Wie sie nun sehen konnte, handelte sich bei der Stätte ihrer Gefangenschaft um ein altes Blockbohlenhaus, an dem überall der Zerfall nagte. Die hölzerne Fassade musste dringend gestrichen werden, ein paar Dachziegel fehlten, und die Regenrinne hing verbogen herunter. Durch einen geschotterten Vorplatz wuchsen Gräser und Unkraut.

»Das ist sie«, beantwortete Kristina Steinbrinks Frage, ob sie hier richtig waren. Erstaunlicherweise hatte sie keinerlei Furcht, stattdessen stieg Wut in ihr auf. Sie wollte diesem Schwein, das sie hier festgehalten hatte, ins Gesicht sehen.

Sie wollte wissen, wer oder was in dem Schacht im Keller verweste. Sie wollte wissen, ob er derjenige war, der Laura Fromacker misshandelt und getötet hatte. Es konnte keine andere Erklärung geben, nachdem sie ihren Rucksack in der Tiefe dieses Hauses gefunden hatte.

»Sichern!«, befahl Steinbrink in scharfem Ton seinen Leuten. »Ich geh rein. Forster, Sie kommen mit.«

In Sekundenschnelle leistete die Mannschaft des Kommissars seinen Anweisungen Folge.

Kristina beobachtete die Aktion. Sie selbst hatte schon einige derartige Einsätze geleitet. Zwar war sie erschöpft und mittlerweile sogar hungrig, doch sie hatte auch genug Adrenalin im Blut, um diese Bedürfnisse und Empfindungen hintenanzustellen.

Steinbrink erschien unter der Hüttentür, seine Gesichtsfarbe war grau.

Zwei bewaffnete Polizeibeamte bugsierten einen Mann in Handschellen vor sich her.

Steinbrink trat zu Kristina.

»Wir haben ihn«, erklärte er überflüssigerweise. »Jetzt müssen wir nur noch wissen, wer er ist.«

»Er heißt Magnus Schleyer«, klärte Kristina ihn auf. »Ich kenne ihn flüchtig vom, ähm … Tanzen.«

Steinbrink warf ihr einen irritierten Blick zu.

Schleyers Augen waren blutunterlaufen und zugeschwollen, wahrscheinlich sah er kaum etwas. Sein Gesicht war aufgequollen und gerötet, das ehemals weiße Hemd und die elegante teure Jeans schmutzig und zerknittert.

Durch schmale Augenschlitze sah er Kristina hasserfüllt an. »Miese kleine Bullenschlampe!«, zischte er.

Sie erwiderte den Blick unverwandt. Sie spürte keine Angst, nur unbeschreibliche Wut.

»Bringt ihn aufs Revier«, sagte Steinbrink zu einem der Beamten. »Ich will ihn heute noch vernehmen.«

Nachdem Schleyer abgeführt worden war, wandte sich der Kommissar an Kristina. »Wir haben in dem Schacht im Keller zwei stark verweste Leichen gefunden. Der Kleidung nach zu urteilen weibliche Leichen. Kann sein, Schleyer ist unser Mann.«

Kristina nickte nur. Eine Polizeibeamtin näherte sich ihnen. Sie hatte eine kleine rote Handtasche bei sich.

»Gehört die Ihnen?«, fragte sie. Kristina nickte.

»Wir haben sie in einem zweiten Kellerraum gefunden, zusammen mit einer kleinen Reisetasche, in der sich der Schülerausweis einer Sophia Jakob befunden hat«, sagte die Frau.

Kristina merkte, dass die Anspannung von ihr wich und nun die Erschöpfung überhandnahm. Beinahe wären ihr die Beine eingeknickt. Steinbrink packte sie gerade noch am Arm.

»Sie sollten sich jetzt ausruhen, Frau Herbich«, sagte er. »Wir machen morgen ein Protokoll und nehmen Ihre Aussage auf. Sagen wir, um zehn Uhr im Präsidium?«

Wieder nickte sie.

»Eine Kollegin bringt Sie nach Hause. Äh, ich meine, sollen wir vielleicht Herrn Reuter für Sie verständigen?«, schlug Steinbrink vor.

»Nein, vielen Dank. Ich wohne im Landhotel Mörsdorf. Bitte bringen Sie mich dorthin.«

»Wie Sie meinen.«

Steinbrink sah aus, als plagte ihn die Neugier. Er stellte jedoch keine weiteren Fragen.

42

Kristina saß Steinbrink in seinem kleinen, mit Akten und Papierstapeln vollgestopften Büro gegenüber.

Sie hatte geduscht, gegessen und geschlafen und fühlte sich nun relativ fit. Ehe sie am gestrigen Tag in ihr Hotelbett gekrochen war, hatte sie ihren Onkel Johan angerufen und ihm erzählt, was passiert war. Der alte Pfarrer war schwer bestürzt gewesen und hatte sofort ins Saarland reisen wollen. Kristina hatte viel Überzeugungskraft gebraucht, um ihn davon abzuhalten.

Anschließend hatte sie mit Breuer telefoniert, der gleichfalls heilfroh war, sie gesund und munter zu hören. Über den Fall Kamitzki sprachen sie nicht, und Kristina war für den Augenblick froh drum. Sie hatte das Gefühl, sie würde Breuer nicht zuhören können, so erschöpft war sie.

Als Letztes hatte sie Philipp angerufen. In wenigen Sätzen hatte sie ihm berichtet, was geschehen war. Philipp war fassungslos gewesen, als er gehört hatte, dass Schleyer ein perfider, eiskalter Mörder und Entführer war. Auch er hatte Kristina umgehend aufsuchen und aus dem Landhotel abholen wollen. Sie hatte abgelehnt. Sie wollte nur noch allein sein.

Steinbrink bot ihr etwas zu trinken an.

»Nein, vielen Dank«, hatte sie auch dieses Angebot zurückgewiesen.

»Gut, Frau Herbich. Wir konnten ermitteln, dass Sie Gunter Baumann auf dem Seefest getroffen haben und mit ihm spazieren gegangen sind. Baumann sagt, er hätte einen Anruf bekommen und musste sich zeitnah von Ihnen verabschieden. Was er übrigens sehr bedauert hat. Können Sie das bestätigen?«

»Ja, das ist richtig«, antwortete Kristina und dachte, dass ein Glas Wasser vielleicht doch gut gewesen wäre.

»Erzählen Sie bitte, wie es zu Ihrer Entführung kam«, bat Steinbrink.

»Gunter Baumann war erst ein paar Minuten weg, da kam Magnus Schleyer auf mich zu und hat mich in ein Gespräch verwickelt«, berichtete Kristina, die in ihrer Erinnerung den Moment wieder vor sich sah. Schleyer hatte umwerfend gut ausgesehen und sie strahlend angelächelt.

***

»Kristina! Wie schön, dich zu sehen. Geht es dir gut? Wo ist Philipp?«

Sie hatte die Frage nach Philipp satt und bedauerte inzwischen, überhaupt an den See gefahren zu sein.

»Hallo, Magnus«, antwortete sie und erwiderte sein Lächeln. »Ja, es geht mir gut. Danke. Und dir?«

»Auch. Schon gleich jetzt, wo ich dich sehe. Aber hier ist es mir zu laut und zu sonnig. Was hältst du davon, wenn wir uns ein schattiges Plätzchen suchen? Oder wartet Philipp auf dich?«

»Nein, er wartet nicht auf mich. Wenn ich ehrlich bin, hatten wir eine kleine Auseinandersetzung.«

Warum sollte sie Philipps Bekanntem nicht die Wahrheit sagen? Ärger gab es überall.

»Oh, das tut mir leid. Weißt du was?« Er machte eine halbe Drehung, deutete nach hinten, und sie sah, dass er einen kleinen Rucksack auf dem Rücken trug. »Mir ist das Zeug hier auf dem Fest zu teuer. Deswegen habe ich mir ein paar Kleinigkeiten mitgebracht. Ein bisschen Wein, ein paar Kräcker und so weiter. Ich teile gern mit dir. Wenn du magst, erzählst du mir von eurer Auseinandersetzung. Wenn nicht, plaudern wir so ein wenig. Was hältst du davon?«

Ihr war nicht nach Wein und Plaudereien. Aber außer sich weiterhin allein am See herumzudrücken und die nächsten Be-

kannten von Philipp zu treffen, denen auffiel, dass sie ohne ihn hier war, wusste sie auch nichts mit sich anzufangen.

»Okay«, erwiderte sie.

Schleyer lachte auf und streichelte rasch ihren Arm. »Wie charmant. Das hört sich an, als hättest du nicht die geringste Lust dazu.«

Kristina rang sich ein Grinsen ab. »Entschuldige. So ist es nicht. Ich habe mich nur über Philipp geärgert, und gleichzeitig frage ich mich, ob ich überreagiert habe. Egal. Lass uns gehen.«

Schleyer lief mit ihr ein Stück am Wasser entlang und nahm schließlich einen schmalen Pfad, der seitlich in ein Waldstück führte.

»Wo genau kommst du her?«, erkundigte er sich.

»Aus Bayreuth«, erwiderte sie einsilbig und ärgerte sich plötzlich, mit ihm mitgegangen zu sein. Vielleicht wäre es am sinnvollsten gewesen, Philipp anzurufen, sich zu verabschieden und zurück nach Oberfranken zu fahren. Sie hätte Onkel Johan besuchen und seine Johannisbeer-Baiser-Torte essen können und dazu reichlich Schlagsahne. Vielleicht sollte sie sogar ihren Urlaub abbrechen, um mit Breuer den aktuellen Fall zu lösen.

Die Arbeit war ein sicherer Pfeiler in ihrem Leben, und Onkel Johan wusste immer ein paar aufmunternde Worte, wenn sie wieder einmal in einer misslichen Lebenslage steckte.

»Aus Bayreuth, das ist interessant. Ich habe eine Cousine, die dort lebt. Allerdings haben wir schon seit vielen Jahren keinen Kontakt mehr.«

»Tatsächlich«, erwiderte sie und bemühte sich, interessiert zu klingen.

»Ja. Lisa Schuberth. Kennst du sie zufällig?«

»Nein, tut mir leid.«

»Das muss dir nicht leidtun. Glaub mir, du hast nichts verpasst. Lisa ist vor etlichen Jahren etwas sehr Schlimmes widerfahren, wovon sie sich nie erholt hat.«

»Was denn?« Kristina fühlte sich gezwungen nachzufragen.

»Sie hat ihren Sohn verloren. Es war eine Verkettung tragischer Ereignisse. Schicksal, würde ich sagen. Das konnte Lisa

aber nicht akzeptieren. Für sie sind andere schuld an dem Unglück. Sie ist damals aus Trauer, Verzweiflung und Anklagen nicht mehr herausgekommen. Ehrlich gesagt weiß ich nicht, ob es ihr mittlerweile besser geht. Nun ja, lass uns über etwas Schöneres reden.«

Kristina gab keine Antwort. Von Minute zu Minute hatte sie mehr das Gefühl, umkehren zu müssen.

»Du bist so schweigsam«, sagte Schleyer. »Erzähl mir doch ein bisschen was. Wie habt ihr euch kennengelernt, du und Philipp?«

Danach war ihr ganz und gar nicht. Sie blieb stehen. »Magnus, sei mir nicht böse. Es geht mir im Augenblick nicht besonders gut. Ich kehre um. Aber danke für deine Begleitung und dein Angebot. Ich hoffe, du nimmst es mir nicht übel.«

Schleyer lächelte und zeigte auf eine kleine Lichtung. »Keineswegs nehme ich es dir übel. Ich begleite dich aber zurück. Die Gegend hier ist einsam, und den Weg findet man nicht leicht. Lass uns trotzdem erst eine Kleinigkeit trinken, ja?«

Sie warf einen raschen Blick in alle Richtungen. Schleyer hatte recht, sie erkannte keinen Weg.

»Okay«, stimmte sie widerwillig zu.

Schleyer nahm seinen Rucksack ab und holte ein Tuch heraus, was wohl eine Decke ersetzen sollte. Er breitete es auf dem Waldboden aus und setzte sich.

»Bitte sehr«, forderte er sie auf und klopfte mit der flachen Hand neben sich.

Kristina hockte sich auf die Fersen. Ihr Handy, das in ihrer Handtasche steckte, meldete den Eingang einer Nachricht. Das mochte Philipp sein. Sie würde später draufsehen.

Schleyer packte zwei Plastikdosen aus. In einer befanden sich Käsewürfel, in der zweiten Kräcker, gewürzt mit Chili. Außerdem entnahm er seinem Gepäck eine Flasche Rotwein und einen Plastikbecher, den er großzügig füllte.

»Lass es dir schmecken«, sagte er und reichte ihr das Getränk.

»Danke«, murmelte sie. Wollte er sie betrunken machen?

»Und du?«, fragte sie, weil er keinen weiteren Becher auspackte.

Schleyer schmunzelte. »Ich trinke den Rest aus der Flasche. Ich konnte ja nicht damit rechnen, dass wir jetzt zu zweit hier sitzen, und habe keinen weiteren Becher dabei. Prost.«

Er hob die Flasche. Kristina stieß mit ihm an. Der Wein schmeckte fruchtig und süß, und er war stark. Ihr fiel auf, dass er selbst nichts trank.

»Nimm von den Kräckern. Die sind unübertroffen«, sagte Schleyer.

Sie pickte ein Gebäckstück heraus und legte noch einen Käsewürfel darauf. Tatsächlich schmeckte die Kombination wunderbar, allerdings brannte der Chili ziemlich auf der Zunge.

»Lecker«, versicherte sie, um irgendwas zur Unterhaltung beizusteuern. »Aber scharf.«

Schleyer lachte. »Ja. Da hilft der Wein.«

Sie nahm einen weiteren großen Schluck und gleich noch einen, um das Brennen im Mund zu mildern. Unerwartet fühlte sie eine starke Schwere im Kopf und in den Gliedern, und plötzlich sah sie verschwommen. Glutheißes Entsetzen durchrann sie, obgleich sie schon viel zu benebelt war, um noch klar zu denken. Schleyer hatte ihr etwas in den Wein getan. Er hatte sie bewusst in den Wald geführt und wollte sie willenlos machen. Warum?

Schleyer sagte kein Wort mehr. Das Lächeln war aus seinem Gesicht verschwunden. Er nahm ihr den Becher ab und setzte ihn ihr an den Mund.

»Trink«, sagte er ruhig.

Sie versuchte den Kopf wegzudrehen und presste die Lippen zusammen. Schmerzhaft drängte Schleyer das Plastik gegen ihren Mund.

»Trink«, zischte er jetzt, leise und wütend. Sie bekam kaum noch Luft, hustete, verschluckte sich und trank gegen ihren Willen.

»So, das reicht.«

Er schubste sie von der Decke, packte sein Picknick zusammen und zerrte sie in die Höhe. »Komm mit. Es ist nicht mehr weit.«

Kristina spürte den festen, beinahe brutalen Griff, mit dem er ihren Arm umklammerte. Sie taumelte voran, konnte nicht *mehr denken und sich nicht mehr wehren. Sie wusste nicht, wie lange sie gelaufen waren, und einen Weg erkannte sie schon gar nicht. Irgendwann betraten sie ein Holzhaus, und er zerrte sie eine düstere Treppe hinunter und stieß sie in einen Keller. Ab dem Moment verschlang sie die Dunkelheit.*

***

Steinbrink nickte. »Sie haben Schleyer eine ziemliche Augenverletzung zugefügt, aber nicht durch das Spray. Sie sind ihm wohl mit dem Fingernagel ins Auge gefahren. Er hat eine üble Blessur in der Hornhaut.«

Kristina zuckte mit den Schultern. »Sie erwarten doch hoffentlich nicht, dass es mir leidtut.«

»Ehrlich gesagt, mir tut es auch nicht leid.« Steinbrink sah angestrengt aus.

»Als ich im Keller eingesperrt war, hat er gesagt, er will mir erzählen, warum er mich entführt hat. Er hat behauptet, ich hätte zu viel gesehen und wüsste es nur nicht. Aber irgendwann würde es mir einfallen.«

Sie brach ab und bekam plötzlich Herzklopfen. Schleyer hatte Laura Fromacker auf dem Gewissen. Hatte er sie auf dem Parkplatz mitgenommen, an dem sie das Mädchen abgesetzt hatte? Oder war sie ihm irgendwann später in die Arme gelaufen?

»Woran denken Sie, Frau Herbich?«, fragte Steinbrink.

»Was für einen Wagen fährt Schleyer?«, fragte sie.

»Einen schwarzen Mercedes-Benz E-Klasse. Er stand hinter der Blockhütte im Wald.«

»Mit getönten Scheiben?«

»Ja, tatsächlich. Mit getönten Scheiben«, wiederholte der saarländische Kommissar.

Ein solcher Wagen hatte auf dem Parkplatz gestanden. Aber da war noch etwas. Etwas, was bereits vor ein paar Tagen in ihrer Erinnerung aufgeflackert war. Als sie vom Parkplatz wieder auf die Autobahn auffahren wollte, hatte sie noch einen Blick in den Rückspiegel geworfen. Ein Mann hatte zwischen den Bäumen gestanden, vielleicht schon länger, das wusste sie nicht. Er hatte Schnupftabak benutzt. Auch Schleyer schnupfte. Das hatte sie am Parkplatz vor der Pyramide in Mainz gesehen. Und bereits in diesem Moment hatte ihr Verstand reagiert. Doch sie war nicht genug bei der Sache gewesen, hatte sich über Philipp geärgert und keine Verbindung von Schleyer zu Laura Fromacker gezogen. Aber wie war er darauf gekommen, dass sie für ihn zur Bedrohung werden könnte? Was hatte sie seiner Meinung nach gesehen, was ihm gefährlich werden konnte? Sein Autokennzeichen? Sie hatte nicht darauf geachtet, doch das hatte Schleyer natürlich nicht wissen können.

»Frau Herbich?«, riss Steinbrink sie aus ihren Grübeleien.

»Dann hat er Laura Fromacker vermutlich von dem Parkplatz weg entführt, an dem ich sie abgesetzt hatte.« Ihr wurde schlecht.

Steinbrink schwieg eine Weile. »Möglich«, sagte er schließlich.

Sekundenlang war es still im Büro. Kristina atmete flach. Es war unerträglich.

Steinbrink räusperte sich. »Schleyer ist als Arzneimittelvertreter deutschlandweit unterwegs. Seiner Aussage nach hat er die Mädchen nach seinen jeweiligen Touren an Autobahnparkplätzen unter der Vorgabe, in einer misslichen Lage helfen zu wollen, in sein Fahrzeug gelockt. Es waren samt und sonders Zufallsopfer. Er hat angeblich kein bestimmtes Schema verfolgt«, sagte er.

Sie nickte. Ihr Blickfeld hatte sich verengt. Beständig sah sie den Augenblick auf dem Parkplatz vor sich.

»Gibt es schon Erkenntnisse zu den Leichenfunden im Kellerschacht?«, fragte sie schließlich.

»Ja. Es handelt sich tatsächlich um die beiden vermissten Frauen, von denen ich Ihnen erzählt hatte. Die Rechtsmedizin konnte die DNA abgleichen. Nach bisherigen Ergebnissen wurden beide schwer misshandelt. Sie weisen ähnliche Verletzungen auf wie Laura Fromacker. Ob sie vergewaltigt wurden, kann man im Moment noch nicht sagen. Ich habe auch darüber schon mit Schleyer gesprochen, er hat aber diesbezüglich jede Aussage verweigert.«

Steinbrink hüstelte.

»Er möchte mit Ihnen sprechen«, ergänzte er.

»Mit mir?« Überrascht sah Kristina ihren saarländischen Kollegen an.

Steinbrink zuckte mit den Schultern. »Tatsächlich ist es so. Wenn Sie einverstanden sind, lassen wir ihn holen.«

»Sicher«, antwortete Kristina rasch, ehe sie es sich anders überlegte.

Während sie Steinbrink erzählt hatte, wie sie Schleyer in die Hände geraten war, hatte sie unerwartet wieder hilfloses Entsetzen gespürt.

Vielleicht ging es ihr besser, wenn sie mit ihm sprach und sich nun wieder in der stärkeren Position befand.

Schleyer wurde wenige Minuten darauf mit gefesselten Händen hereingeführt. Hass verzerrte seine Miene, von seiner ehemaligen Attraktivität war nichts mehr übrig. Seine Gesichtsfarbe hatte sich normalisiert, von ihrem Angriff mit dem Deo war nichts mehr zu sehen. Nur sein linkes Auge wurde von einem Verband abgedeckt.

Er ließ sich auf den Besucherstuhl fallen, dass das alte Holz knackte.

»So, Herr Schleyer«, begann Steinbrink die Vernehmung. »Sie wollten mit Frau Herbich sprechen, hier ist sie.«

Schleyer warf dem Kommissar einen wütenden Blick zu.

»Alleine«, brauste er auf.

»Auf keinen Fall«, schaltete sich Kristina ein. »Ich habe hier keinerlei Befugnisse. Sie müssen Ihre Aussage schon vor meinem Kollegen machen.«

»Wer sagt denn, dass ich eine Aussage machen will?« Zornig musterte er sie.

»Gut. Dann machen wir es anders«, sagte Steinbrink. »Ich stelle Ihnen einige Fragen, und Sie antworten. Natürlich können Sie die Aussage verweigern. Dann gibt es einen Indizienprozess. Sie können mit dreimal ›lebenslänglich‹ rechnen für die

Entführungen und die Morde an Sophia Jakob, Karina Gerstner und Laura Fromacker. Dazu die Entführung von Frau Herbich. Wir haben sowohl in Ihrer Behausung im Wald als auch in Ihrem Wagen reichlich DNA gefunden, unter anderem von Jakob, Gerstner und Fromacker. Und die Leichen von Jakob und Gerstner natürlich auch. Was haben Sie mit den Frauen gemacht? Warum haben Sie sie brutal misshandelt und getötet? Und was ist passiert, dass Frau Fromacker entkommen konnte?«

Schleyer stieß ein hässliches Lachen aus. Er beugte sich vor, ignorierte den Kommissar und sah Kristina an.

»Meinst du, dass er alle gefunden hat?«, fragte er höhnisch, mit einer Kopfbewegung zu Steinbrink hin.

Kristina fuhr das Entsetzen in den Magen. »Was soll das heißen?«, fuhr sie ihn an.

»Nun rate doch mal, Frau Hauptkommissarin.« Grinsend lehnte er sich wieder im Stuhl zurück.

Steinbrink tippte auf seinem Computer herum. Seine Miene war versteinert.

»Frau Herbich«, sagte er und deutete zum Bildschirm.

Kristina stand auf und trat hinter ihn.

Sie sah die Vermisstenmeldung von Sara Schäffter. Neunzehn Jahre, Biologiestudentin in Homburg. Verschwunden vor einer Woche, vermisst gemeldet hatte sie ihr WG-Mitbewohner Moritz Amman. Diesem sollte sie tausend Euro entwendet haben. Er vermutete, sie wäre mit dem Geld zu ihrer Mutter nach Saarbrücken getrampt. Die Mutter war zwischenzeitlich befragt worden, doch Sara war nie bei ihr aufgetaucht, und seither gab es auch kein Lebenszeichen von ihr.

Steinbrink und Kristina tauschten einen Blick. Kristina nickte. Steinbrink drehte den Bildschirm so, dass Schleyer auf das Display sehen konnte.

»Kennen Sie diese Frau?«, fragte der Kommissar.

Schleyers Nasenflügel blähten sich auf. »Finde es heraus, Schlaukopf«, erwiderte er.

»Du mieser, perverser, kleiner Wichtigtuer«, zürnte Kristina, die unvermittelt rotsah. »Wie viele Mädchen hast du noch auf dem Gewissen? Fühlst dich stark und intelligent mit deinem vermeintlich charmanten Auftreten und wahrscheinlich auch deinem Luxuswagen. Ich vermute mal, der gehört dir gar nicht, was? Hinter deiner Lackaffen-Fassade steckt eine kaputte, miese Kreatur. Dachtest du ernsthaft, dir kommt keiner auf die Spur? Wo ist diese Sara?«

Schleyers Blick flackerte, und hektische rote Flecken erschienen auf seinem Hals.

»Kann es sein, dass du Angst vor Frauen hast?«, fuhr sie aufgebracht fort. »Du bist ein Feigling, ein Schwächling. Bekommst keinen hoch, was? Du –«

Schleyer stieß einen hysterisch-wütenden Schrei aus, sprang auf und trat gegen den Stuhl, auf dem er gesessen hatte.

»Setzen!«, brüllte Steinbrink. Die Tür flog auf, zwei Polizisten stürmten herein und packten Schleyers Arme. Dieser spannte sämtliche Muskeln an, schaffte es jedoch nicht, die Gesetzeshüter abzuschütteln. Sie zwangen ihn zurück auf den Stuhl.

Kristina fuhr sich mit der flachen Hand über die Stirn. Sie hatte die Kontrolle über ihre Wortwahl verloren, doch sie schämte sich nicht dafür. Schon gar nicht, da Schleyer dabei die Nerven durchgegangen waren. Möglich, dass sie einen wunden Punkt bei ihm getroffen hatte.

»Herr Steinbrink, lassen Sie das Grundstück von Schleyer Millimeter für Millimeter durchsuchen. Setzen Sie einen Leichenspürhund ein. Wer weiß, was wir dort noch alles finden.«

Ohne Kristinas Anweisung zu kommentieren, griff Steinbrink nach dem Telefonhörer und gab weiter, was sie gesagt hatte.

»Jetzt noch einmal zu Ihnen, Herr Schleyer«, begann er. »Legen Sie ein Geständnis ab. Die Beweislast ist erdrückend. Also reden Sie.«

Schleyer gab keine Antwort.

Kristina ging zurück zu ihrem Stuhl, zog ihn ein Stück von Schleyer weg und setzte sich.

»Erzähl mir von Laura«, sagte sie, jetzt ruhiger.

Schleyer ließ den Kopf sinken und warf ihr mit dem unverletzten Auge unter dem halb geschlossenen Lid einen Blick zu. »Ich habe sie angesprochen, nachdem du sie aus dem Auto geworfen hattest. Hab ihr angeboten, sie mitzunehmen. Erst wollte sie nicht, dann ist sie doch eingestiegen. Sie wollte an der nächsten Raststätte raus, ihre Mutter anrufen.«

Er brach ab und schien nachzudenken.

»Sie haben vermutlich nicht angehalten?«, fragte Steinbrink.

Schleyer hob den Kopf und sah ihn irritiert an, als hätte er seine Anwesenheit inzwischen vergessen.

»Natürlich nicht«, sagte er schließlich. »Sie war jung, sie war hübsch, und sie war eigensinnig. Genau richtig. Ich bin schnell gefahren, und sie hat Angst bekommen. Ich habe es gemerkt.« Feine Schweißtropfen erschienen auf seiner Stirn, und ein Zittern durchlief ihn. Sein gesundes Auge glänzte. »Genauso Angst wie du, bei unserem kleinen Picknick. Du hast die Gefahr gewittert, nicht wahr?«

Kristina sah, wie ihn diese Erkenntnis faszinierte. Angewidert schob sie ihren Stuhl noch ein Stückchen weiter nach hinten, weg von ihm.

»Ich habe ihr Wein angeboten«, fuhr er fort. »Der war gut, nicht wahr?« Aufmerksam und beinahe ernsthaft betrachtete er Kristina, als interessierte ihn ihre Meinung tatsächlich.

Sie gab keine Antwort.

»Das Zeug hat schnell gewirkt. Bisschen Rohypnol rein, und die widerborstigen Gören werden ganz artig. Wir sind zu meinem Haus im Wald gefahren. Das hat meiner Großmutter gehört, wissen Sie.« Er sprach jetzt zu Steinbrink. »Ich bin bei ihr groß geworden. Das war ein Miststück, kann ich Ihnen sagen. Wenn ich nicht gemacht habe, was sie wollte, hat sie mich in den Keller gesperrt.«

Er brach ab und sah plötzlich verwirrt aus. »Wie bin ich denn jetzt auf die Alte gekommen? Egal.« Sein Blick ging wieder zu Kristina. »Ich habe das Mädchen in den Keller gebracht und zugesperrt. Immer wenn ich eine mitgenommen habe, muss ich ein paar Stunden vergehen lassen, ehe ich mich mit ihr beschäftige. Verstehst du?«

Nein, dachte sie stumm. Nein, das verstehe ich nicht. Ihr Hals war trocken, ihre Hände waren eiskalt. Sie sah Laura Fromacker vor sich, die er, betäubt und willenlos, in dieses Loch gestoßen hatte, genau wie sie.

»Was ist dann passiert?«, presste sie hervor, verschränkte die Arme vor der Brust und versuchte angestrengt, das unkontrollierte Zittern zu beherrschen, das ihr plötzlich durch die Glieder kroch.

»Das Gör ist früher wieder zu Bewusstsein gekommen, als ich erwartet hatte. Sie hat um Hilfe geschrien. Eigentlich nützt ihr das draußen im Wald nichts. Das Eckchen ist recht einsam, aber eine Garantie habe ich natürlich nicht. Braucht sich nur jemand verlaufen, oder einem Spaziergänger geht der Hund durch, und schon hört man was. Ich bin also runter zu ihr und habe gesagt, sie soll artig und leise sein. Aber sie hat nicht gehört! Verstehst du? Ich konnte sagen, was ich wollte, sie hat weiter herumgebrüllt! Dann habe ich zugeschlagen.«

Er runzelte die Stirn und sah ins Leere, als müsste er genau nachdenken. »Zugeschlagen, genau«, wiederholte er.

»Und dann?«, fragte Kristina. Ihre Stimme klang heiser.

»Irgendwann war sie still. Ich habe sie wieder eingeschlossen und bin nach oben.«

»War sie bewusstlos?«, fragte Steinbrink.

»Keine Ahnung. Ruhe gegeben hat sie jedenfalls. Ich hatte Hunger und wollte mir was zu essen machen. Rühreier. Aber das Luder war eine ganz Schlaue. Sie hat es geschafft, sich zu befreien.«

»Wie das denn?«, schaltete sich Steinbrink ein.

Schleyer zuckte mit den Schultern. »Ein alter Trick. Den kenne ich auch, aber ich hätte nicht gedacht, dass der Türspalt groß genug ist. Und ich hätte auch nicht gedacht, dass eins von den Mädels weiß, wie das geht. Ich hatte den Schlüssel außen stecken lassen, und sie hat einen Bogen Papier, so eine Art Tagebuchseite, unten durchgeschoben und mit einer Haarklemme so lange an dem Schlüssel rumgemacht, bis er runtergefallen ist, auf das Papier. Dann muss sie ihn unten durchgezogen haben, und sie hat sich rausgeschlichen. Ich war oben in der Küche und hatte gerade die Eier in die Pfanne geschlagen. Ich habe tatsächlich nicht gemerkt, wie sie aus dem Haus ist. Aber dann habe ich aus dem Fenster gesehen. Zufällig. Sie stand an meinem Auto und hat versucht, ihren Rucksack aus dem Kofferraum zu holen. Wie bescheuert ist das denn?«

Kopfschüttelnd sah er Kristina an. »Ihren Rucksack! Ich in ihrer Situation hätte die Beine in die Hand genommen. Na ja, ich habe später nachgesehen. Da lag ordentlich Geld drin, das wollte sie wohl nicht mir überlassen. Aber das hat sie das Leben gekostet.«

»Sie haben Laura Fromacker nach Ihrer eigenen Aussage bereits im Keller brutal geschlagen. Aufgefunden wurde sie am See, gestorben an inneren Blutungen. Was hat ihr Versuch, sich den Rucksack wiederzubeschaffen, mit ihrem Tod zu tun?«, fragte Steinbrink.

Schleyer wandte sich ihm zu, mit waidwundem Blick. »Es ist alles schiefgelaufen. Das ist mir noch nie passiert.«

»Was ist geschehen?«, drängte Steinbrink.

»Ich musste das Gör zurückholen, und zwar schnell. Weil ich dachte, die schreit wieder rum, habe ich die alte gusseiserne Zange von meiner Großmutter mitgenommen. Die liegt unter der Spüle, in der Küche. Ich bin also raus, so schnell es ging, und das Gör hat mich kommen sehen. Sie hat sofort versucht wegzurennen, ist aber gestolpert. Rumgebrüllt hat sie diesmal nicht. Ich hab ihr trotzdem mit der Zange auf den Kopf gehauen, auf die Schläfe. Nicht allzu fest, ich wollte ja nicht, dass ihr was passiert. Und dann …« Wieder flackerte sein Blick.

»Was?«, fragte Kristina. Sie hatte einen Druck im Magen.

»Dann habe ich die Leute gehört«, fuhr er fort. Er stützte die Ellbogen auf die Knie und das Gesicht in die Hände.

»Was für Leute?« Steinbrink sprach ungeduldig.

»Jogger. Es waren Jogger. Sie kamen in meine Richtung. Ich wusste nicht mehr, was ich tun soll. Das Mädel lag am Boden, hinter dem Auto, vielleicht bewusstlos oder doch tot, das konnte ich so schnell nicht überprüfen. Und die Leute kamen immer näher. Ich bin ins Haus geflohen. Wegfahren konnte ich nicht, ich hatte ja den Autoschlüssel nicht dabei. Es gibt ja auch keine richtige Straße zu meinem Haus. Man muss sich einen Weg durch die Bäume suchen, die weiter auseinanderstehen. Das wäre alles aufgefallen. Ich hatte eine Scheißangst. Aber die Jogger sind vorbei, etliche Meter vom Haus entfernt. Es hat keiner was gemerkt. Ich habe mich eine Weile nicht rausgetraut, dabei wollte ich doch nach Laura sehen. Als ich dann endlich dachte, jetzt könnte ich es riskieren, war sie weg. Furchtbar, nicht wahr?«

Er sah wechselweise von Kristina zu Steinbrink. Beide schwiegen.

»Ich habe sie gesucht. Ich dachte, weit kann sie nicht sein. Dass sie bis zum See gekommen ist, hatte ich nicht erwartet.«

Es wurde still im Raum. In diese Ruhe hinein schellte das Telefon des Kommissars. Er hob ab, meldete sich und hörte eine Weile zu. Schließlich beendete er das Gespräch.

»Auf Ihrem Grundstück wurde eine weitere Frauenleiche gefunden. Hinter dem Haus, in einem zugeschütteten Brunnenschacht. Den Papieren nach, die die Frau bei sich trug, handelt es sich um eine Sara Schäffter.«

»Keine Ahnung, wie die geheißen hat. Auch so eine kleine Schlampe. Steht mit Hotpants und knallrotem Top an der Autobahn und hält den Finger raus. Provokation pur, verstehst du?« Nun sprach er Steinbrink an.

Er weiß genau, welche Leiche er wo deponiert hat, dachte Kristina.

Irgendetwas war still in ihr geworden, nun, wo sie in groben Zügen wusste, was mit Laura Fromacker geschehen war.

Anscheinend hatte das Mädchen eine Chance gehabt, seinem Peiniger zu entkommen. Sie hatte es geschafft, sich aus dem Kellerraum zu befreien, doch ihre Entscheidung, ihre Habseligkeiten mit auf ihre Flucht zu nehmen, hatte sie letztendlich das Leben gekostet. Oder nicht?

Der saarländische Rechtsmediziner, dessen Namen sie gar nicht wusste, hatte gesagt, welche der inneren Blutungen letztendlich für ihren Tod verantwortlich war, konnte nicht mehr festgestellt werden. Vielleicht war es der Schlag auf den Kopf gewesen. Vielleicht wäre sie davongekommen, wenn sie auf ihren Rucksack verzichtet hätte.

»Was habe ich deiner Meinung nach gesehen, was dir hätte gefährlich werden können?«, fragte sie.

»Mich«, erwiderte Schleyer ruhig. »Du hast mich gesehen und mein Auto. Ich dachte, du hast dir mein Kennzeichen gemerkt. Polizisten haben einen Blick für so was, nicht wahr? Und du hast in den Rückspiegel geschaut, ehe du zurück auf die Autobahn bist. Da bin ich gerade wieder aus dem Gebüsch raus. Wir haben uns praktisch in die Augen gesehen.«

Kristina versuchte in den Windungen ihres Gehirns diesen Moment wiederzufinden. Sie sah Schleyer wieder am Rand der Böschung stehen und seinen Tabak schnupfen. Sie hatte sich weder sein Kennzeichen gemerkt noch ihm in die Augen gesehen. Sie hätte ihn auch nie mehr wiedererkannt. Es war alles zu schnell gegangen. Nur die Geste, mit der er geschnupft hatte, an die konnte sie sich erinnern.

»Als ich dich neulich mit Philipp beim Abendessen im Landhaus getroffen habe, habe ich dich aber nicht wiedererkannt«, fuhr Schleyer fort. Ein zynisches Lächeln erschien in seinem Gesicht. »Aber Philipp hat mir von dir und der kleinen Begebenheit mit der Anhalterin erzählt, die du aus deinem Wagen geworfen hast. Da wusste ich, jetzt muss ich handeln.«

Ein eigenartiges Kältegefühl erfasste sie, gleich eisigem Wasser, das an ihrem Körper in einer dünnen Schicht festfror.

»Ich lasse Sie jetzt wieder abholen«, sagte Steinbrink. Kristina hörte die Erschütterung in seinen Worten.

Schleyer sah ins Leere.

Sie selbst wollte nur noch nach Hause.

***

Nachdem Schleyer abgeholt worden war und auch Kristina sich verabschiedet hatte, blieb Steinbrink nachdenklich an seinem Schreibtisch sitzen.

Der Autobahnmörder war gefasst, womit seine Aufgabe als Ermittler erfüllt war. Zufrieden war er dennoch nicht. Ohne diese Herbich hätte er den Mann wohl noch längst nicht festgenommen. Nun denn. Das Wichtigste war, dass der Kerl hinter Schloss und Riegel saß.

Dieser Schleyer war nicht normal. Unter der Vorgabe, helfen zu wollen, hatte er abartige Triebe ausgelebt und etliche junge Leben zerstört. Was hatte ihn getrieben? Wann und warum hatte er zum ersten Mal zugeschlagen? Vielleicht hatte er noch mehr Frauen auf dem Gewissen? Das galt es herauszufinden.

Steinbrink beschloss, heute früher Feierabend zu machen und Forster zu beauftragen, die Stellung auf dem Präsidium zu halten.

Er musste die Ereignisse erst einmal verarbeiten.

43

Kristina hatte ihre Tasche gepackt. Die Hotelrechnung war bezahlt. Philipp saß auf einem Sessel in ihrem Zimmer.

»Kann ich dich nicht irgendwie überzeugen, noch ein paar Tage zu bleiben?«, fragte er. Er wirkte unglücklich und irgendwie hilflos.

Kristina setzte sich auf die Bettkante. »Nein, Philipp. Es ist zu viel passiert. Ich möchte nach Hause.«

»Ich hatte gehofft, du könntest dich bei mir zu Hause fühlen«, sagte er.

Sein Gesicht war ernst. Er machte keine Anstalten, aufzustehen und sie zu berühren. Vielleicht war das aber auch ihre Schuld. Als er sie zur Begrüßung an sich gedrückt hatte, hatte sie sich rasch aus seiner Umarmung befreit, und einem Kuss war sie auch ausgewichen.

»Es ist zu früh, Philipp. Das geht alles viel zu schnell. Wir sollten uns in Ruhe kennenlernen«, erwiderte sie und fragte sich, ob sie hinter ihren Worten stand oder ob eine Beziehung mit ihm ohnehin nicht mehr in Frage kam. Weil sie für den Rest ihres Lebens Laura Fromackers Schicksal und ihre eigene Entführung mit ihm verbinden würde.

»Ist es, weil ich Schleyer zu viel erzählt habe?« Sie hörte die Verzweiflung in seiner Stimme.

»Natürlich nicht. Du konntest nicht wissen, was die Folgen sind und warum.« Sie meinte es absolut ehrlich.

Philipp nickte. »Sehen wir uns wieder?«, fragte er.

»Gib mir ein bisschen Zeit. Lass uns schreiben und telefonieren.« Zu mehr Zugeständnissen sah sie sich nicht in der Lage.

»Okay.« Er nickte und sah so traurig aus, dass ihre Entscheidungen ins Wanken gerieten.

»Philipp?«

Er sah sie an, ohne zu antworten.

»Es tut mir sehr leid. Ich muss mich wieder fangen. Mich hat das alles überrollt.«

»Was genau?«, fragte er.

»Alles. Unser Kennenlernen, die Fahrt hierher, die Ereignisse, die das nach sich gezogen hat.«

Er nickte nur.

»Schleyer wird nicht wieder freikommen«, sagte er unvermittelt.

»Vermutlich nicht. Während der Vernehmung hatte ich den Eindruck, er ist tatsächlich verrückt«, antwortete sie. »Wobei Menschen, die solch grauenhafte Taten begehen, ja meistens nicht das sind, was wir als normal bezeichnen«, fuhr sie fort.

»Ich dacht immer, er wär a nedder Kerl«, hielt Philipp am Thema fest.

»Okay.« Kristina stand auf. »Ich möchte jetzt fahren, damit ich nach Hause komme, ehe es dunkel wird.«

Onkel Johan wartete auf sie, mit Johannisbeer-Baiser-Torte mit Sahne und für das Abendessen mit Gulasch und Bier. Vielleicht würde sie auch bei ihm übernachten.

Kristina fühlte einen Anflug von Vorfreude.

Philipp trug ihre Tasche bis zum Auto. Sie umarmten sich lange, diesmal wies sie seine Liebkosung nicht zurück und ließ auch einen Abschiedskuss zu.

Vielleicht würde sie doch wiederkommen.

»Bis bald«, sagte sie und spürte, es war ihr ernst damit.

Sie stieg in ihr Auto, winkte ihm noch einmal zu und gab ihre Heimatadresse in das Navi ein.

44

Torsten Willbrandt stand neben Kristinas Schreibtisch. Er zog die buschigen Augenbrauen zusammen und musterte sie.

»Sie sehen alles andere als erholt aus, Frau Herbich«, bemerkte er vorwurfsvoll. »Die Reise ist Ihnen nicht gut bekommen. Kein Wunder, unter den Umständen.«

Kristina fiel keine Antwort ein. Längst wusste Willbrandt, was im Saarland vorgefallen war, schließlich war es gründlich durch die Medien gegangen.

Was er nicht wusste, war, dass es sich bei dem Mann, dessentwegen sie in das kleinste Bundesland von Deutschland gefahren war, um Philipp Reuter handelte, den sie im Zuge der Ermittlungen in Sachen Kamitzki kennengelernt hatte.

Willbrandt zog sich den Besucherstuhl heran. »Ich weiß Ihr Engagement sehr zu schätzen, doch Sie sollten den Rest Ihres Urlaubs nehmen wie geplant«, sagte ihr Vorgesetzter. »Ich war zwar anfangs in Sorge, ob Breuer mit dem Fall Kamitzki alleine zurechtkommt, aber ich meine, er steht kurz vor der Klärung. Erholen Sie sich. Diesmal aber richtig.«

Ihr fiel zu Hause die Decke auf den Kopf.

»Ich würde gern arbeiten, um mich abzulenken«, hielt Kristina dagegen. Hoffentlich kam Breuer bald aus seiner Mittagspause. Sie hatte keine Lust, Willbrandt Rede und Antwort zu stehen.

Am liebsten wäre es ihr gewesen, wenn sie niemand auf die Vorfälle im Saarland ansprach.

Doch Gunnar Schreez vom Blickpunkt Sankt Wendel hatte sich in der Pflicht gefühlt, die Öffentlichkeit umgehend über sämtliche ihm bekannten Details zu informieren. Da eines von Schleyers Opfern aus Bamberg gekommen war und er auch Kristina Herbich, die hiesige Kriminalhauptkommissarin, in seine Gewalt gebracht hatte, sorgte der Fall auch hier für viel Aufsehen.

»Wie geht es Ihnen denn nun mit der Sache?«, fragte Willbrandt.

Kristina sah ihn an.

»Wenn ich ehrlich bin, könnte es mir besser gehen. Ich mache mir natürlich Vorwürfe. Ich hätte das Mädchen nicht an dem Parkplatz sich selbst überlassen dürfen.«

Willbrandt schüttelte den Kopf. »Erwarten Sie nicht ein wenig zu viel von sich? Bedenken Sie die Situation, so tragisch die Folgen jetzt auch sind. Zudem hat mir dieser Kommissar Steinbrink die Vernehmungsprotokolle zukommen lassen. Laura Fromacker hatte es geschafft, Schleyer zu entkommen. Hätte sie nicht unnötigerweise versucht, ihr Gepäck aus seinem Wagen zu holen, wäre ihr vielleicht die Flucht gelungen. Man muss ihr zugutehalten, dass sie sich auch in einer Ausnahmesituation befand und eine falsche Entscheidung getroffen hat. Ach, was rede ich da. Es ist alles sehr dramatisch. Frau Herbich? Hören Sie mir überhaupt zu?«

»Selbstverständlich, Herr Willbrandt.«

»Gut. Ich würde vorschlagen, Sie nehmen psychologische Unterstützung in Anspruch, um die Ereignisse zu verarbeiten.«

»Was? Auf keinen Fall. Ich brauche noch ein paar Tage, da haben Sie recht. Breuer möchte heute eine Vernehmung in Sachen Kamitzki durchführen. Ich will dabei sein, das habe ich schon mit ihm besprochen. Sobald der Fall gelöst ist, könnte ich mir vorstellen, meinen restlichen Urlaub zu nehmen, wenn Sie damit einverstanden sind. Mehr ist zur Erholung nicht nötig.«

Vielleicht war Philipp bereit, für ein Wochenende nach Oberfranken zu kommen. Oder lieber nicht? Sie würde später darüber nachdenken.

Willbrandt ließ die Handflächen auf die Oberschenkel fallen. »Nun gut. Zwingen möchte ich Sie nicht. Ich muss los, ich habe meinerseits einen Termin. Bis demnächst, Frau Herbich.«

Kristina murmelte einen Abschiedsgruß.

Nun, wo sie wieder zu Hause war und hinter ihrem Schreibtisch saß, wo sie ihr vertrautes Umfeld wiederhatte, erschienen ihr die Vorkommnisse der letzten Tage nicht real. Das Foto eines großen Zeitungsartikels zu den Taten des Autobahnmörders, wie ihn die Presse bezeichnete, welches Philipp ihr per WhatsApp geschickt hatte, bewies das Gegenteil.

***

Eine Stunde später standen Kristina und Breuer vor einem Dreifamilienhaus im Bayreuther Ortsteil Seulbitz. Das Haus stand direkt an der Straße, davor befand sich nur ein schmaler Gehweg, zwei ausgetretene Steinstufen führten zur Haustür. Die Fassade des Gebäudes hatte einen rosa Anstrich, der oberhalb des grauen Sockels hier und da abplatzte.

»Wie, sagten Sie noch mal, sind Sie auf die Frau gekommen?«, wisperte Kristina, ehe Breuer auf die Glocke neben dem Namen »Schuberth« drücken konnte.

Er ließ die Hand sinken. »Durch diese Gerber. Susanne Gerber, die Sekretärin in der Bayreuther Spar- und Kreditbank. Die war vor Urzeiten eine Kollegin von Rainer Kamitzki und Thomas Schuberth, dem Sohn von der Frau.«

»Ah ja«, erwiderte Kristina und nickte, als Breuer sie fragend ansah und den Finger erneut Richtung Türklingel bewegte.

Hinter einer dichten weißen Gardine vor einem Fenster im Erdgeschoss, rechts der Haustür, bewegte sich etwas. Der Vorhang wurde beiseitegeschoben und das Fenster zwei Handbreit geöffnet. Eine Frau, die wahrscheinlich Mitte oder Ende fünfzig war, sah durch den Spalt. Sie hatte streichholzkurze blonde

Haare, trug eine Brille mit brauner Kunststoff-Fassung und hatte einen verbitterten Zug um den Mund.

»Ja?«, fragte sie nur.

Kristina stellte sich und Breuer vor und zeigte der Frau ihren Ausweis.

»Sind Sie Frau Schuberth?«, erkundigte sie sich.

»Ja. Was wollen Sie von mir?«

»Dürfen wir hereinkommen?«, umging Kristina zunächst eine Antwort.

»Was ist, wenn ich Nein sage?«, fragte die Frau.

»Dann laden wir Sie für ein Gespräch im Präsidium vor«, gab Breuer freundlich Auskunft.

Kristina stellte verwundert fest, dass es ihr nichts ausmachte, dass er an ihrer Stelle geantwortet hatte.

Die Frau nickte, schloss das Fenster, und Sekunden später surrte der Türöffner. Sie betraten einen engen düsteren Hausflur. Ein knarzendes Geräusch fuhr Kristina unangenehm in die Ohren. Es kam wohl von den Scharnieren der Wohnungstür, die Frau Schuberth eben öffnete. Sie stand im Rahmen und wartete.

»Bitte«, sagte sie, ging einen Schritt zurück und ließ Kristina und Breuer eintreten. Wieder knarzten die Scharniere, als die Frau die Tür ins Schloss drückte.

»Wir gehen ins Wohnzimmer«, erklärte sie und zeigte zum zweiten Zimmer rechts im Flur.

Der Raum war klein und eng und unordentlich. Auf einer Kommode aus dunklem Holz standen etliche gerahmte Fotos. Die meisten zeigten einen Jungen in unterschiedlichem Lebensalter. Als Kleinkind, als Schulkind, bei einer Firmung und schließlich als jungen Mann. Ein wenig verloren stand ein Passfoto zwischen den Aufnahmen, auf dem ein Mädchen zu sehen war, das etwa zehn Jahre alt sein mochte.

»Suchen Sie sich einen Platz«, forderte Lisa Schuberth sie auf, schob einige Zeitschriften beiseite, die auf einem grauen, zweisitzigen Sofa lagen, und setzte sich. »Ich habe nicht viel Zeit. Pamela kommt in einer halben Stunde, ich muss noch was kochen.« Sie zupfte am Saum ihres T-Shirts, das beinahe die gleiche Farbe hatte wie das Sofa.

»Wer ist Pamela?«, fragte Kristina, die es vorzog, stehen zu bleiben.

»Meine Tochter«, antwortete Lisa Schuberth knapp.

Möglicherweise handelte es sich um das Mädchen auf dem Passfoto.

»Wie alt ist sie?«

»Fünfzehn Jahre. Was soll die Fragerei? Hat sie was angestellt? Sind Sie wegen ihr hier?« Ungehalten sah die Frau zwischen ihnen hin und her.

»Nein.« Breuer setzte sich auf die Kante eines Sessels. »Sagt Ihnen der Name Rainer Kamitzki etwas?«, fuhr er fort.

Lisa Schuberth versteifte sich, ihre Miene wurde hart, und sie starrte ihn an, als hätte er mit seiner Frage das Böse in den Raum geholt.

»Warum sprechen Sie von ihm?«, fragte sie.

»Also ja«, resümierte Breuer.

Lisa Schuberth ließ den Rücken gegen die Lehne des Sofas sinken »Ja. Sicher sagt mir der Name etwas. Aber ich will von diesem Menschen nie wieder hören. Also, warum tun Sie mir das an? Warum sprechen Sie von ihm?«

»Rainer Kamitzki ist tot. Er wurde am Freitag, dem 12. Juni, in der Tanzbar Harmonie erstochen und vergiftet«, sagte Breuer.

»Tot?«, wiederholte Lisa Schuberth langsam, als müsste sie sich die Bedeutung der Aussage erst klarmachen.

»Ja«, bestätigte Kristina.

»Erstochen *und* vergiftet?«, vergewisserte sie sich. Ihre angespannten Schultern sanken nach unten. Erneut zupfte sie an ihrem T-Shirt.

»Richtig«, sagte Breuer.

»Da war aber jemand sehr gründlich.« Mit unbewegtem Gesicht begegnete sie den Blicken von Breuer und Kristina. »Wer hat ihn getötet? Und warum sind Sie bei mir?«, fuhr sie fort.

»Wir wissen noch nicht, wer ihn getötet hat«, antwortete Kristina.

»Kennen Sie das Harmonie?«, fragte Breuer mit undurchdringlicher Miene.

Die Frau zögerte. »Ja. Von früher«, sagte sie schließlich.

»Wann waren Sie zum letzten Mal dort?«, fragte er weiter.

»Keine Ahnung! Es ist lange her. Jedenfalls hat es keinen Toten gegeben, während ich dort war«, fuhr sie ihn an.

»Erzählen Sie uns von Kamitzki und warum Sie einen solchen Hass auf ihn haben«, wechselte Breuer das Thema.

»Hass? Wie kommen Sie darauf? Aber ja, Sie haben recht.« Lisa Schuberth stand auf und ging zu der Kommode, auf der ihre Fotos standen. Sie griff nach einem der Bilder.

»Hier. Das ist mein Sohn. Mein Thomas.« Ihre Hand zitterte, und ihre Schritte waren unsicher, als sie zurück zum Sofa stakste und sich wieder setzte, das Foto jetzt an sich gepresst.

»Kamitzki hat ihn auf dem Gewissen.« Ihre Stimme kippte, und Tränen stürzten unvermittelt über ihre Wangen.

Kristina und Breuer gaben ihr einen Augenblick Zeit, sich zu fassen.

»Aber das wissen Sie doch längst«, stieß Lisa Schuberth hervor. »Oder warum sonst sind Sie hier? Aber ich war es nicht, auch wenn ich ihm seinen Tod wahrhaft gönne.«

»Unsere Ermittlungen haben gewisse Ansatzpunkte ergeben, derentwegen wir hier sind. Das ist richtig«, bestätigte Breuer. »Wir würden aber gerne Ihre Sicht der Dinge erfahren.«

»Da gibt es keine verschiedenen Sichtweisen!« Lisa Schuberth sprang auf, legte das Foto mit der Aufnahme nach oben auf den Couchtisch und rannte beinahe durchs Zimmer. Vor einem Regal, das zwischen zwei Fenstern stand, blieb sie stehen und nahm ein kleines Tablett heraus. Mit einer wilden Bewegung schleuderte sie den Inhalt durchs Zimmer. Etliche Medikamente flogen durch den Raum und landeten am Boden.

»Hier! Seit Kamitzki mir mein Kind genommen hat, brauche ich dieses Zeug. Therapien, Tabletten, Klinikaufenthalte. Nichts hilft. Wie auch! Meinen Jungen kann mir nichts ersetzen.« Sie bebte am ganzen Körper. »Ich bin ein Wrack! Zu nichts mehr fähig.«

Kristina erhob sich, ging zu ihr und nahm sie sacht am Arm. »Bitte setzen Sie sich und erzählen Sie, wenn Sie können.«

Willenlos und mit schlaffen Schritten ließ sich Lisa Schuberth zum Sofa zurückführen.

»Frau Schuberth?« Breuer sprach sanft.

»Thomas und ich hatten eine sehr enge ... Bindung. Auch als er schon erwachsen war und seiner Wege gegangen ist. Ich war sehr stolz auf ihn.« Sie sprach monoton und sah dabei ins Leere. »Wir haben uns viele Nachrichten übers Handy geschrieben und oft telefoniert. In seiner Mittagspause sind wir manchmal essen gegangen, oder ich habe ihn nach Feierabend abgeholt. Seine Kollegen haben sich deshalb über ihn lustig gemacht. Darum hatte er mich gebeten, nicht mehr zu kommen, und in der Bank durfte ich auch nicht mehr anrufen.« Sie schluckte und atmete schwer.

»Ich habe ab da während seiner Arbeitszeit nur noch übers Handy geschrieben. An einem Morgen hat er auf meine SMS nicht reagiert. Das war nicht normal. Er hat immer geantwortet, meistens sofort. Es kam nur selten vor, dass ich ein paar Minuten auf eine Reaktion warten musste. Jedenfalls habe ich zwei Nachrichten hinterhergeschickt, und noch immer kam nichts. Das hat mich ganz verrückt gemacht.«

Sie schwieg, anscheinend in Erinnerungen versunken.

»Normalerweise wäre ich zu seiner Wohnung gefahren, um nach ihm zu sehen. Thomas hatte Bluthochdruck, wissen Sie. Ich habe mir natürlich Sorgen gemacht. Er hat manchmal seine Tabletten vergessen. Aber ich war alleine auf der Arbeit. Ich bin Apothekenhelferin. Genau als das passiert ist, sind zwei Kolleginnen krank gewesen. Der Chef war zwar da, aber er hatte einen Termin mit einem Vertreter, und er war sowieso mieser Laune, wegen dem plötzlichen Personalengpass. Jedenfalls habe ich mich nicht getraut zu fragen, ob ich eine halbe Stunde wegkann. Stattdessen habe ich auf Thomas' Durchwahl in seinem Büro angerufen. Der Kamitzki hat abgehoben.«

Sie brach ab, zog die Schultern zusammen und krümmte sich, als bekäme sie Bauchschmerzen.

Kristina ließ ihr Zeit, auch Breuer sagte nichts. Schließlich richtete sich Lisa Schuberth wieder auf.

»Er hat gesagt, Thomas wäre in einer Besprechung. Er würde ihm ausrichten, dass ich angerufen habe. Ein bisschen war ich erleichtert, aber nur ein bisschen. Ich kenne doch die Arbeitszeiten von meinem Jungen! Ich hatte ihm die erste Nachricht um sieben Uhr früh geschrieben, die anderen beiden kurz vor halb acht und um Viertel vor acht Uhr. Die Besprechung, die er angeblich hatte, sollte für neun Uhr dreißig angesetzt gewesen sein. Da war genug Zeit dazwischen, in der er hätte schreiben können. Aber ich glaube, ich wollte mich auch an Kamitzkis Information festhalten, weil ich nicht wusste, was ich sonst noch hätte tun können.«

Wieder rang sie um Fassung, verlor den Kampf und schluchzte sekundenlang, ehe sie sich wieder fing.

»Thomas hat sich nicht gemeldet. Ich habe immer wieder aufs Handy gesehen, aber es kam keine Nachricht. In der Apotheke war richtig viel los. Grippewelle, verstehen Sie? In der Mittagspause wollte der Chef etwas mit mir klären, hinsichtlich einer Abrechnung. Ich habe ständig an meinen Jungen gedacht und konnte doch nichts tun. Nachmittags habe ich noch mal in der Bank angerufen. Diesmal ist eine Kollegin ans Telefon gegangen. Von ihr habe ich dann erfahren, dass Thomas der Arbeit an dem Tag unentschuldigt ferngeblieben ist.« Sie stieß einen verzweifelten Laut aus.

»Ich bin sofort los. Es war mir völlig gleich, was Trittmaier dazu sagt. Und dann habe ich meinen Jungen gefunden. In seiner Wohnung. Tot. Schlaganfall. Wahrscheinlich schon in den frühen Morgenstunden. Aber man hätte ihm helfen können, wenn … rechtzeitig …« Sie krallte die Finger in die Lehnen des Sessels, bis die Knöchel weiß wurden.

»Trittmaier ist Ihr Chef?«, fragte Kristina. Lisa Schuberth nickte.

Kristina hörte, dass die Wohnungstür geöffnet wurde.

»Mama? Ich bin's«, drang die Stimme einer jungen Frau durch die Wohnung.

Lisa Schuberth gab keine Antwort. Tränen rannen ihr über das Gesicht, steckensteif verharrte sie auf ihrem Platz.

»Mama?« Ein Mädchen, das Kristina durchaus auf achtzehn Jahre geschätzt hätte, erschien unter der Tür. Sie war schlank, hatte lange dunkle Haare und erinnerte sie an den Sohn von Lisa Schuberth, wie sie ihn auf dem Foto gesehen hatte. Über einer Schulter hing der Riemen eines Rucksacks. Das musste Pamela sein, die Schwester von Thomas.

Erschrocken sah das Mädchen von einem zum anderen. »Was ist denn hier los? Wer sind Sie? Mama, was ist denn?«

»Die sind wegen Thomas hier. Sein Mörder ist umgebracht worden«, antwortete Lisa Schuberth, ohne ihre Tochter anzusehen. »Kripo, weißt du.«

»Ach«, sagte das Mädchen nur. Sie blieb im Türrahmen stehen.

Kristina erhob sich und reichte Pamela die Hand.

»Kristina Herbich, Kriminalpolizei. Du bist Pamela?«

Das Mädchen nickte.

»Wie du gehört hast, geht es um den Tod eines Mannes, der mit deinem Bruder bekannt war. Darf ich dich bitten, uns noch eine Weile mit deiner Mutter alleine zu lassen? Es dauert nicht mehr lange.«

»Schon recht.« Pamela Schuberth machte auf dem Absatz kehrt, gleich darauf knallte eine Zimmertür.

Kristina wandte sich wieder der Mutter zu, die noch immer auf den Boden starrte, auf dem eine hellbraune Auslegeware lag, an manchen Stellen abgetreten.

»Es tut mir alles sehr leid, Frau Schuberth«, sagte sie.

»Kamitzki ist schuld. Wenn er mir damals gesagt hätte, dass Thomas gar nicht zur Arbeit erschienen ist, hätte ich sofort etwas unternommen. Aber so ... es war zu spät, verstehen Sie?« Aus geröteten Augen sah sie Kristina an. »Ich habe ihn anzeigen wollen, aber niemand war auf meiner Seite. In der Bank habe ich erst mit seinem Vorgesetzten gesprochen und mich schließlich sogar an die Chefetage gewandt. Niemand war auf meiner Seite! Niemand! Jeder hat gesagt, es wäre ein tragisches Unglück.

Ich habe alles versucht, damit meinem Jungen Gerechtigkeit widerfährt. Niemand wollte mir helfen. Kamitzki hat sich nie bei mir gemeldet. Wenn ich damals nicht mit Pamela schwanger gewesen wäre, ich weiß nicht, was ich getan hätte.« Sie presste die Lippen aufeinander.

»Was ist mit dem Vater Ihrer Tochter?«, fragte Breuer.

Lisa Schuberth zuckte mit den Schultern. »Er hat mich noch während der Schwangerschaft verlassen. Er hat meinen Zustand nicht ertragen. Die Trauer, die Wut, alles.«

»Ist er auch der Vater von Thomas?«, erkundigte sich Kristina.

»Nein. Thomas' Vater war eine Affäre. Wir haben keinen Kontakt mehr seit … seit Thomas …« Sie ließ den Satz offen.

»Frau Schuberth, so leid es mir tut. Es ist auch nur eine Formalität. Aber wir müssen wissen, wo Sie am Freitag, dem 12. Juni, in der Zeit von zwanzig Uhr bis dreiundzwanzig Uhr gewesen sind«, sagte Kristina.

Lisa Schuberth nickte. »Das habe ich mir schon gedacht. Ich war hier, den ganzen Abend. Pamela ging es nicht gut. Sie war auf einen Geburtstag eingeladen und traurig, weil sie nicht hinkonnte. Ich wollte sie nicht alleine lassen.«

»Gut, Frau Schuberth, vielen Dank, dass Sie sich Zeit für uns genommen haben«, sagte Kristina und stand auf. »Bleiben Sie ruhig sitzen. Wir finden schon raus.«

Lisa Schuberth reagierte nicht. Breuer folgte Kristina.

45

»Ich will jetzt nicht behaupten, dass ich Lisa Schuberth kenne. Aber gesehen habe ich sie schon öfter«, sagte Breuer, nachdem sie das Haus verlassen hatten und bereits einige Schritte entfernt waren.

»Echt jetzt?« Verblüfft sah Kristina ihren Mitarbeiter von der

Seite an. »Das hat man aber weder Ihnen noch der Schuberth angemerkt.«

»Wahrscheinlich bin ich ihr nie aufgefallen. Ich kenne sie auch nur vom Sehen, aus dem Harmonie. Es ist schon ein paar Jahre her. Ich habe nie mit ihr gesprochen oder getanzt, aber es ist mir wieder eingefallen, weil sie ein paarmal am Saum von ihrem T-Shirt gezupft hat. Das war früher schon eine Marotte von ihr und ist mir fürchterlich auf die Nerven gegangen.«

Kristina blieb stehen und grinste. »Tatsächlich? Sie zeigen auch manchmal Nerven? Noch dazu wegen so einer Banalität?«

»Und ob!«, bestätigte Breuer, erwiderte das Grinsen flüchtig und warf ihr einen Blick zu. »Sie kennen ja bisher nur meine berufliche Seite. Von der privaten wissen Sie gar nix.«

»Das stimmt«, sagte Kristina.

»Die hat immer an ihren Sachen rumgezupft, sogar wenn sie ein Kleid anhatte«, fuhr Breuer fort. »Irgendeine Stelle hat sich immer gefunden. Ein Kragen, Gürtelschlaufen, die Ärmel. Schrecklich. Weil ich mich an sie erinnern konnte, habe ich sie vorhin auch gefragt, ob sie schon mal im Harmonie war. Ich dachte, wenn sie Nein sagt, haben wir sie. Dann gibt es einen Grund, zu lügen.«

»Hat sie aber nicht. Eigentlich schade«, sagte Kristina.

»Vielleicht ist sie ja wirklich unschuldig«, gab Breuer zu bedenken.

»Ist Ihnen aufgefallen, wie die Tochter auf unsere Anwesenheit und den Grund dafür reagiert hat?«, wechselte Kristina die Richtung des Gespräches.

»Ja, natürlich. Sie war weder überrascht noch erschrocken, und Interesse hat sie auch keines gezeigt«, antwortete Breuer.

»Richtig. Und sie hat sich ohne Widerworte und türenschlagend verzogen, als ich sie gebeten hatte, uns noch kurz mit ihrer Mutter alleine zu lassen. Was schließen wir daraus?«

»Dass ihr Bruder häufig Thema ist und ihr dieses Thema zum Hals raushängt?«, schlug Breuer vor.

»Das vermute ich auch. Wahrscheinlich ist sie total in seinem Schatten aufgewachsen, in der Obhut einer schwer depressiven Mutter und ohne Vater. Wir sollten mit ihr reden«, sagte Kristina.

»Wegen dem Alibi, meinen Sie? Oder worüber wollen Sie mit ihr reden? Über die familiäre Situation?«

»Ich bin nicht sicher, ob es Sinn macht, das Alibi zu überprüfen«, sagte Kristina nachdenklich. »Gut möglich, sie hatte ihre Tochter längst instruiert, wie sie im Fall des Falles antworten soll«, ergänzte sie.

»Dann wäre das Mädchen Mitwisserin«, überlegte Breuer.

»Nicht unbedingt. Sie kann ihr irgendeinen anderen Grund genannt haben, weshalb die Kleine ihre Anwesenheit an dem Tag bezeugen soll. Was das für ein Grund sein könnte, weiß ich allerdings auch nicht.«

»Okay. Vielleicht sollten wir wirklich mit Pamela reden«, erwog Breuer.

»Die Frau tut mir einerseits furchtbar leid, andererseits habe ich ein komisches Gefühl bei ihr«, sagte Kristina und musste unvermittelt an Schleyer denken. Auch bei ihm hatte sie ein ungutes Gefühl gehabt, während sie durch den Wald gelaufen waren. Wie sich herausgestellt hatte, war ihr Empfinden richtig gewesen. »Ich kann es nicht erklären.«

»Keller hat an der Wange des Toten sowohl eine Lippenstiftspur als auch Hautschuppen mit fremder DNA gefunden«, erinnerte Breuer sie. »Mit weiblicher DNA übrigens. Wir hatten ja mal das Thema, dass eventuell auch ein Mann der Täter sein könnte.«

Kristina, die eben ihren Wagen hatte aufsperren wollen, der am Straßenrand einer Querstraße geparkt stand, verharrte in der Bewegung. »Wir haben was? Warum weiß ich davon nichts?«

»Weil Sie mir nicht zugehört haben.« Breuer verzog keine Miene.

»Ich höre Ihnen immer zu«, widersprach Kristina.

»Ja. Wenn Sie nicht gerade im Saarland sind und Urlaub machen«, gab Breuer zurück. »Wir hatten vor ein paar Tagen telefoniert. Da wollte ich Sie auf den aktuellen Stand bringen. Sie sind gar nicht auf Kellers Erkenntnis eingegangen, die er nachgeliefert hat. Das hat mich vermuten lassen, dass Sie mit den Gedanken woanders sind. Wir brauchen also eigentlich nur Vergleichsmaterial von der Schuberth.«

Kristina beschloss, auf Breuers Vorwurf nicht einzugehen. Sie konnte sich durchaus an das Telefonat mit ihm erinnern, auch wenn sie nicht mehr gewusst hatte, was er ihr eigentlich mitgeteilt hatte.

»Was machen wir denn jetzt?«, fragte sie. »Wieder reingehen?«

»Wir können ihr vermeintliches Alibi nicht einfach vom Tisch fegen, auch wenn Pamela erst fünfzehn Jahre alt und ihre Tochter ist. Mit welcher Begründung sollen wir jetzt was für einen DNA-Abgleich von ihr verlangen?«

»Natürlich. Sie haben recht.« Resigniert schloss Kristina ihren Wagen auf.

»Ich fürchte, wir stecken fest«, sagte Breuer, während er seine langen Beine im Fußraum des Peugeot unterbrachte und den Gurt anlegte. »Die Schuberth war und ist die heißeste Spur. Kamitzkis Ex-Frau, diese Manuela, war zur fraglichen Zeit mit ihrer Tochter in Urlaub. Ich habe das überprüft. Zum Todeszeitpunkt ihres geschiedenen Mannes saß sie mit einer Urlaubsbekanntschaft an der Hotelbar, ihre Tochter hat schon geschlafen«, fuhr Breuer fort.

Kristina überlegte, ob er ihr davon auch telefonisch erzählt hatte. Erinnern konnte sie sich nicht. Konzentriert und ohne ihm zu antworten, setzte sie den Blinker und fuhr aus der Parklücke.

»Eventuell sollten wir noch einmal mit diesem Rolf Pöhlmann sprechen«, schlug sie vor.

»Dem Nachbarn von Kamitzki?«, fragte Breuer. »Bei dem waren Sie doch schon. Ich dachte, das hat nichts ergeben?«

»Hat es auch nicht. Aber es muss doch irgendwer einen Grund gehabt haben, den Mann zu töten«, hielt sie dagegen.

Breuer gab keine Antwort.

»Vielleicht sollten wir in der Firma nachforschen, bei der er gearbeitet hat. Er war doch Immobilienmakler. Es kann ja sein, dass ein unzufriedener Kunde gemeint hat, ihm irgendwas heimzahlen zu müssen«, überlegte sie weiter.

»Bei der ›Haus, Wohnung & Co. KG‹, wo er angestellt war, war ich schon. Das hat nichts Relevantes ergeben«, sagte Breuer.

»Okay. In seinem beruflichen Umfeld scheinen wir nicht weiterzukommen. Die Schuberth dürfen wir nicht aus den Augen verlieren. Möglicherweise gibt es noch jemanden außer ihrer Tochter, der ihr Alibi bezeugen oder auch widerlegen kann. Eine Nachbarin zum Beispiel, die sie zufällig gesehen hat, wie sie aus dem Haus gegangen ist. Würden Sie das überprüfen?«

»Natürlich«, erwiderte Breuer.

»Wir müssen auch noch mehr über sein Privatleben herausfinden. Hatte er Frauenbekanntschaften? Eine Freundin hatte er wahrscheinlich nicht, sonst hätte die sich doch in der Zwischenzeit bestimmt gemeldet.«

»Ja, wahrscheinlich. Ich sehe zu, dass ich etwas herausfinde. Vielleicht über diesen Nachbarn, den Pöhlmann«, sagte Breuer.

»Machen Sie das, aber am besten telefonisch. Der besteht quasi nur aus Zigaretten. Nicht zum Aushalten«, erwiderte Kristina.

»Unter den Umständen bin ich froh, wenn ich nicht hinmuss«, erwiderte Breuer. »Ich rufe ihn an, sobald wir im Präsidium sind.«

»Ja. Ich halte da vorne beim Bäcker. Ich brauch jetzt was Süßes. Wollen Sie auch etwas?«, fragte Kristina.

»Ja. Wenn Sie mir sagen, was Sie möchten, hole ich es und laufe die letzten paar Meter zum Büro. Würden Sie mir in der Zwischenzeit Teewasser aufsetzen?«, antwortete Breuer.

Sie setzte den Blinker und hielt an. »Überredet. Zwei Kirschtörtchen bitte. Und wenn die aus sind, dann was mit Erdbeeren oder so. Auf jeden Fall zwei Stück.«

»Jawohl.«

»Aber bis zum Büro sind es nicht ein paar Meter, sondern ein paar hundert Meter. Ich kann auch hier auf Sie warten«, schlug sie vor.

»Nicht nötig, Frau Herbich. Ich laufe gern ein Stück. Also bis gleich.«

Breuer stieg aus und ging in die Bäckerei, ohne sich noch einmal umzusehen.

46

Zwanzig Minuten später betrat Konrad Breuer mit zwei Gebäcktüten das Büro. Kristina hatte sich inzwischen einen Kaffee gekocht und auch das erbetene Teewasser vorbereitet.

Ihr Kollege verteilte die Backwaren auf zwei Teller und legte je eine Kuchengabel daneben.

»Das letzte Kirschtörtchen und ein Stück Erdbeerkuchen. Betrachten Sie sich als eingeladen«, sagte er und stellte die Leckereien vor ihr ab.

»Herzlichen Dank. Womit habe ich das verdient?«, fragte sie überrascht.

Breuer schmunzelte.

»Sagen wir so, ich bin ganz froh, dass Sie wieder im Einsatz sind. Nicht dass ich Sie vermisst hätte oder alleine nicht klargekommen wäre, aber der Fall Kamitzki schleppt sich hin. Nun bin ich wenigstens nicht alleine verantwortlich.«

Kristina grinste. »Apropos. Ich habe, während Sie beim Bäcker waren, Willbrandt auf dem Flur getroffen. Er hat gefragt, ob wir durch das Gespräch mit der Schuberth vorangekommen sind. Er ist der Meinung, wir sollten Pamela über ihr Zeugnisverweigerungsrecht aufklären und nach dem Alibi der Mutter fragen, wenn wir der Einschätzung sind, das Mädchen ist reif genug, die Situation zu überblicken. Was meinen Sie?«

»Ich denke durchaus, dass sie reif genug ist, auch wenn wir sie nur kurz gesehen haben. Soll ich noch mal hinfahren?«

»Wir verbinden das mit einem weiteren Gespräch mit der Mutter. Ich will wissen, ob sie mit noch mehr Zeugen für den 12. Juni aufwarten kann. Einem Nachbarn zum Beispiel. Vielleicht sollten wir uns ohnehin in der unmittelbaren Nachbarschaft umhören, ob sie von jemandem gesehen wurde. Und vergessen Sie Pöhlmann nicht.«

»Der ist gleich dran«, versicherte Breuer.

Kristina musterte die beiden Gebäckstücke, die er auf seinem Teller liegen hatte. Dunkler Boden, wahrscheinlich Biskuit, eine helle Creme darüber, wohl aus Sahne oder Joghurt, obenauf große, frische Himbeeren. Es sah köstlich aus.

»Sehr verführerisch, was Sie sich da gegönnt haben«, sagte sie.

»Nicht wahr? Die Himbeertörtchen sind vegan. Ich hätte eins für Dennis mitnehmen sollen. Sie sind doch nicht etwa neidisch? Das sieht doch auch gut aus«, antwortete er und deutete auf ihren Teller.

»Bis eben war ich neidisch. Wenn die vegan sind, was ist dann das weiße Zeug? Doch wohl keine Sahne oder so.«

»Nein. Soja-Joghurt. Wollen Sie probieren?«

»Auf keinen Fall. Aber vielen Dank.«

»Da habe ich aber Glück gehabt«, murmelte Breuer und stach genießerisch mit der Kuchengabel in eins der Törtchen.

Kristina gab keine Antwort und widmete sich dem Erdbeerkuchen.

Breuer legte den Telefonhörer auf.

»Der Pöhlmann hat tatsächlich noch was gewusst«, informierte er Kristina, die sich diese Information schon während des Telefonats erschlossen hatte.

»Und?«, fragte sie.

»Kamitzki soll eine On-Off-Beziehung gehabt haben, mit einer Uschi Strehlein. Die ist mit dem Anwalt Christian Strehlein verheiratet. Uschi war bereit, sich scheiden zu lassen, wenn Kamitzki bereit wäre, mit ihr zusammenzuwohnen. Kamitzki hat aber wohl im Stillen noch immer auf seine Ex-Frau gehofft, deswegen kam Zusammenwohnen nicht in Frage. Das muss ziemlich viel Stress gegeben haben.«

»Na super. Warum hat Pöhlmann mir davon nix erzählt?«, fragte Kristina und sah Breuer so verärgert an, als sei es seine Schuld.

»Vielleicht haben Sie ihn nicht nach einer Freundin gefragt?«, schlug Breuer vor.

Kristina versuchte, sich die Unterredung mit Kamitzkis Nachbarn ins Gedächtnis zu rufen. Tatsächlich konnte sie sich an eine solche Frage nicht erinnern.

Das war eine Nachlässigkeit gewesen.

»Möglich«, räumte sie widerwillig ein. »Meinen Sie, die Strehlein hat den Kamitzki umgebracht? Gekränkte Eitelkeit, zurückgewiesene Wünsche?«, fuhr sie fort.

»Keine Ahnung. Ausschließen kann man es nicht«, antwortete er.

»Hm«, machte Kristina. Willbrandt würde sauer sein, wenn er mitbekam, dass sie die Freundin des Toten erst jetzt ermittelt hatten.

»Darf ich einen Vorschlag machen?«, fragte Breuer.

»Nur zu.«

»Einer von uns beiden sucht die Strehlein auf und befragt sie. Der andere fährt noch mal zur Schuberth, um mit Pamela zu reden. Wenn wir schon dort sind, können wir auch die unmittelbaren Nachbarn befragen, ob sie am 12. Juni ein Kommen oder Gehen mitbekommen haben. Wir hatten darüber ja schon gesprochen. Allein wie die Wohnungstür der Schuberth knarzt, das hört man doch im ganzen Haus.«

Kristina überlegte. Ein zweites Mal am selben Tag zu Lisa Schuberth zu fahren widerstrebte ihr. Andererseits bot es eine Möglichkeit, an DNA-Material der Frau zu gelangen, egal, was bei der Befragung der Tochter herauskam.

»Gut«, stimmte sie zu. »Ich fahre zu der Strehlein. Und wenn Sie bei der Schuberth sind, versuchen Sie doch, unauffällig an ihre DNA zu kommen. Notfalls mit dem alten Trick und der Frage, ob Sie die Toilette benutzen dürfen. Im Bad liegt doch bestimmt genug rum, was wir verwenden können.« Während sie sprach, wurde ihr klar, dass ihnen das nicht weiterhalf.

Breuer sah sie vorwurfsvoll an. »Und wie soll ich wissen, was im Bad der Mutter und was der Tochter gehört?«

»Schon gut. Sie haben recht.«

Vielleicht war es tatsächlich keine gute Idee, schon wieder zu arbeiten. Kristina beschloss, darüber jetzt nicht nachzudenken. Urlaub machen konnte sie wieder, wenn der Fall Kamitzki gelöst war.

***

Eine Stunde später stand Kristina vor einem parkähnlichen Anwesen in einer Wohnsiedlung am Fuß des Festspielhügels. Ein schmiedeeiserner Zaun mit reichlich kunstvollen Ornamenten umschloss das Grundstück. Auf einer gepflegten Rasenfläche vor einer großzügigen Villa verteilten sich akkurat geschnittene Buchsbäume in Form großer Kugeln.

Das Gebäude selbst war ganz im Baustil des 19. Jahrhunderts gehalten. Zwei Türmchen zierten die cremefarbene Fassade, und auf einem Erker im ersten Stock befand sich ein Balkon, ebenfalls eingefasst mit einem Geländer aus Schmiedeeisen.

Kristina drückte auf eine Glocke neben dem mannshohen Eingangstor.

Der Türsummer ertönte, noch während sie den Finger auf der Klingel hatte.

Beinahe erschrocken, weil es so rasch ging, sah sie nach allen Seiten, als sie das Anwesen betrat, doch das Grundstück schien völlig verlassen.

Die zweiflügelige Eingangstür aus schwerem honigfarbenen Holz öffnete sich, während sie den gekiesten Weg zum Haus nahm. Im Rahmen stand eine füllige Frau, nur wenig größer als Kristina, mit roten Haaren, die ihr bis auf die Hüften fielen.

Kristina kam augenblicklich zu der Annahme, dass diese Frau niemals zu der Beschreibung passen konnte, die einige Gäste von der letzten Tanzpartnerin von Kamitzki gegeben hatten. Die Flut ihrer Haare konnte man wohl kaum unter einer Perücke verstecken, und ihre Figur war zu üppig.

Eigentlich konnte sie gleich wieder umkehren oder auch Breuer hinterherfahren, der inzwischen wahrscheinlich auf dem Weg zu Lisa und Pamela Schuberth war.

Die Höflichkeit verlangte es anders. Immerhin war die Rechtsanwaltsgattin sofort zu einem Gespräch bereit gewesen, als sie sie angerufen hatte.

Kristina begrüßte Uschi Strehlein, stellte sich vor und wies sich aus.

»Kommen Sie herein«, bat Uschi Strehlein und führte Kristina in ein helles Wohnzimmer mit hohen Wänden und Fenstern. Der Raum war nicht allzu groß und wurde von einem offenen Kamin und vielen Grünpflanzen beherrscht.

Die Hausherrin bot ihr einen Platz auf einer Couchgruppe aus Biedermeiermöbeln mit altrosa Bezugsstoff an.

»Ich weiß natürlich, was passiert ist«, begann sie das Gespräch, noch ehe Kristina etwas sagen konnte. »Ich bin erschüttert und todunglücklich. Wie sind Sie auf mich gekommen? Rainer und ich waren immer sehr diskret – auf seinen Wunsch, muss ich sagen.«

»Im Rahmen unserer Ermittlungen haben wir die Nachbarn von Herrn Kamitzki befragt. Dabei ist Ihr Name gefallen«, antwortete sie.

»Das kann nur der Pöhlmann gewesen sein«, bemerkte Uschi Strehlein. »Mit dem hatte Rainer viel Kontakt.«

Kristina kommentierte ihre Annahme nicht.

»Ich nehme an, Sie sind bei mir, weil Sie ein Alibi von mir möchten. Wahrscheinlich ziehen Sie in Erwägung, dass ich Rainer aus Enttäuschung …« Sie fasste sich an die Kehle. Ihre Hände waren kräftig und wiesen Spuren von Gartenarbeit auf, die Nägel trug sie kurz geschnitten.

»Wir müssen jeder Möglichkeit nachgehen«, wich Kristina aus.

Uschi Strehlein war zwar aus ihrer Sicht aufgrund ihres Aussehens als Täterin ausgeschlossen, doch vielleicht konnte sie, und sei es unbewusst, weitere Hinweise geben.

Die Anwaltsgattin ließ die Hand wieder sinken. »Ich hätte Rainer niemals was angetan, sosehr mich sein Verhalten auch verletzt hat. Für den bewussten Abend habe ich kein Alibi. Ich war hier, und zwar alleine. Mein Mann hatte noch einen Termin mit Klienten.«

»Hatte Herr Kamitzki Feinde? Hat er Ihnen gegenüber einmal etwas erwähnt, woran Sie jetzt denken müssen?«

Uschi Strehlein schüttelte den Kopf. »Nicht dass ich wüsste. Rainer ist viel und gern tanzen gegangen. Vielleicht gab es da mal Ärger. Eine Zeit lang hat ihn eine Frau bedrängt, die auch oft im Harmonie war, davon hat er mir erzählt. Ich bin nie mitgegangen, wissen Sie. Es hat mich zu sehr gekränkt, dass er, egal, wo wir waren, immer so getan hat, als wären wir lediglich miteinander bekannt.«

»Hat er noch mehr von dieser Frau erzählt? Irgendein Detail? Wie sah sie aus, kennen Sie einen Namen?«

»Nein, tut mir leid.«

»Gut, Frau Strehlein. Das war es von meiner Seite aus schon.« Kristina beschloss, das Gespräch abzubrechen, und stand auf. »Wenn Ihnen doch noch etwas einfällt, rufen Sie mich bitte an.«

Sie kramte in ihrer Tasche, um Uschi Strehlein eine Visitenkarte dazulassen.

In dem Augenblick klingelte ihr Handy. Sie erkannte Breuers Nummer auf dem Display. Rasch nahm sie das Gespräch an, trat jedoch einige Schritte beiseite, damit die Anwaltsgattin nicht hören konnte, was Breuer sagte.

»Herr Breuer?«, fragte sie.

»Hallo, Frau Herbich. Kann ich reden?«

»Gleich. Ich melde mich sofort wieder«, sagte sie und legte auf, ehe Breuer antworten konnte.

Endlich hatte sie die Visitenkarte gefunden und konnte sich verabschieden.

Uschi Strehlein begleitete sie zur Haustür.

Nachdem Kristina das Grundstück verlassen hatte, rief sie Breuer zurück.

»Sorry, Herr Breuer. Ich war noch bei der Strehlein. Die können wir abhaken. Sie hat zwar kein Alibi, passt aber von der Statur her überhaupt nicht. Außerdem hat sie sehr lange Haare, die hätte sie bestimmt nicht unter einer Perücke verstecken können.«

»Okay. Ich wollte eigentlich nur fragen, ob Sie einverstanden sind, wenn ich Feierabend mache. Bei Schuberths ist niemand zu Hause, vielleicht macht auch nur niemand auf. Es gibt zwei weitere Mieter im Haus, beide alleinstehend. Direkt über der Schuberth wohnt ein Herr Bartsch, der liegt seit dem 10. Juni im Krankenhaus, mit einem komplizierten Hüftbruch. Er ist hier im Haus die Treppe runtergefallen. Und die Wohnung im zweiten Stock hat eine Rosanna Krupp angemietet. Die Frau ist einundachtzig Jahre und extrem schwerhörig. Sie sagt, sie hat nichts mitbekommen.«

»Gut. Dann machen Sie Feierabend. Wir fahren morgen gemeinsam zur Schuberth, klären Pamela über ihre Rechte auf, und dann sehen wir weiter.«

»Schönen Feierabend, Frau Herbich«, verabschiedete sich Breuer.

47

Lisa Schuberths Wangen waren gerötet, als hätte sie Fieber, und ihre Frisur war zerzaust. Sie trug einen zerschlissenen weißen Bademantel, ihre Füße steckten, trotz des Sommertages, in Wollsocken. Sie hatte die Wohnungstür nur einen Spaltbreit geöffnet. Es war offensichtlich, dass sie die Kommissare nicht hereinlassen wollte.

»Dürfen Sie das überhaupt? Pamela nach meinem Alibi fragen? Ich meine, sie ist fünfzehn Jahre und damit noch minderjährig«, protestierte sie.

»Natürlich dürfen wir das«, versicherte Kristina ruhig. »Wir klären Ihre Tochter über ihr Zeugnisverweigerungsrecht auf, danach kann sie selbst entscheiden, ob sie Ihr Alibi bestätigen möchte oder nicht.«

»Das ist allerhand«, empörte sich Lisa Schuberth. »Ich werde mich erkundigen, ob das rechtens ist.«

»Frau Schuberth, ich bitte Sie«, meldete sich Breuer zu Wort.

»Wo liegt das Problem? Ihre Tochter hat einen durchaus erwachsenen, vernünftigen Eindruck gemacht, als wir sie gestern kurz gesehen haben. Wir fragen sie, sie antwortet, im für Sie günstigsten Fall bestätigt sie Ihr Alibi, und das war es dann.«

»Sie ist ein Kind«, hielt Lisa Schuberth noch einmal dagegen.

Kristina und Breuer gaben keine Antwort.

»Also gut. Meine Aussage reicht ja offenbar nicht aus.«

Weder Kristina noch Breuer kommentierten ihre Annahme. Lisa Schuberth öffnete die Wohnungstür so weit, dass sie eintreten konnten.

»Pamela?«, rief sie über die Schulter in den düsteren Flur.

Umgehend ging eine Tür am Ende des Ganges auf, und die junge Frau erschien.

»Hey«, murrte sie unfreundlich.

Kristina stutzte. »Was hast du mit deinen Haaren gemacht?«, fragte sie statt einer Begrüßung.

»Nichts. Wieso?« Pamela Schuberth fasste in ihre seidig glänzende Frisur, die, zum kinnlangen Bob geschnitten, weich ihr Gesicht umrahmte.

»Die waren gestern noch viel länger«, sagte Kristina.

»Ach so.« Pamela lächelte. Ihre Lippen waren in kräftigem Rot geschminkt. »Das waren Extensions. Cool, oder? Ich hätte so gern lange Haare, aber irgendwie wollen die nicht wachsen. Auf Schulterlänge ist immer Schluss, und dann muss ich sie abschneiden, weil die Spitzen brüchig werden.«

»Okay«, erwiderte Kristina und lächelte zurück.

»Wenn Sie jetzt genug über die Haare meiner Tochter geredet haben, bringen wir es hinter uns«, ging Lisa Schuberth dazwischen. »Pamela, sei so gut und sag den Kommissaren, dass ich am 12. Juni den ganzen Abend zu Hause war. Du erinnerst dich, es war der Freitag, an dem du zu Birtes Geburtstag wolltest und –«

»Frau Schuberth!«, unterbrach Kristina sie. »Überlassen Sie die Fragen bitte uns. Wir möchten mit Pamela alleine sprechen.«

Sie hatte zu langsam reagiert. Damit, dass die Mutter ihr zuvorkommen könnte, hatte sie nicht gerechnet. Für Sekunden war sie auch wütend auf Breuer. Er hätte durchaus auch einschreiten können.

»Bitte. Wie Sie wollen.« Lisa Schuberth verschränkte die Arme vor der Brust und presste die Lippen zusammen.

»Pamela?«, wandte Kristina sich an das Mädchen.

»Am 12. hatte Birte Geburtstag, und ich war eingeladen. Mir ging es an dem Tag nicht gut, das hat schon nachmittags angefangen. Ich musste ihr absagen und habe mich so gegen sieben Uhr ins Bett gelegt. Also neunzehn Uhr.«

»Deine Mutter war den ganzen Abend zu Hause?«, vergewisserte sich Kristina, obgleich sie überzeugt war, sich die Frage ob des Vorgreifens der Mutter schenken zu können.

»Ja«, antwortete Pamela nur.

»Du bist doch bestimmt irgendwann eingeschlafen«, meldete sich Breuer nun zu Wort.

»Kann sein«, wich Pamela aus. »Ich weiß keine Uhrzeiten mehr. Ich habe am Handy rumgespielt, später Netflix geguckt.«

»Was hat deine Mutter den Abend über gemacht?«, fuhr er fort.

»Keine Ahnung.« Das Mädchen warf seiner Mutter einen Blick zu.

»Ich habe ferngesehen«, antwortete diese. »Und ich bin darüber eingeschlafen.«

»Gut. Das war es von unserer Seite«, sagte Kristina widerwillig.

»Eine Kleinigkeit noch«, meldete sich Breuer erneut zu Wort. »Das ist mehr privater Natur. Pamela, meine Schwester wünscht sich schon lange Extensions. Sie hat bald Geburtstag, ich würde ihr gerne welche schenken. Darf ich mir deine mal genauer ansehen?«

»Klar.«

Pamela Schuberth verschwand in ihrem Zimmer und kam gleich darauf mit einer länglichen schwarzen Kunststofftasche zurück, ähnlich einem großen Kuvert.

»Hier, bitte«, sagte sie und reichte Breuer die Hülle.

Interessiert öffnete er sie. In der Verpackung lagen mehrere

Haarsträhnen, geschätzte sechzig Zentimeter lang. Jede war circa drei oder vier Zentimeter breit, an einem Ende befanden sich Clips, vermutlich, um die Strähnen an den eigenen Haaren zu befestigen.

»Darf ich eine rausnehmen?«, fragte Breuer.

»Sicher«, stimmte Pamela zu.

Behutsam nahm er eine der Haarverlängerungen heraus und strich mehrfach mit den Fingern hindurch. »Sind das echte Haare?«, fragte er.

»Nein. Echte Extensions sind viel zu teuer. Das ist Kunsthaar, und zwar das günstigste. Da gibt es auch Unterschiede. Manche kann man waschen, Locken reindrehen und föhnen. Bei denen hier geht das nicht. Die kann man nicht mal waschen, die würden kaputtgehen. Wenn ich genug Geld habe, kaufe ich mir richtige, echte.«

»Die sind sehr schön. Ich denke, ich werde meiner Schwester einen Gutschein kaufen, dann kann sie selbst entscheiden.« Mit einem Lächeln reichte Breuer dem Mädchen die Haare. »Vielleicht solltest du sie selber wieder einpacken, nicht dass ich was kaputt mache.«

Pamela lachte. »Keine Sorge. So empfindlich sind sie nicht.«

»Frau Schuberth, Sie halten sich bitte nach wie vor zu unserer Verfügung«, sagte Kristina, die nun genug von dem Gespräch hatte.

»Schon klar«, erwiderte Lisa Schuberth. Ihre Miene war unergründlich.

Kristina und Breuer verabschiedeten sich.

Diesmal hatte Kristina ihren Wagen nur wenige Meter vom Haus entfernt geparkt. Als sie außer Hörweite waren, machte sie sich Luft.

»Das Alibi ist endgültig für die Katz! Die hat dem Mädel doch quasi in den Mund gelegt, was sie sagen soll. Und ich war derart perplex, dass ich nicht rechtzeitig dazwischengegangen bin.«

»Das ging mir ähnlich«, gab Breuer zu und legte den Gurt an.

»Unglaublich.« Sie gab ein schnaubendes Geräusch von sich.

»Denken Sie, was ich denke?«, fragte er.

»Ich habe im Moment keine Ahnung, was Sie denken. Ich bin viel zu wütend.«

»Es kann sein, dass es die Tochter war«, sagte Breuer.

Kristina, die eben den Motor angestellt hatte, schaltete ihn wieder aus und sah ihren Mitarbeiter von der Seite an. Unvermittelt ahnte sie, worauf er hinauswollte.

»Nicht Ihr Ernst«, sagte sie dennoch, während sich in ihrem Kopf ein Bild klärte.

»Doch«, sagte er. »Nur mal angenommen, Pamela hat ihr ganzes bisheriges Leben unter dem Tod des Bruders gelitten, dann könnte es doch sein, dass irgendwann Rachegedanken aufgekommen sind. Optisch passt die Beschreibung von Kamitzkis letzter Tanzpartnerin auf sie. Schlank, zierlich, dunkle Haare. Mit den Extensions hat sie auch lange Haare. Und Keller hat ein Kunsthaar bei dem Toten gefunden. Das passt alles.«

»Möglicherweise weiß die Mutter sogar davon, dass Pamela den vermeintlichen Mörder ihres Bruders getötet hat. Dann gibt nicht Pamela der Mutter ein Alibi, sondern die Mutter der Tochter«, spann Kristina den Faden weiter.

»Genau«, stimmte Breuer zu.

»Und deswegen ...«, sagte er und hob seine rechte Hand, »... dachte ich, wenn wir schon nicht so einfach an DNA kommen, nehmen wir doch ein paar Haare aus der Haarverlängerung.«

Kristina sah drei lange schwarze Haare zwischen Breuers Fingern.

»Raffiniert, Herr Breuer. Ich habe mich schon über Ihr Interesse an den Dingern gewundert. Ich wusste auch gar nicht, dass Sie eine Schwester haben.«

Breuer schmunzelte. »Doch. Das war die Wahrheit. Aber der Rest war geschwindelt. Ich gebe das Zeug der Kriminaltechnik für einen Abgleich. Eventuell können wir auf dieser Grundlage den DNA-Test machen. Wenn die Hautschuppen auch noch mit Pamelas Erbanlagen übereinstimmen, dann haben wir unsere Täterin.«

»Super, Herr Breuer«, lobte Kristina und ließ den Wagen an.

»Damit sehe ich Ihnen nach, dass Sie ebenso wenig wie ich die Schuberth ausgebremst haben, als sie uns die Frage nach dem Alibi aus der Hand genommen hat.«

»Da bin ich aber froh«, sagte Breuer und grinste.

48

»Verdammter Mist!« Mit ungläubiger Enttäuschung legte Kristina den Hörer auf die Gabel und sah Breuer über den Computer hinweg an.

»Okay. Das Haar, das beim Opfer gefunden wurde, passt nicht zu den Haaren von den Extensions, richtig?«, fragte Breuer.

»Richtig. Das kann doch alles nicht wahr sein! Wir waren so nah dran!« Sie hielt die Hand hoch und hielt Daumen und Zeigefinger mit einem geschätzten Millimeter Abstand aufeinander.

»Irrtum, Frau Herbich. Wir dachten, wir wären so dicht dran«, verbesserte er sie.

»Was machen wir denn jetzt? Ich will wissen, wer Kamitzki getötet hat beziehungsweise warum er getötet wurde. Nicht nur, um einen Täter festzunehmen, sondern überhaupt.«

Kristina klappte den Mund zu, selbst überrascht über das, was sie gesagt hatte. Breuer warf ihr einen wissenden Blick zu.

»Ich meine, ich will immer, dass die Verbrecher vor Gericht kommen«, versuchte sie sich zu retten.

»Schon klar«, erwiderte Breuer.

Sie hätte ihre Aussage gern noch untermauert. Stattdessen schoben sich einige Bilder vor ihr inneres Auge.

Kamitzki, tot am Boden im hinteren Raum der Tanzbar Harmonie.

Philipp, der Gast, der ihr schöne Augen machte.

Die Fahrt ins Saarland.

Die Anhalterin.

Die Tote am Bostalsee.

Schleyer.

Der Keller mit dem Schacht.

Alles hatte seinen Auslöser im Tod von Kamitzki.

»Frau Herbich. Ihr Telefon«, sagte Breuer.

Hastig riss sie den Hörer von der Gabel. Sie hatte das Läuten des Apparates nur unterschwellig wahrgenommen. Ihr Hals fühlte sich trocken an, und sie hätte gern einen Schluck Wasser gehabt.

»Pamela Schuberth ist hier«, informierte sie Breuer, nachdem sie das kurze Gespräch mit Rudi Grassmann, der wie so oft am Empfang des Reviers saß, beendet hatte. »Sie will mit uns reden. Sie ist gleich oben.«

»Da bin ich jetzt aber gespannt«, bemerkte Breuer.

Kristina stand auf holte sich etwas zu trinken.

Sie hatte sich eben wieder hinter ihren Schreibtisch gesetzt, als es klopfte. Eine Polizeibeamtin hatte Pamela Schuberth zum Büro begleitet.

Nach der Begrüßung bot Kristina der jungen Frau den Besucherstuhl an.

Pamela Schuberth setzte sich, wobei sie den Rücken sehr gerade hielt. Sie trug wieder ihre Haarverlängerung, ein leichtes weißes Sommerkleid und goldfarbene flache Schuhe. Ihre Augen waren gerötet, als hätte sie geweint.

»Ich möchte Ihnen etwas sagen«, begann sie, wobei ihre Stimme ruhig und fest klang.

Aufmerksam betrachtete Kristina sie.

»Seit Sie gestern bei uns waren, denke ich darüber nach, ob ich zu Ihnen kommen soll.«

Ihre Schultern sanken nach unten, und plötzlich sackte ein wenig ihrer erwachsenen Haltung in sich zusammen.

»Worum geht es denn?«, fragte Kristina sanft.

»Um das Alibi natürlich. Ich weiß auch nicht. Vielleicht mache ich einen Riesenfehler, und meine Mutter bekommt jede Menge Schwierigkeiten. Das will ich nicht. Sie kommt mit dem Tod von Thomas absolut nicht zurecht. Aber … irgendwie …« Hilflos ging ihr Blick durch den Raum.

Kristina wartete ab, auch Breuer schwieg.

»Also, es ist so.« Pamela Schuberth holte Luft, als müsste sie Anlauf nehmen, und Kristina fragte sich plötzlich, ob die junge Frau hier ein Schauspiel abzog. Wollte sie ihre Mutter ins Visier der Kripo rücken? Vielleicht, um sich für jahrelange Enttäuschungen zu rächen?

»Wie ist es denn?«, erkundigte sich Breuer, nachdem das Mädchen nicht weitersprach.

»Ich war am zwölften abends wirklich zu Hause. Es ging mir auch wirklich nicht gut. Aber ich bin eingeschlafen, und zwar total schnell. Mama hatte mir gegen sechs Uhr noch etwas zu essen gemacht, dann bin ich müde geworden und ins Bett. Es war nach Mitternacht, als ich wieder aufgewacht bin.«

Unsicher sah sie von Breuer zu Kristina.

»Okay«, sagte Kristina gedehnt.

»Im Wohnzimmer war der Fernseher an. Ich bin noch mal aufgestanden. Mama saß im Sessel und hat so getan, als guckt sie was an«, fuhr sie fort.

»Sie hat so getan?«, fragte Kristina.

»Ja! Sie hat nix geguckt. Sie muss entweder in der Zwischenzeit weg gewesen sein, oder es war jemand bei ihr, während ich geschlafen habe.« Die Wangen von Pamela Schuberth röteten sich.

»Woraus schließt du das?«, wollte Breuer wissen.

»Ganz einfach. Ihre Lippen waren ein bisschen rot. Hellrot. So, als hätte sie Lippenstift weggewischt, aber nicht besonders gründlich. Meine Mutter schminkt sich nur ganz selten. Immer dann, wenn sie weggehen will oder ihr Typ kommt. Also hatte sie irgendwas vor.«

»Deine Mutter hat einen Freund?«, fragte Kristina überrascht.

»Ach was!« Pamela machte eine wegwerfende Handbewegung. »Sie hat den Kerl auf Facebook kennengelernt und sich ein- oder zweimal mit ihm getroffen. Bei uns war er auch schon. Ein Schmarotzer, das hat Mama selber gesagt. Ich bin aber nicht sicher, ob sie sich nicht doch noch von ihm einwickeln lässt.«

»Hm«, machte Kristina und tauschte mit Breuer einen Blick. »Weißt du den Namen von dem Mann?«, fragte sie.

»Stefan. Mehr weiß ich nicht.«

»Gut. Du hältst es also, unabhängig von diesem Stefan, für möglich, dass deine Mutter an dem Abend das Haus verlassen hat, während du geschlafen hast. Richtig?«

»Richtig.« Pamela sah zu Boden.

»Hat sie dir gesagt, was du uns gegenüber aussagen sollst, wenn wir nachfragen?«, fuhr er fort.

»Nein.« Zögernd schüttelte das Mädchen den Kopf.

»Das klingt recht unsicher«, sagte Kristina.

Pamela sah sie an. Die Röte auf ihren Wangen vertiefte sich. »Sie hat mir nicht gesagt, was ich sagen soll. Aber sie hat noch in der Nacht gesagt, sie wäre froh, dass ich so gut geschlafen hätte, und dass sie mehrfach nach mir gesehen hätte, ob alles in Ordnung war. Am nächsten Morgen beim Frühstück hat sie das noch mal wiederholt. Das passt nicht zu meiner Mutter!« Aufgeregt sah Pamela zwischen den Kommissaren hin und her. »Es klang so, als wollte sie mir irgendwas erzählen, was ich glauben soll. Ich habe Angst, verstehen Sie. Dass sie was Schlimmes getan hat. Ich will, dass sie nichts getan hat.«

Erschöpft ließ das Mädchen die Schultern sinken.

Kristina betrachtete sie nachdenklich. »Das kann ich verstehen«, sagte sie ruhig. »Es war auch richtig, dass du zu uns gekommen bist.«

»Was passiert denn jetzt?«, fragte Pamela.

»Du kannst nach Hause gehen. Wir sprechen noch einmal mit deiner Mutter«, antwortete sie.

»Und wenn sie es war? Was ist dann?« Ängstlich sah Pamela Kristina an.

Kristina stand auf. »Wir werden sehen. Ich bringe dich raus«, umging sie eine Antwort.

49

»Hier stimmt was nicht«, empfing Breuer Kristina, kaum dass sie das Büro wieder betreten hatte.

»Da gebe ich Ihnen völlig recht«, antwortete sie und setzte sich hinter ihren Schreibtisch.

»Sie vernichtet in einem Atemzug das von ihr gegebene Alibi ihrer Mutter und behauptet gleichzeitig, Angst zu haben, die Mutter könnte etwas Schlimmes getan haben. Warum macht sie das? Sie hätte doch nicht zu uns kommen müssen«, sagte Breuer.

»Ich hatte zwar bisher nicht den Eindruck, aber vielleicht ist sie ein ganz gerissenes Luder. Nur mal angenommen, sie selbst hat Kamitzki auf dem Gewissen, kam sich superschlau vor mit Planung und Durchführung und bekommt jetzt doch Angst, wir könnten ihr auf die Spur kommen. Dann will sie eventuell ihre Mutter in den Fokus rücken«, überlegte Kristina. »Kann sein, sie ist gnadenlos wütend auf sie. Mir kommt die Schuberth so vor, als hätte sie nie mit der Vergangenheit abgeschlossen. Vielleicht hat Pamela ihr ganzes bisheriges Leben darunter gelitten.«

»Aber die Haare haben nicht übereingestimmt«, erinnerte Breuer sie.

Kristina zuckte mit den Schultern. »Wer sagt uns, dass das Mädchen nicht noch mehr Extensions oder Perücken hat?«, fragte sie.

»Auch wieder wahr«, sagte Breuer. »Andererseits will Pamela zur fraglichen Zeit mit Unwohlsein im Bett gelegen haben«, fuhr er fort. »Wenn die Mutter tatsächlich zu Hause war, wie will sie sich unbemerkt davongeschlichen haben? Außerdem hat sie für die Tat eine gewisse Zeit gebraucht. Das Risiko, dass ihrer Mutter auffällt, dass sie weg war, ist groß«, gab er zu bedenken.

»Die Mutter kann längst über alles Bescheid wissen und deckt ihre Tochter. Man kann es in alle Richtungen drehen. Beide können es gewesen sein.«

»Durchaus.«

»Okay.« Kristina legte die Fingerspitzen aneinander. »Das Hin und Her bringt uns nicht weiter. Wir bestellen beide für eine

DNA-Probe ein. Wir haben genug Verdachtsmomente. Sollte der Abgleich nichts bringen, müssen wir wieder bei null anfangen.«

Lisa Schuberth umklammerte den Riemen ihrer Handtasche. Ihre Tochter saß neben ihr, auf einem zweiten Besucherstuhl, den Breuer aus einem benachbarten Büroraum leihweise geholt hatte.

»Was soll das Theater? Ich habe den Eindruck, Sie beißen sich förmlich an mir fest! Ja, ich habe Kamitzki gehasst. Es tut mir absolut nicht leid, dass ihm jemand den Garaus gemacht hat. Aber ich war es nicht! Warum hätte ich das jetzt tun sollen, nach all den Jahren? Und warum sollte Pamela mit aufs Präsidium? Was wollen Sie diesmal von ihr?«

»Frau Schuberth, es liegen sowohl gegen Ihre Tochter als auch gegen Sie Verdachtsmomente vor, Rainer Kamitzki getötet zu haben. Deswegen möchten wir Sie beide bitten, eine DNA-Probe abzugeben. Es gibt Spuren am Körper des Toten, mit denen wir einen Abgleich vornehmen möchten. Wenn Sie beide unschuldig sind, haben Sie nichts zu befürchten«, klärte Kristina sie auf.

»Sie haben einen Verdacht gegen Pamela? Wieso das?« Aufgebracht sah die Mutter sie an.

»Gegen mich?«, fuhr die junge Frau hoch und sah Kristina entsetzt an. »Warum?«

Kristina zögerte. Mit diesen Fragen hatte sie gerechnet, und sie hatte sich bereits vorab Gedanken gemacht, ob sie Lisa Schuberth sagen wollte, dass ihre Tochter das Alibi quasi widerrufen hatte. Im Grunde kam sie nicht daran vorbei.

»Ihre Tochter war bei uns und hat ihre Aussage von neulich korrigiert. Sie hat in der fraglichen Zeit geschlafen. Damit hatten Sie die Gelegenheit, ins Harmonie zu fahren und Kamitzki zu töten.«

»Aber was hat das mit mir zu tun?«, fragte Pamela erschrocken. Lisa Schuberth presste die Fingernägel in die Handballen.

»Bist du wütend auf Kamitzki? Weil er vermeintlich den Tod deines Bruders zu verantworten hat?«, erkundigte sich Breuer.

»Ja! Nein! Meine Güte! Ich habe Thomas nie kennengelernt. Und Mama … ich meine … ja, ich verstehe sie durchaus. Wahrscheinlich würde ich an ihrer Stelle auch denken, dass er verantwortlich ist. Aber irgendwie gehört das alles gar nicht zu meinem Leben. Weshalb sollte ich den Mann, den ich nie gesehen habe, töten? Ich habe mein Leben vor mir. Ich will studieren, Kinder kriegen und nicht einen Wildfremden abstechen.« Pamela Schuberth hatte schnell gesprochen und war dabei lauter geworden.

»Hattest du nie das Gefühl, im Schatten deines Bruders aufzuwachsen?«, fuhr Breuer fort, und Kristina war überrascht, wie unbarmherzig er fragen konnte. Aufmerksam lag der Blick ihres Kollegen auf Pamela.

Ein Zucken lief über das Gesicht der jungen Frau. Sekundenlang gab sie keine Antwort.

»Also?«, fragte Breuer nach.

Pamela sank in sich zusammen. »Doch. Natürlich«, gab sie zu und sprach jetzt wesentlich leiser.

»Erzähl«, verlangte Breuer.

Pamela schüttelte den Kopf. »Es gibt nicht viel zu erzählen. Thomas hier und Thomas dort. Er war einfach perfekt, und Kamitzki hat zwei Leben zerstört. Das von Thomas und das von Mama. Ich bin so nebenbei groß geworden.«

Tränen schossen ihr in die Augen.

»Aber Pam!« Erschrocken sah Lisa Schuberth zu ihrer Tochter. »Das stimmt doch gar nicht.«

»Doch, natürlich!« Heftig fing sie an zu schluchzen. »Du hast mich doch nie gesehen, mir nie zugehört. Es ging immer nur um Thomas.«

»Schätzchen! Das wollte ich nicht. Es tut mir leid. Ich wollte dir von ihm erzählen, du solltest wissen, was passiert war und was für einen wundervollen Bruder du hattest. Ich hätte mir so gewünscht, ihr hättet euch kennengelernt.«

Lisa Schuberth stand die Bestürzung ins Gesicht geschrieben.

»Siehst du! Schon wieder! Der wundervolle Bruder. Verdammt, ich habe keinen Bruder. Aber ich bin hier, und ich wollte auch wundervoll für dich sein. Aber ich bin es ja nicht. Ich bin nichts wert. Ich bin *dir* nichts wert.«

»Pami! Wenn ich dich nicht gehabt hätte, wäre ich nicht mehr hier. Du hast mich am Leben gehalten.« Erschüttert sah Lisa Schuberth zu ihrer Tochter.

Wildes Schluchzen schüttelte Pamela.

»Bitte beruhige dich, Pamela«, sagte Kristina, der unerwartet der Gedanke durch den Kopf ging, ob psychologische Sitzungen zur Familienzusammenführung ähnlich abliefen. Sie hatte einmal eine Sendung im Fernsehen dazu gesehen, sich jedoch nicht wirklich dafür interessiert.

Ihr fiel auf, dass Lisa Schuberth keinen Körperkontakt zu ihrer unglücklichen Tochter suchte. Sie griff weder nach ihrer Hand, noch streichelte sie sie, und in den Arm nahm sie sie schon gar nicht. Ihr dürftiger Trost beschränkte sich auf ein paar Worte, die Pamela offenbar nicht erreichten.

»Gut. Wir würden jetzt gerne die Abstriche machen«, entschied sie.

Die Probenröhrchen für die Entnahme der Wangenabstriche lagen bereit. Breuer hatte sie bereits beschriftet.

Lisa Schuberth schüttelte heftig den Kopf. »Nein. Nein, auf keinen Fall. Ich weigere mich. Wenn Sie keine rechtliche Handhabe haben, dann gehen wir jetzt beide wieder. Ich lasse mich nicht wie ein Verbrecher behandeln.«

Pamela schluchzte vor sich hin. Breuer reichte ihr ein Papiertuch.

»Wir können auch einen richterlichen Beschluss erwirken«, sagte Kristina gelassen. »Ob Sie das glauben oder nicht, Frau Schuberth, unter den gegebenen Umständen können Sie sich dem Abgleich nicht entziehen.«

Lisa Schuberth stieß einen hysterischen Laut aus. »Was wollt ihr denn von mir? Ich habe doch schon genug gelitten!« Ihr Gesicht lief rot an, und plötzlich trampelte sie wie besessen mit den Füßen auf den Boden und schlug gleichzeitig wild um sich. Ihre Tochter sprang vom Stuhl auf und wich den unkontrollierten Stößen der Mutter aus.

»Frau Schuberth!« Breuer stand ebenfalls auf, trat rasch hinter die Frau und hielt ihre Arme fest. »Ganz ruhig, beruhigen Sie sich. Sollen wir einen Arzt rufen?«

Mit einer aggressiven Bewegung entriss Lisa Schuberth sich Breuers Händen. »Wozu denn? Ich brauche keinen Arzt, nur meine Ruhe!«

Sie keuchte, presste die Handflächen an die Schläfen, und ein Zittern durchlief sie.

»Von mir können Sie den Abstrich machen«, hörte Kristina Pamelas leise Stimme.

Lisa Schuberth stampfte noch einmal heftig mit dem Fuß auf. »Also gut. Bringen wir es hinter uns«, stieß sie hervor. Sie atmete schnell. »Ihren Test können Sie sich sparen. Ich war es. Ich habe Rainer Kamitzki getötet. Die Gründe dafür kennen Sie.«

»Mama!« In Pamelas verweintem Gesicht spiegelte sich Fassungslosigkeit.

»Ja!«, fuhr die Mutter sie an und warf ihr einen beinahe wütenden Blick zu. »Ich weiß, dass du es nie verstanden hast. Wie auch. Aber ich habe es nicht länger ausgehalten.«

»Pamela, wenn du lieber draußen warten möchtest?«, unterbrach Kristina die Frau und sah das Mädchen an.

Pamela schüttelte den Kopf. Sie zog ihren Stuhl, so weit es ging, von ihrer Mutter weg und setzte sich wieder.

»Ich will das jetzt wissen«, flüsterte sie.

Kristina hatte den Wunsch, sie in den Arm zu nehmen. Stattdessen wandte sie sich der Mutter zu.

»Erzählen Sie«, sagte sie.

Lisa Schuberth betrachtete ihre Fingernägel. Ohne den Blick zu heben, begann sie zu sprechen.

»Es war vor ungefähr einem Monat, da bin ich mit ein paar Bekannten ins Harmonie gegangen. Jutta hat mich überredet mitzukommen. Ich habe früher ganz gerne getanzt. Ich bin ein paarmal aufgefordert worden. Irgendwann stand Kamitzki vor mir. Ich habe ihn sofort erkannt, er mich aber nicht. Ich war fix und fertig. Jutta, die öfter ins Harmonie geht, hat gesagt, sie kennt ihn nur vom Sehen, aber er wäre jedes Wochenende da.«

»Jutta ist eine Freundin von Ihnen?«, fragte Breuer.

Lisa Schuberth nickte. »Ich habe ihr nicht gesagt, dass Kamitzki ebender ist, der …« Sie schluckte und bebte sichtbar am ganzen Körper. Nun hob sie den Kopf und sah zu Kristina.

»Ich wollte nur noch nach Hause und habe mich schnell verabschiedet. Es war ja auch schon nach elf Uhr.«

Gedankenverloren rieb Lisa Schuberth mit dem rechten Daumen über ihre linke Handfläche.

»Ab dem Augenblick konnte ich nur noch an den Kerl denken. Er ging tanzen, und mein Thomas durfte nicht leben. Durch seine Schuld. Ich habe die Vorstellung nicht ausgehalten. Nach ein paar Tagen wusste ich, ich ertrage das nicht länger.«

Ihr Atem ging schwer. Ihr Blick klärte sich, und sie sah Kristina und Breuer nun direkt an.

»Es war viel leichter, als ich dachte. Ich bin ins Harmonie gegangen. Dummerweise waren an dem Abend beide Säle geöffnet. Damit hatte ich nicht gerechnet. Im großen Saal habe ich ihn nicht gesehen, aber es war auch sehr viel los. Ich war furchtbar nervös, hatte Angst, er kommt gerade an dem Abend nicht oder ist vielleicht in Begleitung, und ich komme nicht an ihn ran. In den hinteren Saal bin ich eigentlich nur gegangen, weil ich vorne keinen Sitzplatz mehr bekommen habe und mir das Getümmel zu viel war. Ich dachte, ich gehe hintenhin und beruhige mich erst mal.«

»Sie haben eine Perücke getragen? Mit langen schwarzen Haaren?«, fragte Kristina.

Lisa Schuberth nickte. »Sicher. Ich wollte doch nicht erkannt werden. Woher wissen Sie das?« Irritiert schaute sie Kristina an.

»Wir haben an der Kleidung von Kamitzki ein entsprechendes Kunsthaar gefunden«, antwortete Kristina.

»Ach so. Kann sein. Jedenfalls, während ich zwischen Bar und Tanzfläche an einem der Hochtische sitze, kommt er plötzlich rein. Ich dachte, so viel Glück kann ich nicht haben. Er war alleine und hat sich umgesehen. Tatsächlich ist er im Raum geblieben. Ich dachte, wenn er mich nicht auffordert, mache ich das. Aber ich war so nervös, mir haben die Knie gezittert.

Plötzlich hatte ich Angst, dass ich es nicht schaffe, weil ich den Mann nicht ertrage. Ich dachte, wenn er mich anfasst, dreh ich durch. Und dann stand er auf einmal an meinem Tisch und wollte mit mir tanzen. Da bin ich ganz ruhig geworden.«

Ihre Miene entspannte sich.

»Er wollte, dass ich meine Handtasche am Tisch lasse. Aber da drin war der Brieföffner mit dem Gift. Ich wollte auf Nummer sicher gehen, verstehen Sie? Ich wollte ihm das Ding in den Bauch stechen, so schnell und unauffällig es irgend geht, und verschwinden, während er umkippt.«

»Hatten Sie keine Angst, sich selbst zu verletzen? Sie mussten die Waffe doch in der Tasche ertasten. Sie hätten sich stechen und damit vergiften können«, wandte Breuer ein.

Lisa Schuberth schüttelte den Kopf. »Zum einen war es nur eine schmale Clutch. Darinnen lag der Brieföffner sicher, fast wie in einer Schatulle, er konnte kaum verrutschen. Zum anderen war es mir auch egal. Mein Leben ist mir nichts mehr wert, seit …« Sie brach ab und warf einen erschrockenen Blick zu ihrer Tochter. »Pami. Es hat nichts mit dir zu tun. Bitte glaub mir.«

Das Gesicht des Mädchens war wie versteinert. Sie gab keine Antwort und sah ihre Mutter auch nicht an.

»Es war ziemlich dunkel in dem Tanzraum und auch eng auf der Fläche. Das war perfekt. Der Kamitzki ist gleich ordentlich rangegangen. Keinen Zentimeter Abstand hat der gehalten. Meine Tasche war im Weg, hat rumgebaumelt. Das hat mir geholfen. Ich habe einige Male nach ihr gegriffen, als wollte ich sie festhalten, in Wirklichkeit habe ich den Reißverschluss aufgezogen. Und dann war es endlich so weit. Ich hatte den Öffner in der Hand und habe mich ein Stück von Kamitzki weggestemmt. Nicht viel, es war ja kein Platz, und er hat auch sofort versucht, mich wieder ranzuziehen. Das habe ich verhindert, und dann hatte ich ihn auch schon. Ein Stich nur, fest und ohne nachzudenken. Er hat die Augen aufgerissen und fing an zu schwanken. Ich habe gehofft, dass er so schnell nicht umkippen kann, weil einfach zu viele Leute um uns herum waren. Ich habe mich weggedreht, durchgeschlängelt und bin durch die hintere Tür, die zu den Toiletten führt, raus. Niemand hat mich aufgehalten. Ich bin problemlos aus dem Lokal gekommen. Die Perücke habe ich noch auf dem Heimweg in einen öffentlichen Mülleimer gestopft.«

Kristina suchte nach Worten, auch Breuer schwieg.

Pamela rührte sich nicht. »Du hast jemanden umgebracht«, sagte sie leise. Unendliche Qual spiegelte sich in ihrem jungen Gesicht. Langsam, als würde ihr die Bewegung schwerfallen, wandte die Mutter sich ihr zu.

»Ich habe für Gerechtigkeit gesorgt«, erwiderte sie mit stumpfem Blick und monotoner Stimme.

»Du bist nicht normal«, flüsterte Pamela.

»Doch, mein Liebes. Das wirst du verstehen, wenn du selber Kinder hast«, antwortete Lisa Schuberth sanft.

»Du hast mich benutzt. Du hast gesagt, du warst zu Hause und hast immer wieder nach mir gesehen.« Sie klang todunglücklich.

»Das habe ich doch auch. Bevor ich gegangen bin und als ich zurück war«, versicherte Lisa Schuberth.

»Hattest du keine Angst, dass ich in der Zwischenzeit aufwache und merke, dass du fort bist?« Eine Träne löste sich von ihren Wimpern und glitt langsam über ihre Wange.

»Nein, Schätzchen. Ich hatte dir etwas zur Beruhigung in den Tee getan. Ganz harmlos, aber sehr schlaffördernd.«

Pamela krampfte die Hände in die Oberschenkel. Diese Geste erinnerte Kristina an Lisa Schuberth, die unter Anspannung auch stets die Finger in etwas krallte.

Pamela tat ihr leid.

»Sie wissen, dass wir Sie festnehmen müssen, Frau Schuberth«, sagte sie.

»Tun Sie, was Sie tun müssen«, erwiderte diese gleichgültig. Plötzlich ging ein Ruck durch ihren Körper. »Was wird aus Pam?«, fragte sie und sah Kristina und Breuer an.

»Jemand vom Jugendamt wird sich um sie kümmern«, antwortete Breuer.

Lisa Schuberth schüttelte den Kopf. »Nein. Nein, das möchte

ich nicht. Pami ist sehr selbstständig für ihr Alter. Sie braucht niemanden.«

»Sie ist minderjährig«, hielt Kristina dagegen und fand es schrecklich, sich in Anwesenheit des Mädchens, das wahrhaft schon genug zu leiden hatte, zu unterhalten, als wäre sie nicht im Raum.

»Gibt es Verwandtschaft oder gute Freunde, bei denen du vorübergehend wohnen kannst?«, übernahm Breuer das Gespräch.

Pamela schüttelte stumm den Kopf.

»Doch.« Lisa Schuberth wurde lebhafter. »Ich habe einen Cousin. Wir haben zwar schon lange keinen Kontakt mehr, aber vielleicht kann er Pamela zu sich nehmen.«

»Mama, nein! Ich will das nicht. Ich kenne den doch gar nicht.«

»Gut. Wenn du lieber ins Heim willst, das ist deine Entscheidung.«

Lisa Schuberth zuckte mit den Schultern und zupfte plötzlich am Saum ihres T-Shirts. Kristina warf Breuer einen schnellen Blick zu. Der verzog keine Miene. Erneut fing Pamela verzweifelt an zu schluchzen. Kristina stand auf, ging zu ihr und legte ihr den Arm um die Schultern.

»Ich rufe eine Beamtin. Sie kümmert sich um dich, bis wir hier fertig sind. Ich verspreche dir, wir klären gemeinsam mit dir, wie es für dich weitergeht.« Sie streichelte den Arm des Mädchens. Pamela nickte unter Tränen.

Wenige Minuten später wurde sie von einer Mitarbeiterin des Präsidiums abgeholt.

Lisa Schuberth suchte Kristinas Blick. »Ich kann es noch so gut meinen, ich komme an Pamela nicht ran«, sagte sie. »Ich würde trotz allem gern meinen Cousin anrufen. Er soll zumindest Bescheid wissen, was passiert ist. Vielleicht kann er Pami wenigstens ab und zu besuchen, wo immer sie auch unterkommt. Er ist beruflich viel unterwegs, manchmal auch hier in der Gegend. Das ist wahrscheinlich ohnehin die bessere Idee. Er wohnt ziemlich weit weg. Pamela müsste zu ihm ziehen, und sie hat schon recht, sie kennt ihn eigentlich gar nicht.«

»Ich kümmere mich darum«, versprach Kristina. »Geben Sie

mir seinen Namen und seine Telefonnummer, ich rufe ihn an.« Sie riss den obersten Zettel von einem Block Haftnotizen und griff nach einem Kugelschreiber. »Wie heißt Ihr Cousin?«, fragte sie.

»Magnus Schleyer. Seine Telefonnummer müssen Sie im Internet suchen, die weiß ich nicht mehr. Er wohnt in Sankt Wendel, das ist im Saarland.«

Kristina hatte das Gefühl, einen Hieb in den Magen zu bekommen, und es schnürte ihr die Luft ab. In Sekundenschnelle tauchte Schleyers Gesicht vor ihr auf, und ihr entglitt der Kugelschreiber.

»Frau Herbich?«, drang Breuers Stimme an ihr Ohr.

»Herr Breuer, würden Sie übernehmen? Ich muss kurz an die frische Luft«, sagte Kristina. Sie fand, sie sprach dünn und wackelig.

»Natürlich.«

Sie stemmte sich von ihrem Stuhl hoch und stakste mit steifen Beinen zur Tür hinaus.

50

Gonnesweiler, Saarland

Anneliese Grumbich saß an ihrem kleinen runden Tisch neben dem Fenster.

Diesmal sah sie nicht nach draußen, sondern starrte auf die Saarbrücker Zeitung, auf den Bericht auf der Titelseite.

»Saarland-Mörder gefasst«, stand da in einer großen, dicken Schlagzeile.

Darunter befand sich ein Artikel, der zwei Drittel der ersten Seite einnahm, und dazu ein Foto.

Das Gesicht des Mannes, der darauf zu sehen war, war halb abgewandt, verpixelt und unkenntlich gemacht mit einem schwarzen Augenbalken.

Erkannt hatte sie ihn trotzdem sofort. Noch bevor sie den Bericht gelesen hatte, in dem sein Name erwähnt wurde.

Anneliese ließ die Hände in den Schoß sinken. Das hatte sie nicht erwartet. Niemals. Wie hatte es so weit kommen können? Sie hatte sich doch alle Mühe gegeben bei der Erziehung.

Nun war klar, warum der Junge am Sonntag nicht gekommen war. Sie war böse auf ihn gewesen, sehr böse. Sie einfach zu versetzen. Eine Absage hätte sie ihm auch übel genommen, aber einfach nicht zu erscheinen, das war wirklich eine Ungehörigkeit sondergleichen.

Sie hatte sich so aufgeregt, dass sie einen Schwächeanfall bekommen hatte und zwei Tage das Bett hüten musste. Jetzt ging es wieder, und nun hatte sie auch wieder die Energie, die Zeitungen zu lesen, die die Tage liegen geblieben waren.

Sie setzte ihre Lesebrille ab und dachte nach.

Vielleicht war sie nicht streng genug gewesen, damals, als sie den Jungen zu sich nehmen musste, nach dem Unfall seiner Eltern.

Zu ihrer Zeit hatte es bei Unartigkeiten und aufsässigem Verhalten noch den Rohrstock gegeben, doch körperliche Gewalt lehnte sie ab.

Mit den Lehrkräften hatte sie dem Jungen auch nicht zu drohen brauchen, die nahmen ja ihre Erziehungsaufgabe auch nicht mehr ernst.

Sie war ganz auf sich gestellt gewesen, und wenn der Junge nicht hören wollte, war ihr nur der Keller geblieben.

Anneliese schüttelte niedergeschlagen den Kopf. Vielleicht war es besser gewesen, dass er sie nie hier besucht hatte. Es war besser, wenn niemand wusste, was für einen missratenen Enkel sie hatte.

Anneliese wandte sich ab und griff nach ihrem Fernglas. Vielleicht gab es am See etwas Interessantes zu sehen.

51

Bayreuth

Kristina ordnete diverse Papiere auf ihrem Schreibtisch, wobei ihr auffiel, dass die Arbeitsplatte teilweise Staub angesetzt hatte. Das kam davon, dass sie der Reinigungskraft des Präsidiums untersagt hatte, sich an ihrem Schreibtisch zu schaffen zu machen. Lustlos wischte sie mit einem trockenen Papiertaschentuch über die eine oder andere Stelle.

»Mit einem richtigen Staubtuch klappt es besser«, empfahl Breuer, der sie beobachtete.

»Ach was. Ich habe nur keines«, konterte sie, ohne ihn anzusehen.

»Ich geh nach Feierabend in die Stadt. Ich könnte Ihnen eins mitbringen. Bei McGeiz gibt es bestimmt günstige«, schlug er vor.

»Nein. Herzlichen Dank. Keine unnötigen Investitionen. Es geht schon.« Sie warf das mit grauen Spuren versehene Taschentuch in den Papierkorb.

»Sie sehen erschöpft aus, Frau Herbich. Bisschen frische Luft vielleicht?«, fragte Breuer.

»Wegen mir«, erwiderte sie.

Breuer hatte recht. Sie war fix und fertig und sehnte sich nach Ruhe und Entspannung. Gleichzeitig war sie ratlos, wie sie beides finden sollte. Nahm sie tatsächlich ihren restlichen Urlaub, würden die Erinnerungen an Philipp sie wahrscheinlich überrollen.

Breuer kippte das Fenster. »Die kleine Schuberth wird gerade abgeholt«, informierte er Kristina.

»Ach ja?« Widerwillig erhob sie sich von ihrem Platz und trat neben ihn.

Gerade noch sah sie, wie Pamela in einen roten Passat einstieg.

»Wer kümmert sich jetzt um sie?«, fragte Breuer.

»Sie zieht fürs Erste zu einer Freundin, die nur ein paar Straßen weiter wohnt, auch in Seulbitz. Außerdem kümmert sich das Jugendamt. Vielleicht kann sie bei der Freundin bleiben, das ist noch nicht sicher.«

»Eine Katastrophe für das arme Mädchen«, sagte Breuer.

»Ja. Sie tut mir furchtbar leid«, stimmte Kristina zu, wandte sich vom Fenster ab und setzte sich wieder auf ihren Platz. »Wie hat es die Schuberth eigentlich aufgenommen, dass ihr Cousin ebenfalls in Haft ist?«, fragte sie.

Breuer ging zurück zu seinem Schreibtisch. »Eine Mischung aus verwundert und gleichgültig. Ich glaube, sie ist komplett in ihrer eigenen Welt und ihrem eigenen Schicksal gefangen.«

Kristina nickte. Sie war müde, und eigentlich hätte sie nach Hause gehen können. Doch ihr graute vor der Stille und Einsamkeit ihrer Wohnung.

Breuer musterte sie, als könnte er Gedanken lesen und als wollte er ihre psychische Verfassung analysieren.

»Gucken Sie mich nicht so an, Herr Breuer«, sagte Kristina. »Ich weiß, was Sie denken, aber es geht schon wieder. Klar, es hat mich erwischt wie der Blitz aus heiterem Himmel, als die Schuberth Schleyers Namen genannt hat. Tatsächlich ist mir kurz darauf auch eingefallen, dass er sogar von ihr gesprochen hatte, kurz bevor er mich … na, Sie wissen schon.«

»Echt jetzt?«, fragte Breuer.

»Ja. Er hat auf dem unglückseligen Spaziergang ein bisschen Small Talk halten wollen und hat mich gefragt, von woher ich genau komme. Dann hat er erwähnt, er hätte in Bayreuth eine Cousine, zu der aber schon lange kein Kontakt mehr besteht. Inzwischen ist mir sogar wieder eingefallen, dass er ihren Namen genannt hat. Das war in meinem Kopf aber in einem Loch verschwunden.«

»Es hätte ja auch nichts geändert«, sagte Breuer.

»Nein, natürlich nicht. Trotzdem verstehe ich nicht, dass ich so gar keine Verbindung gezogen habe. Er sagte noch, seine Cousine hätte ihren Sohn durch eine tragische Verkettung von Ereignissen verloren und würde anderen dafür die Schuld geben. Und dass sie das Unglück nie verwunden hätte. Da hätte doch was bei mir klingeln müssen.«

»Sie haben selbst in der letzten Zeit einiges wegstecken müssen, Frau Herbich. Ich bilde mir ein, an Ihrer Stelle hätte ich auch keine Verbindung zwischen der Schuberth und diesem Schleyer gezogen. Was halten Sie davon, jetzt Ihren restlichen Urlaub zu nehmen und sich endlich zu erholen?«, fragte er.

Kristina verzog den Mund zu einem angestrengten Grinsen. »Das hat Willbrandt auch gesagt, als ich ihn vorhin auf dem Flur getroffen habe.«

»Sehen Sie. Der Chef und ich sind einer Meinung.«

»Er will mir sogar ein paar zusätzliche Tage geben, weil er meint, die Aktion im Saarland kann man wahrhaft nicht als Urlaub gelten lassen.«

»Das ist ein sehr sozialer Zug von ihm«, meinte Breuer. »Worauf warten Sie?«

»Das weiß ich selbst nicht.« Sie konnte Onkel Johan besuchen und Dackel Arno. Die freuten sich bestimmt. »Okay, Herr Breuer. Sie haben recht, und Willbrandt hat auch recht. Ich überlasse Ihnen das Feld. Sollte etwas Dringendes sein …«

»Melde ich mich. Ist klar. Gute Erholung, Frau Herbich.«

Sie grinste schwach, stand auf und griff nach ihrer Tasche, die unter dem Schreibtisch lag.

Kristina saß seit drei Stunden mit ihrem Onkel auf dessen kleiner Terrasse hinter dem Haus. Sie hatte zwei beträchtliche Stücke Johannisbeer-Baiser-Torte mit Schlagsahne gegessen und eine große Tasse Kaffee dazu getrunken.

Inzwischen war es nach achtzehn Uhr.

Die Abendsonne tauchte den Garten des alten Pfarrers in warmes Licht, schien über die Rosen und sein Gemüsebeet, das er mit einem Teichzaun vor Arnos Neugier und Hinterlassenschaften schützte. Über der Veranda war noch die gelbe Markise ausgefahren, die es um die Zeit nicht mehr als Sonnenschutz brauchte, weil die Terrasse mittlerweile im Schatten des Hauses lag.

Arnos Schnauze lag auf Kristinas Fuß. Der Hund schmatzte behaglich. Unter des Onkels vorwurfsvollem Blick hatte sie dem Dackel ein wenig von der Sahne auf einen herumliegenden

Blumenuntersetzer gekleckst, die Arno genüsslich aufgeschleckt hatte, wobei er den Untersetzer mit einem schabenden Geräusch über den Terrassenboden geschoben hatte.

»Ich bin pappsatt«, verkündete Kristina und legte die Hände auf den Bauch. »Es war köstlich.«

Johan Kunze schmunzelte. »Was hältst du abschließend noch von einem Schluck Schlehenlikör? Selbst angesetzt natürlich.«

Kristina grinste. »Der vom vergangenen Herbst? Wenn noch was da ist, sag ich nicht Nein.«

Johan Kunze erhob sich, um den Likör zu holen, und nahm die restliche Torte mit ins Haus. »Bleib sitzen«, wies er seine Nichte an, die Anstalten machte, den Tisch mit abzuräumen. »Du hast endlich Urlaub und ich eh nix zu tun.«

Zufrieden sank sie wieder in den Korbsessel mit den weichen Sitzkissen zurück.

Ihr Handy meldete mit einem klingenden Ton den Eingang einer WhatsApp-Nachricht. Kristina griff in ihre Handtasche, die neben dem Sessel am Boden stand, und zog es heraus.

Ihr Herz schlug einen Takt schneller, als sie die Mitteilung aufrief.

Philipp hatte geschrieben.

»Hallo, Kristina, bist du gut in Bayreuth angekommen? Ich vermisse dich. Kuss, Philipp«.

Sie ließ das Handy in ihren Schoß sinken. In dem Moment wurde ihr klar, dass sie unbewusst darauf gehofft hatte, dass er sich melden würde.

Johan Kunze erschien mit dem Likör und zwei kleinen Gläsern.

»Was ist los?«, fragte er, als er ihr Gesicht sah.

»Philipp hat sich gemeldet«, antwortete sie.

Kunze schenkte den Likör ein und setzte sich.

»Und?«, fragte er, und blitzartig ging ihr das »Unn?« der Saarländer durch den Kopf, mit dem sie sich nach dem Wohlbefinden ihres Gesprächspartners erkundigten. Sie lächelte.

»Ich weiß nicht. Ich glaube, er möchte, dass wir uns wiedersehen«, sagte sie.

»So wie du dreinsiehst, gefällt dir das.«

»Eigentlich schon, glaube ich«, gab sie zu. »Aber er wohnt so weit weg. Ob das gut geht?«

Kunze zuckte mit den Schultern. »Zum Beginn einer Beziehung weiß man nie, ob es gut geht. Die Entfernung macht es natürlich nicht leichter. Vielleicht willst du ja irgendwann zu ihm ziehen. Das Saarland ist eine wunderschöne Gegend, und dieser Kommissar Steinbrink, von dem du erzählt hast, wäre sicher sehr froh, kompetente Unterstützung zu bekommen.«

Kristina schnitt eine Grimasse. »Ich ziehe nicht weg. Ich bin hier zu Hause.«

Sie würde ihren Onkel vermissen, die oberfränkische Zurückhaltung, ihren Arbeitsplatz und ihre Wohnung, Dackel Arno und wahrscheinlich sogar Breuer. Philipp wollte sie aber auch wiedersehen, das wusste sie jetzt genau.

»Kann ja auch sein, er kommt zu dir. Abwarten. Prost, Tinchen«, sagte Johan Kunze und hob sein Glas.

»Prost«, erwiderte Kristina und lächelte. Sacht stießen sie an. Arno reckte die Nase in die Höhe und schnupperte.

»Keinen Tropfen!«, mahnte Kunze, der gesehen hatte, wie seine Nichte zu dem Hund runtersah.

»Natürlich nicht«, versicherte Kristina. Warm und süß rann der fruchtige Likör durch ihre Kehle. Onkel Johan verstand sich auf kulinarische Genüsse.

Auf ihrem Handy ging eine weitere Nachricht ein.

Kristina rief sie auf.

»Ich könnte dich nächste Woche für ein paar Tage besuchen kommen«, schrieb Philipp. Ihr Herz fing unvernünftig an zu klopfen.

»Und?«, fragte Johan Kunze zum zweiten Mal.

»Er will tatsächlich herkommen«, sagte Kristina. Von einem Moment zum nächsten hätte sie Luftsprünge machen können.

»Schön«, lächelte Kunze. »Was sagst du dazu?«

»Ich glaube, der Vorschlag gefällt mir.«

»Dann sag ihm das«, riet er ihr.

Kristina nickte. »Mach ich.«

Sie würde ihre Wohnung putzen und kochen und backen. Sich etwas Neues zum Anziehen kaufen und möglicherweise auch einen neuen Lippenstift und Schuhe. Das rote Kleid würde sie auch behalten. Gut, dass sie bislang zu bequem gewesen war, es zurückzusenden.

Sie konnten Ausflüge machen und Rad fahren, ins Kino und ins Freibad gehen, vielleicht auch tanzen, wenn Philipp unbedingt wollte.

Sie hatte Urlaub, und das Leben konnte so schön sein.

Vielleicht konnte sie in Zukunft jeden Monat für ein Wochenende ins Saarland fahren.

Mit einem seligen Lächeln im Gesicht tippte sie ihre Antwort an Philipp.

Dackel Arno erhob sich schwerfällig, gähnte, reckte und streckte sich und tappte zu seinem Herrn, der ihm liebevoll über den Kopf strich.

Jacqueline Lochmüller
FRÄNKISCHE VERGELTUNG
Broschur, 224 Seiten
ISBN 978-3-95451-811-1

Hanno Reichert, ein unscheinbarer Einzelgänger, kommt auf mysteriöse Weise zu Tode. Bei ihren Ermittlungen stellt Kommissarin Benita Luengo fest, dass Reichert sich so einiges hat zuschulden kommen lassen. Stalking, Erpressung, und nebenbei hat er auch noch eine ganze Familie in den Ruin getrieben. Noch während Benita den Mörder sucht, bekommt sie einen zweiten Fall auf den Tisch. Stadtrat Dennis Meyer, zuständig für die Landesgartenschau, ist verschwunden …

JACQUELINE LOCHMÜLLER
TOD IM FICHTELGEBIRGE
Kriminalroman
emons: